桃花开了

——安徽省首批优秀青年文艺工作者『551』计划文学作品选

安徽省作家协会 ○ 主编

Taohua Kaile
——Anhuisheng Shoupi Youxiu Qingnian Wenyi Gongzuozhe『551』Jihua Wenxue Zuopin Xuan

时代出版传媒股份有限公司
安徽文艺出版社

图书在版编目（CIP）数据

桃花开了：安徽省首批优秀青年文艺工作者"551"计划文学作品选/安徽省作家协会主编.—合肥：安徽文艺出版社,2024.4
ISBN 978-7-5396-8025-5

Ⅰ．①桃… Ⅱ．①安… Ⅲ．①中国文学－当代文学－作品综合集－安徽 Ⅳ．①I218.54

中国国家版本馆CIP数据核字(2024)第044085号

| 出 版 人：姚 巍 | 图书策划：韩 露 |
| 责任编辑：卢嘉洋 | 装帧设计：张诚鑫 |

出版发行：安徽文艺出版社　www.awpub.com
地　　址：合肥市翡翠路1118号　邮政编码：230071
营 销 部：(0551)63533889
印　　制：合肥创新印务有限公司　(0551)64456946

开本：700×1000　1/16　印张：14.25　字数：224千字
版次：2024年4月第1版
印次：2024年4月第1次印刷
定价：68.00元

（如发现印装质量问题，影响阅读，请与出版社联系调换）
版权所有，侵权必究

概　要

为深入学习贯彻习近平文化思想,进一步加强青年文艺人才培养,激发广大青年文艺人才创新创造,安徽省文联从2020年开始实施安徽省优秀青年文艺工作者"551"选拔培养计划(第一批)(以下简称"551"计划)。"551"计划原则上每五年为一届,每届选拔两批次,重点选择部分艺术门类,培养扶持100位作家,力争通过连续几年的选拔培养,推出在全国有影响力的文艺名家。其中,包括20位作家。

安徽省作协积极贯彻落实,经过反复酝酿和精心筹备,面向全省范围内遴选20位青年骨干作家,经省文联党组研究,确定许冬林等10位作家入选首批"551"计划。三年来,"551"计划文学类人才创作成果初见成效。为充分展示10位作家的创作成果,扩大"文学皖军"的影响力,现精选部分已发表作品推出专辑,题为《桃花开了——安徽省首批优秀青年文艺工作者"551"计划文学作品选》。

目　录

许冬林：看姑娘去／1

　　　　莲／12

许含章：下扬州／21

　　　　白露生／31

许诺晨：完美一跳／40

汪　琦：帝企鹅／69

张　扬：行窝／80

　　　　茶无言／92

张尘舞：清风起／99

陈巨飞：铜锁／132

　　　　匡冲志·理发／157

赵丰超：有客／168

　　　　桃花开了／177

徐春芳：春光曲／188

在江边 / 189

论背叛 / 191

赠内 / 192

雨霖铃 / 193

灵魂的描绘 / 194

论世界 / 195

论往事 / 196

论诗 / 197

论新年 / 198

论感觉 / 199

词语的颂歌 / 200

论寂寞 / 201

曹　潇：蝙蝠 / 203

看姑娘去

许冬林

一

阿海来找大川,约他看姑娘去。

姑娘是他们一位高中同学的未婚妻。

大川妈妈正在门前的场地上喂鸭子,鸭子们吞稻谷,脖子像要打结似的,一口等不得一口。阿海骑了自行车来,几乎撞到鸭群,但他右脚一点地,便刹住了车。可是,七八只鸭子还是惊着了,摇摆着屁股拼命地往池塘里跳。

彼时,自行车在乡村还很稀罕,莫说鸭子见了怕,便是大川妈妈,也是怔怔地多看了几眼。

"婶子,大川在家吧……哟,好多鸭子!"

大川妈妈手一指,阿海便在屋外"大川、大川"地喊。屋内缓缓走出来皮肤白净的大川,蓝裤子,白背心,细长身材,步态轻盈盈的,整个人像条纸折的月牙船。大川微笑着看阿海将闪亮的自行车支在草垛下,有些怕自行车占了地方或者被毛孩子们碰倒的意思。

"看姑娘?将来不是你老婆,也不是我……老婆……"大川声音不高,语速也不快,但分明透着全盘否定的意思。他笑话阿海兴师动众,竟是为了去看老同学亚飞的未婚妻,莫非居心不良?

"听说长得漂亮,我们这三洲三圩,说她是第一。我就好奇嘛。走,我们拉亚飞去,晚上还能搞几杯……"阿海手舞足蹈地说。

大川的笑容悄悄敛了几分。因为脸瘦,他不笑的时候,细长脸就像不生草木的巉岩,散着荒寒之气。"我不去,要去你去。"大川说道。

"哎,你说你说,你说我一个人跑到亚飞家,说,亚飞,我要去你丈母娘家,啧啧啧,我怎么说得出口?你这人,就是块木板,一点情趣都没!"

大川妈妈站在水边"嘎嘎哟——嘎嘎哟——"地唤鸭子们回来吃稻谷,鸭子受了惊,远远漂到池塘对面,在蒲草丛里钻进钻出,全不顾大川妈妈的千呼万唤。大川妈妈提起一盆稻谷,抖了抖,自语道:"不吃不吃,再过两个月将你们一只一只拎走杀了,看你们还有没的吃……"

大川的脸悄悄覆上了一层阴云。

"阿海,你晚上就在我家吃晚饭啊。"大川妈妈说着,便作势要在门前唤鸡来杀了待客。阿海忙去拦,说马上要和大川一道走。大川妈妈半信半疑地笑说:"你们在我这里吃晚饭,那群鸭子漂在水上死不上来,我只能捉只鸡杀了……"

"真不在这里吃晚饭的。"阿海笑着握着大川妈妈的手腕继续用力阻拦。

大川妈妈便转移话题到鸭子身上,道:"要不是给大川'超节',我也不养这一大群鸭子,天天漂着不归家,每天晚上都要拿竹篙子在水上打。也好,也不长了,中秋一到就送到大川丈母娘家。"

此地有"超节"习俗。儿子订了婚的人家,会在迎娶的那年的中秋给女方送鸭子。"鸭"谐音"压",意为鸭子一送,这婚事便算是压牢实了,再不会翻出变故来。早在这年春上,大川妈妈便和亲家母商量过了,计算出了姑娘家的叔、伯、姑、舅、姨众亲戚的户数,一户一只鸭子。回头,大川妈妈便照数捉了十来只小鸭子回家养,只是不幸被水老鼠咬死了三只。

阿海道:"这样说,年底我要吃大川的喜酒了。"

大川妈妈哈哈笑着,正要再说,大川闪进里屋拿了件白色短袖衬衫出来,边走边穿,推了阿海的肩膀,两人便往草垛边走。

阿海推了自行车在前,大川跟在后面。大川妈妈不忘补上一句:"下回一起来我家吃饭啊!"阿海回头摆手应着。大川头也不回,路过邻家的猪圈时,弯腰抄起一块碎砖,狠狠用力朝蒲草丛里砸去,"嘎嘎嘎——",蒲草里的鸭群一下惊散了,四面八方地扑腾。

"你作死啊,鸭子在水上漂着也挡你道啦,跟那老东西一样,沤不熟煮不烂……"大川妈妈举着赶鸭子的细竹竿,作势要追过来打大川。大川推推阿海,阿海跨上自行车就骑,大川也轻快地落在了后座上。

二

两个人到了亚飞家门口,静悄悄的,只有亚飞的奶奶坐在宽宽的屋檐下做针线活。老人告诉他们,亚飞在陶瓷厂上班,要到太阳落山才下班。阿海捏着衬衫抖了抖道:"大川,你来骑车带我吧!我骑一身汗了,到时到了姑娘家,搞得我像是下了水田才上来似的……"

"真是娇滴滴!"大川讽刺道,"要我带你,行啊,我推车,你跟着走。你走也嫌累的话,就坐后座,我推着你走。"

阿海拍了一把大川的肩膀,道:"你这嘴巴,自打当了老师,越来越酸了,吐口吐沫都能当醋卖。算了算了,我骑我骑,您老坐后面可得坐稳了。"阿海说着,又跨上车,载着大川,直奔陶瓷厂。

大川老远看见一根土红色的大烟囱,耀武扬威的,从黑隐隐的屋顶中间挺出来,直指天空。烟囱顶端正冒着灰白的烟,那烟在半空里蓬蓬盛开,又攀上了一朵朵肥胖的白云。天空和大地,借一根大烟囱,连成一体。又或者是,烟囱要提起那一整片红砖黑瓦的厂房往云霄里去,连带着周围的村落田畴也踮着脚往高处生长。

"哟,这得要多大口径的嘴巴才能吸得动这根巨无霸的香烟!"阿海望着笑道。

"你嘴大能吹,吹遍五湖四海。"大川在后面接道。

亚飞在陶瓷厂做宣传工作,写写画画的活,不用下车间。陶瓷厂是县办集体企业,职工多半是拥有非农户口的小镇青年。亚飞大多时候是规矩点卯,偶尔出厂去玩玩。

在亚飞的办公室,三个人寒暄了一番,然后阿海点明主题道:"大川说要看你的姑娘去……"

大川一提眉,涨红着脸奔到阿海面前,正要踢他,道:"你的嘴皮子还真能翻,是你说亚飞的姑娘漂亮,三洲三圩数第一,硬要去看,又不好意思,才拉了我来……"

阿海屁股一让,躲过大川的脚,然后转身且战且退地笑道:"不动手啊,你现在是为人师表的人——是我们俩都想去看姑娘,是吧?不然这大热天,你跟着我跑干什么,是吧?是我们俩都想,都想……"

大川本来皮肤就白,经这一闹,脸红得跟鸡冠似的。他显然是生了气,转身便往门外走,道:"你们看姑娘去吧,我回家了。"

亚飞忙过来拉大川,道:"老同学开玩笑又不是头一回了,我都不介意,你认个什么真呀?走,我们现在就去。"

"就是嘛,大川就这样,总是受不得人家跟他开玩笑。"阿海也过来拉大川,又说道,"你们俩都有了姑娘,只剩下我还没有,我得加把劲是吧?牡丹花边无闲草,漂亮姑娘身边朋友一般也生得漂亮——长相不在一个水平线上的,一般都玩不到一起。亚飞娶牡丹,说不定哪天我也能采枝芍药。"

"牡丹、芍药,瞧瞧你,真是一肚花花肠子!"亚飞道,"只是我纳闷,我们三人中,也只有你算是见过花花世界的人。你跟着你姐夫跑业务,北边跑到内蒙古大草原,南边上过海南岛,什么地方的姑娘没见过,怎么想起来还要回我们小地方找姑娘?"

"唉——"阿海长叹一声。

大川情绪缓过来了,揶揄道:"见多了,可不就眼花了。"

阿海一笑:"不出门比较不知道,一比较,发现还是我们这江边的姑娘水灵、娇俏。北边的姑娘倒是饱鼻子饱眼,生得饱满,可是嗓门大;南边的吧,也还勤快,可是脸又黑……一方水土一方人啊。"

亚飞呵呵笑起来,一副怡然自得的神采。亚飞笑过,他拉了大川,便去推自己支在车棚里的自行车。这一回,亚飞骑车在前,载着大川,阿海一人骑车在后,三个人一路说笑着便往集镇方向去。

三

长街东西走向。在长街后面,是一条同样东西走向的长河,名叫天河,但此地没有牛郎织女。亚飞他们一行从南边来,要横穿长街,再过天河上的石桥,方能抵达家住河北岸的姑娘家。

街南是一段青石铺就的石板路,路边高树葱郁,蝉在上面吱吱地叫。树荫下一个卖西瓜的摊子,地上散着五六个青皮大西瓜,旁边还歇着两只高至膝盖的竹筐,竹筐里面也睡着瓜。亚飞道:"我买个西瓜带去。"说着,他便去挑瓜。阿海也跟了过来。卖瓜的是个中年男子,捧了瓜往篮子里装,然后提了杆秤去称。阿海早已掏出钱来,递给坐在竹筐后面的小姑娘,向着卖瓜男子问道:"是一家的吧?我付钱了,多少钱啊?"亚飞道:"我付我付,哪天去你丈母娘家你再付……"

阿海道:"付过了……一个西瓜而已,好歹也是我的同学的丈母娘,去掉前面的修饰语,我这也是去见丈母娘。"

亚飞笑了,轻轻捶了把阿海,道:"去你的吧——这样说,还有一个丈母娘,就在附近。"

"谁呀?"

"大川丈母娘。"

"别听亚飞扯,赶紧吧,赶紧去看亚飞的姑娘。"大川一扬手,制止他们道。

亚飞忽然道:"对了,大川的姑娘在我们先前读书的中学边开了一家代销店,往街东走几步就到……"

"老师!"坐在竹筐后面的那个小姑娘忽然站起来。原来是大川的学生。

小姑娘捏着一张纸币,望着她父亲道:"是我们老师。"

"那不能收钱……"卖瓜男子将小姑娘手里的纸币抽出来,便要还给大川。

大川忙道:"不是我的钱。你们就收下吧,天这么热。——你暑假作业做完了吧?"

几个人为一张纸币又拉扯了一番,大川的脸又有些红了。终于丢下瓜钱,三个人推车抱瓜,转身便跑,卖瓜男子便不再追。

上坡路上,阿海若有所思道:"你们有没有觉得这小姑娘长得像一个人?"

"谁啊?"

"我们一个同学……大川知道。"阿海望着大川笑说。

大川不说话,低头往前走。

亚飞道:"就你眼毒,我怎么没想起来?"

阿海瞥一眼亚飞道:"你眼里只有三洲三圩数第一的姑娘,当然想不起来昔日老同学了。《再别康桥》还有印象吗?五四联欢上,和大川一起朗诵《再别康桥》的我们班的'徽因'姑娘,你还没想起来?"

亚飞品咂似的动了动嘴唇,缓缓点头道:"眉眼的神采有些像,乌溜溜的眼睛葡萄似的……我们班那个'徽因'还真是考走了,没想到啊,黄鹤一去不复返。"

"可不是,两个世界的人啦!"阿海感叹道。

三个人说着,便上了长街。小镇的街多半是露水街,生意只一早上忙,一到晌午之后，种田的去种田，做手艺的去做手艺，没有闲人来逛街。此时下午四点多的样子，太阳光斜斜地照在店铺的门板上，朝南的店家大多将店铺上了三五片门板，挡着能径直射到餐桌案板上的太阳光。但余热尚烈，从青石板上反射的太阳光，联合着高空直射的光柱，将空气上下里外都烘透了。空气里还混合着店门板上散发的桐油味，以及早市残留的蔬菜垃圾被太阳暴晒后的馊臭味，这些味道填满细长街道，长街便显得愈加逼仄。

一上长街，阿海便骑车往街东跑。亚飞追着喊："错了，错了，还得过河！"

阿海笑道："没错，没错。既然路过了，就顺便把大川的姑娘也瞧一瞧。"亚飞只得骑车跟着阿海跑。大川犹豫着，慢慢也上了车。可是，快到代销店门口时，大川到底还是下了车，不肯再挪一步。

代销店的外墙上挂着一个木牌子，上面用毛笔写着"汽水冰棒"四个黑字。店铺里坐着一个女的，正在织毛衣，一根黝黑的辫子拖下来，辫梢卷曲，落在大腿上。再细瞧，那刘海儿也是烫过的。

阿海高声道："三根冰棒。"

"没有。"女的头也没抬。

阿海道："牌子上不写着'汽水冰棒'吗？"

女的抬了头，没好气道："你没看见现在放暑假吗？"

阿海望了望身后远处，亚飞正骑车过来，大川却远远站在树荫下，树桩似的不动。"那，三瓶汽水吧。"阿海道。

女的拾起大腿上的长辫子，扬鞭似的往身后一甩，站了起来，往货架上寻汽水。阿海看了一惊：好巍峨雄壮的女人！屁股厚实如石磨，皮肤也粗黑。他甚少见到本地姑娘有长成这样豪放的，他有些怀疑是大川的丈母娘，可是年龄不像，女的也就三十上下的样子。亚飞这时也过来了，站在柜台边。

阿海和亚飞开了汽水在喝，柜台上还立着一瓶，也开了，在汩汩地冒着气。阿海没话找话："嫂子，这汽水过了保质期吧？味道不对。"

女的双目一睁，高声质问道："你喊谁嫂子？老子还没结婚，你喊谁嫂子？"

说着，女的拿起一块店门板，便要打阿海。阿海忙往店外撤，慌乱中碰翻了柜台上的那瓶汽水。汽水瓶滚到泥地上，地上也湿了一大片。女的举着店门板，从柜台里出来，哐一声滑倒了。阿海忍不住笑，女的爬起来，越发恼怒。

女的举着店门板已经追到了店门外,叉开两腿站在大太阳下,摆开大战一场的架势。阿海瞟眼一扫,女的双腿粗壮如两座桥墩。那店门板一挥舞,辫子跟在身后也飞舞起来。

亚飞忙追过来拉,道:"嫂子,误会,误会。"

女的转身过来要打亚飞:"这个家伙也捉弄人……"

亚飞哭笑不得,结结巴巴道:"这个这个……那个那个……妹子,妹子,大川,大川,误会误会,我们同学……"

大川看见这边竟然打起来了,惶惑不已,终于往这边走,半道上遇见阿海,他已经一脸嬉笑着骑了车来。亚飞见阿海骑车跑了,便也上了车追过来。"误会误会。"亚飞一边骑,一边笑着。亚飞遇见大川,赶紧道:"你去把三瓶汽水付个账吧,我们在桥上等你。"

大川有些左右为难。女的已经走过来,她望见大川已经缓缓走过来,便立住了脚步。大川走走,又停了,离女的大约有两丈远的时候,他掏出纸币,往地上一放,转身走了。女的没说话,也没追,目送大川疾步追赶阿海、亚飞而去。

四

大川往石桥走,远远望见阿海和亚飞在说笑,阿海前仰后合的姿势,亚飞将头伸到阿海耳边,似乎悄悄说着什么。大川的脸唰地又红了,他能猜出他们说话的内容,无非是:他的未婚妻生得老……当然老了,大了大川三岁嘛。其实不止三岁……大川怎么就肯……不肯?不肯能当初中代课老师吗?说不定将来能转正,那可就是捧上铁饭碗了……哦,原来老姑娘舅舅在县里当大官……

大川走到石桥上,脸色涨红,红里隐隐泛着紫,又像是鼓满了气的球,针一戳就会嘭地炸掉。亚飞见大川走近了,只是笑,不再说话。大川看着桥下的水,闷闷地道:"你们去吧,我回家了。"

阿海忙上前一步道:"你这人怎么这样呢?动不动就放瘫。不过就是看个亚飞的姑娘,你三番五次的……你这还没结婚,若是结了婚,更没法找你玩了。"

亚飞走到大川面前,道:"再走几步就到人家家门口了,你这回去,我还真有些……有些那个……"

大川低头不说话,脱了背心外面的短袖衬衫掖到怀里,蹲身坐到了桥面上,垂下两条腿,在水面上荡来荡去,仿佛那腿是多余的。亚飞便也陪坐下来,看水。水面上金光闪耀,远远近近的几丛芦苇,逆光看去,黑隐隐的,像是油墨印出来的山影,分外不真实。偶尔有几只水鸟在水上,标点符号似的疾飞而过。阿海坐到了石桥边的一棵水桦树上,水桦树树干斜伸到水上,是一个天然的长凳。阿海脚一钩,就钩到了水。

"要不,我们下河游一会儿,再去姑娘家?刚好我一身汗,洗洗。"阿海说。

亚飞道:"主意不错。这水好。反正要到家门口了,也不急。"

说着,亚飞和阿海都起身脱衣服,将它们搭在水桦树树干上,然后齐齐跳下水。大川还坐在桥上。

"下来吧!"阿海在下面喊大川。

大川身上被阿海溅湿了,终于起身,将短袖衬衫抖抖,也搭在水桦树上,然后脱衣服,下水。

大川一下水,阿海便发起攻击,三个人在水里打起水仗来。大川家住水边,自小就练有水上功夫,啪啪啪,一通水花射过去,阿海和亚飞便无法招架。大川见阿海缩脖子闭眼,龟缩着躲水,于是趁势而上,游到阿海身后,伸手将阿海往水里一按。阿海冷不防,连呛几口水,忙往岸边游去,抱着桥墩在那里咳水。亚飞笑道:"你也就嘴上厉害,水上功夫全没有,这回怕大川了吧?"

大川得意地笑,笑过便扎猛子到水底。阿海一见,忙将双脚浮上水面来,怕大川在水底下扯他。亚飞笑得更厉害了。大川倒没扯阿海,他像一条鳄鱼似的,缓缓摇动着细长的身子,将脸埋在水里,过一会儿露出来吐口水换口气,再埋进水里。不知是为巡游,还是为觅食,这条"鳄鱼"就这样来来回回悠然潜泳了约莫半个小时,终于有些累了,才游回到桥墩边歇息。

阿海也坐在桥墩上歇息,他低头拍着自己光光的胸脯,水淋淋、白亮亮、肉乎乎,忽然笑说:"瞧我这又白又嫩,摸一把可软和了,真想把自己娶了。"

亚飞啪地笑起来。大川也笑了,慢慢道:"猪下了水,大概也是这么想的。"

阿海不服气,抬眼看大川,准备在他的瘦上做文章。一看,大川上身还穿了件背心,把身子骨遮得严严实实的。阿海道:"大川,你竟然下水连背心也不脱,包得像个女人似的。"

亚飞道:"他不能脱,一脱全是皮包骨,看了都怕。"

阿海道："大川，过日子可不能这样浪费，即便你老婆开店会挣钱，你也要惜顾，可不能不拿背心当衣服。"

大川这才想起自己下水时神思恍惚，忘记了脱背心，现在经阿海这样一说，被水泡过的脸有点木木地发热，他扬手掀起一片水花，朝阿海发射而去。

阿海一躲，又回过头道："你瞧你瞧，这两口子，真是天生一对，地设一双，都不能开玩笑。一开玩笑，就有动作。"

水仗又打起来。

水花飞溅，如大雨倾盆浇灌，河水不再是甘甜柔软的琼浆，而是充满复仇一般的力。晚霞被水花折射，分解，化作漫天的炫目光斑，在飞舞，起落，整个世界仿佛都在摇晃。在欢笑和水花里，没有敌我，或者人人都是敌人，人人都是同盟。一个人，在群体的狂欢里，进攻，或不进攻，都失去意义。

五

大川深吸一口气，一个猛子潜出去，出了战场，往河心游去。

河心插了一根粗粗的竹竿，竹竿上挑着一面红色三角旗。旗子是领地的象征，表明这条河里的鱼是有主人的。大川远看红旗竹竿，仿佛那水下有个寨子，寨子里住了水做的姑娘，水面上竖起招婿的寨旗。

大川继续往竹竿游去，然后一手拿住了竹竿，两腿将竹竿的水下部分夹住了。太阳已经西斜到芦苇的叶尖上，晃晃荡荡的，几乎要被芦苇叶子戳碎似的。一大片芦苇的影子把河水笼得黑黝黝的，河像是倏地被切去了一大块。芦苇丛里，偶尔有蛙鸣和虫声溅出来，落在水面上，也跟着水波摇晃。

抱着竹竿，大川竟然不想游回去了。

在水里，他感到自由。上下左右，十方都可以行走。因为浮力，肉身不再沉重。只要带上呼吸，人就轻如蝴蝶，可以在水里自由飞翔。

他到了水中央，才会感受到水的辽阔，感受到世界的无垠。天空也辽阔，但这辽阔全被水含进去了。水比天空还要广大。他在水中央，简直像一个傲视群雄的王。

大川抱着竹竿，一步一步，向水下探去。竹竿仿佛是城阙，他一路向下，要回到自己的宫殿里去。可是，垂直向下的水路，比水平向前的路，阻力要大得多。

水压从四面八方蜂拥而至,将他细长少肉的身体一再挤压,将他的骨头狠狠地拧,然后,不约而同地发起抵抗,将他往水面推,仿佛他是外族,是个入侵者。

他的耳朵被压得发麻,一愣神,他被推出来了。大川仰泳在水面,看见河岸上陆陆续续有农民荷锄走过,肩膀处摇摇晃晃地挂着草帽。水边也有妇女在淘米,要煮晚饭了。他似乎闻到了炊烟的味道。他想,再过个把小时,家里门前的场地上,晚饭应该要摆出来了。母亲在塘边呼唤鸭子归栏,父亲在桌边端起酒杯,就着咸菜小酌。

"老大从文,老二从武,老三从艺。"父亲经常在喝酒时这样规划他们三兄弟的人生。大川做代课老师,从文目标已完成。从武,就是二弟或者当兵,或者到镇联防队,但这两桩,都要找人。可是,自从大川定了这门亲,他父亲认为这目标也不难了。秋季征兵还没开始,二弟的前途系于大川一身。从艺呢,就是父亲屡遭老大、老二落榜的打击之后已做好思想准备,如果小儿子还考不上,那就让他跟着自己干木匠吧,这样连盏拜师茶都可以免了。

"女大三,抱金砖。"其实,人人都知道他大川就快抱两块金砖了,只有他母亲掩耳盗铃,还日日哄着儿子。

太阳真的被千万片芦苇叶子给切碎了,化作满河的金光,漂浮在水面上。大川仰浮在金光之上,像是参与一场神圣的献祭。他决定再试一次。他握着竹竿,一步一步,水温一步一低。原来河水也是有台阶的,这台阶是温度。他从20℃向下走,走到18℃,16℃……他全部心思在"台阶"上,不觉就走到了4℃的河底。他一脚钩到了软泥。

是早春的软泥啊。

冰雪才融化不久,油菜还没抽薹。是的,是早春。那一年,春季开学,他的"徽因"姑娘迟迟没来上课,听说要辍学去北京打工,他不放心,邀了两个同学一道,谎称受老师所托来家访,做她父母的工作。后来,她终于上学了。回校的路上,他一时兴奋,就赤了脚,踏着春天的软泥和浅草。她跟在后面,一步一步,送他出村。

那时心里真是欢喜。欢喜得只想赤脚。仿佛赤了脚,离春天就更近一寸了,离爱情就更近一层了。

大川抱着竹竿,在水底踏着软泥转圈,仿佛又回到那些微凉的早春。他要紧紧抱着竹竿,克服水的浮力,徜徉在他的4℃的早春里。在这个春天里,他的姑娘,和他一起朗诵"在康河的柔波里,我甘心做一条水草"。

这个春天再长一点就好了。长到此刻,长到未来。在这个多水的江边小镇,他教书,他的"徽因"姑娘或者教书,或者种田。他们要生几个孩子,嗯,可以有一两个儿子,只能一两个,三个就多了。是的,三个就多。儿多母苦,其实,儿多,儿也苦。如果他的"徽因"姑娘愿意,生个像她一样的女儿也好,当然看她心情……

大川一愣神,手就松了,又被水推回到水面。

大川浮在水面上,远看桥头,水仗已经歇了。阿海和亚飞两人已经上岸,站在水桦树边穿衣服。

大川在水里脱了身上的背心,右手拿着,再次下水,去看他4℃的春天里的那个姑娘。在河底,他将背心绑在竹竿上,也将自己的右脚绑了进去。

……

岸上的自行车不知什么时候被人碰倒了,西瓜掉地上磕碎了,红色的汁水血似的,摊了一地。阿海游泳刚上岸,分外渴,便捧着半片碎瓜坐在桥头啃起来。

晚风自水上拂来,分外凉爽。浑身挂满串串绿果子的水桦树,一身金色光芒,仿佛是吹吹打打迎娶新娘的新郎。风里远远传来长街上谁家录音机的歌声,是邓丽君的《何日君再来》,阿海走南闯北,一听就听出来。

啪——阿海狠狠扔掉手里的西瓜皮。"这靡靡之音就是好听!"

(原文发表于《满族文学》2023年第2期,并转载于《小说月报·大字版》2023年第5期,有删改。)

莲

许冬林

一

我们去看大表姑。

其实是奶奶去看,我和堂哥跟着奶奶一起去。大表姑被割掉了一个乳房,大人们是这样说的。

我和堂哥跟着奶奶,奶奶看侄女,我们小孩只是为了走亲戚。我们对大表姑被割乳房这个事没有兴趣,不仅没兴趣,甚至还有隐隐的恐惧,我们不敢去直面一个被割了乳房的人。但走亲戚的渴望超越恐惧后,我们便决定跟着奶奶去。并且在内心,我们把割乳房模糊成大人们割草一样的事,反正都是割嘛,大约那割的是大表姑身上的一片叶子。

那是夏天的早晨,我们在家吃过早饭出门,翻过江堤,便是一片肚皮一样松软的沙地。大表姑住在沙洲上,我们沿着一条带子似的细长沙路往沙地深处的村庄而去。到底是夏天,阳光炽烈,才走过几片沙地,我和堂哥便被一口莲塘吸引了。夏日的太阳明晃晃地照着一口硕大的莲塘,照着裙子似的莲叶,照着新娘子一样红艳艳的莲花,照着小阁楼似的莲蓬,照着金光闪耀的水面。

莲塘被太阳照耀得像一个女人的闺房,又像是一个光明洁净的寂静天堂。

我想到莲塘里采片莲叶当伞,好遮太阳。堂哥比我还要急,他要下莲塘,去采莲蓬来吃。奶奶那一日很是好脾气,她穿着白色斜襟褂子,观音似的,站在塘边的树荫下,一边摇着蒲扇一边等我们。那是一口野塘,没有主人,莲叶和莲蓬可以尽兴地采。但我只采了一片叶子。采多了也没用,我只有一张脸需要遮阳。堂哥采了一大把莲蓬上岸来,奶奶不吃,我和堂哥吃掉一些,剩下的莲蓬我们兜在一片大莲叶里,捧到大表姑家。

大表姑家的房子坐落在一个小江堤上,门前门后都是陡坡,沿着门前陡坡下去,便是芦苇和柳树杂生的荒滩。太阳光像是被吹号吹出来的,密密地铺满荒滩，植物的青气蓬蓬蒸腾直灌鼻腔，仿佛泥土都在抬起身子生长。沿着门后的陡坡下去，是一片翠绿的菜园地，用芦荻秆围了围栏，有几只鸡在围栏外面懒洋洋地觅食。

大表姑身材高大，穿着白底上起着蓝花的汗衫坐在门口，她精神尚好，乍看上去一点都不像被割过乳房的人。我心里稍定，似乎自己躲过了一场血腥。大表姑的儿子年纪和我堂哥一般大，我喊他表哥。他皮肤微黑，说话时微微口吃，但一看就知道是个调皮的主儿。他一见我们来，简直像软泥里嬉戏的泥鳅一样敏捷，一扭身便跑向门后的菜园边。他一边跑，一边头也不回地高声喊道："妈，我抓——抓鸡了啊！"他的语气里有张灯结彩一般的喜气。

在 20 世纪 80 年代的乡下，谁家会天天吃鸡呢？只有来客人的日子才会杀鸡。表哥抓鸡的时候，堂哥和我也溜下陡坡，帮忙抓鸡。我们抓鸡时都很开心，抓得尘土飞扬，抓得鸡毛满天飘。这一日，我和堂哥因为大表姑被割乳房而出门做了客人，我们将以客人的身份理直气壮地去吃鸡。而我的表哥，大约早已垂涎他家的公鸡，但苦于没有理由杀它来吃。我想，表哥在心里一定很感激我们的到来，他踊跃出门去抓鸡，中午他就可以作为主人谦逊地陪着吃几块鸡肉。

似乎只有公鸡是不高兴的。它已抛弃陆地上行走的方式，张开翅膀，开启空中飞翔似的逃窜，从陡坡下面飞上来，落到门后的泥地上。它不能再飞了，它被驯化而带来的体重导致它无法长时间飞行。它空有一对翅膀。而我和表哥，还有堂哥，我们三个孩子张开六只手臂，很快就冲上陡坡，按住了一只吓坏了的公鸡。

烧水，杀鸡，烫，拔毛，开膛破肚，洗，切，入锅红烧。蓬蓬的植物青气里，很快就汤汁流淌似的，淌满了诱人的鸡肉香。我们暗自咽着口水，觉得这个日子像是过节。

大表姑到底是病人，不能干活，只坐在门口陪奶奶说话。鸡是大表姑的大女儿——我的大表姐烧的。大表姐不说话，慢慢地干活，俨然没有我们三个小孩那么开心。

中午我们吃鸡，吃过鸡肉后再吃蔬菜。我们吃鸡时都专心得很，谁都没想起看看对方的碗。吃过一顿有鸡肉的午饭后，我们依然兴致很高，根本就不想午睡，这才想起我们来时捧了一莲叶的莲蓬还没吃。于是大家吃莲蓬。堂哥和表哥两个人早就成为很好的玩伴,他们两个分坐在后门的石门槛两端,比赛剥莲蓬。他们吃完莲子,兴致依旧不减,竟然把被剥空的莲蓬当作玩具,抛,抢,接,然后贴到各自胸口处。

他们哈哈笑起来:奶!奶!

不知道他们两个是谁最先发现,莲蓬形似女人的乳房。他们把莲蓬平滑的那一面贴在自己扁平的乳头位置上,剩下莲蓬蓬松呈锥形的一面合着莲梗处的一处凸起,就分外像女人饱满的乳房和峭立的乳头了。

这个游戏,让我一时迷惑,乃至忽生无所适从之感。我不知道自己是该跟着他们笑,还是该暗自羞涩,还是该掩饰自己隐隐的恐惧。他们手里的莲蓬都是被剥去了莲子的,都是有缺口有裂痕的莲蓬了。如果女人的乳房像莲蓬,那么,是不是每一个乳房都会被撕碎,都会有缺口?

我忽想起上午奶奶和大表姑坐在门口说话,大表姑掀开白底蓝花的汗衫,奶奶探过身子,凑到大表姑胸前去。我不知道奶奶怎么有那么大的胆量去贴近那个缝了补丁线的胸口,奶奶一边细看一边疼惜不已,"啊哟——啊哟——"地惊叹,好像刀子还插在大表姑的汗衫里。我远远站在堂屋中间,不敢凑近,只隐约看到一条条黑色的细小河流蜿蜒爬行在大表姑的胸口处,又像酱油瓶倒掉,酱褐色液体在锅台流淌,渐渐凝固——那应该是伤口缝合处羊肠线和血渍的接壤地带。

许多年后,我还心存恐惧。恐惧之余又生疑问:只剩下一个乳房的大表姑,从此走路是否能保持身体左右的平衡?她在人世行走和劳动,会不会从此步履微微趔趄,不再像从前一样稳?她是否还惦念被割去的叫作乳房的那一部分的身体?

乳房之于女人,还意味着哪些?是否每一个乳房的痛,都被周围的笑声遮掩了?

二

我喜欢用莲蓬这个比喻。

在这个世界上,如果不谈与荷尔蒙相关的成人世界雾霾一样浑浊的诱惑,只从审美的角度去看乳房,我愿意一次又一次地用莲蓬来比喻乳房。

不只是它们形状相似,更是因为,莲蓬里蕴含的生机。当夏日的一枝青绿的莲蓬,或竖或躺地放在竹制的筐里,上面犹有水珠滚动。这样的莲蓬,仿佛是从万朵莲花和接天莲叶丛中旁逸出来,携带着夏天最深的秘密。可是,这秘密不关乎性感,它是低调的青绿,是低调的饱满,是少女一样的青涩和生机。

一个女人,是可以像一株水生植物一样,幽寂生长,暗自妖娆,临水自照,并且与全世界无关。你不要自作多情,以为那样的生长,是等待你的采撷。

不是的,不是献媚于他人的,没有一点要取悦于他人的杂质。

乳房生长,是上天眷顾,悄悄施与女人的一道甜点,让她在俯首自顾的刹那,开启对自身生命的审美。她在赏阅自身的那刻,开始审美觉醒。这真的与对面那个异性的世界无关。

女人活在这个世界,要面临太多沉重、太多晦暗。所以上天给了女人一个线条起伏、曼妙迷人的胴体,给了她们这样一座精致完美的屋子,来安顿一个受苦的灵魂。不然,谁愿意一辈子去做女人?

所以,即使一个女人一辈子不曾被爱情之光照耀,可是,当她在自己狭小私密的空间里对镜自照时,那一刻,她依然可以温柔地赞美:这真是一个美的奇迹!

每次沐浴之后,我都不是急急穿衣。我在穿衣开门之前,留一段时间给自己,像留着一个王朝给自己。

许多年了,我总喜欢在沐浴之后,在穿衣之前,在肌肤上犹有水珠滚动的那刻,悄悄瞥一眼镜子里那个裸身的自己——那是一枝莲,在亭亭生长。风霜未至,她依然秀挺蓬勃。

彼时,卫生间的镜子上蒙着水汽,我一遍一遍擦拭,擦拭出半张脸,擦拭出半个肩膀,擦拭出我朦胧的上身,擦拭出我的乳房像两枝莲立在起雾的莲塘里——我看着镜子里的自己,感到放心,仿佛在荒漠与戈壁之间寻找,终于抵达水草丰美的绿洲。这是人迹罕至、独属于我自己的绿洲。

我必得在绿洲边来回逡巡几趟,再次检验一下此处的草木生长态势。我在水汽弥漫的卫生间里,在镜子前,侧过身子,扭头检查我的线条,像王在巡视国境线。我要查看时间的笔,是否在抵达胸口位置时陡然泄气,手一松,笔一滑,径直垂落向下,一摊墨堕在地下。

我害怕这两枝担当着审美重任的莲垂首,失去骄傲的水分,仓皇皱缩。

我害怕美像植物茎脉里的水分，一点点从身体里漏掉。

我害怕我身上的这口夏日莲塘在时间里枯败，成为荒寂的庙宇，不再承载我对美的信仰。

……

许多年前，我比现在年轻，窥伺自己的身体不像现在这样紧张。年轻，便是对生命的认知里还存着大片的空白。一日，我的一位年过半百的女同事将脸贴到我耳边，悄悄说："许老师，我跟你说，我现在有四个乳房了。"我惶惑不已。她显然明白我不解其意，笑着解释说："年纪大了，乳房会下垂。穿的胸罩稍微松些，只要身体一活动，胸罩就会跑到胸口之上。而下垂的乳房已经从胸罩里漏出来……"同事说时，我心里一时滋味复杂，再看同事的笑脸，不知道那样的笑里是有羞涩、有惭愧，还是有苦涩。我想安慰她，却不知道从何处安慰起。

她的乳房还在，可是已经变形，已经撑不稳一个胸罩。是什么样的风雨肆虐，在女人身体这块最小的大陆上发生？美，在这里交出王位。她黯然退场，开始另一段历史纪元。

同学跟我说，她去医院体检拍胸片，拍时穿了内衣。她看见拍出来的黑白图片上，有两根弯弯的细铁圈的影子，甚是好看，那是胸罩底部用来塑形支撑乳房的铁圈，它们标注着乳房的位置。我想象那图片里两根短短细细的铁圈，它们不再有金属的冷和硬，它们是柔软的两条弧线，像月牙，更像月色下黛蓝色的海岸线。两段黛蓝色的海岸线，若即若离地牵手，围出两片寂静甜美的月色下的大海。

在胸片的黑白版图片里，乳房浩瀚而宁静，具备着滋养整个大陆和海洋一切物类的母性。

可是，我常常惊惧于目睹城市里巨幅广告屏上面的女性胸罩广告，尤其是夜晚，霓虹闪烁，巨幅广告屏上的女人们仿佛是用大火烧制出来的。她们是不死的妖姬，她们烈焰红唇、眼神迷离、乳房丰硕。她们的小半个乳房被某个品牌的内衣衬托得仿佛只有白花花的欲望。在这样的夜晚，一辆辆车、一个个人、一座座高楼、一条条拥挤的街道，都被这些从模特半露的乳房之上漫射出来的灯光照得奇怪而陌生。

甚至，我还听说淘宝上的许多胸罩广告的图片，是借用婴儿的屁股做模特来拍的。他们用最丰腴的肉体组织,去填充某个品牌的胸罩,用性感的招引来获得利润。不知道他们是用胸罩去武装乳房,还是用乳房去武装胸罩——他们全力以赴,用颜色去征伐每一双路过的眼睛。

不论是经过夜晚的巨幅电子广告屏,还是浏览淘宝上的女性胸罩,身为女人,我需要买胸罩,我必然躲不过这些视觉冲击。每次看到这些夸张的图片时,我总是忍不住在心里大声喊:不! 不! 不是这样的!

他们篡改了乳房之美!

我甚至怀疑,许多知名的影视剧里,女演员身穿大红肚兜裸露双肩的形象设计,也是对传统的东方女性含蓄娴静的形体之美、乳房之美的篡改。在农耕年代,我们的衣服染色主要来自草木染。我曾经一度迷恋古风,在家里用草木染过布料。我用苏木煮水染棉质围巾,染出粉红之色。我用栀子煮水,染出秋香色围巾送给弟媳。我想,在化学染料并不普及的农耕年代,那些小媳妇,那些待字闺中的少女,她们的内衣之色一定是温和内敛的,是低饱和度的颜色,是淡淡的石青色、淡淡的秋香色、淡淡的蔷薇色……她们淡淡的,有着草本植物的清美。

她们不那么烈焰灼灼,不那么呼之欲出,不那么瓜果累累,不那么招摇过市。她们没有野心,不是朝日一样喷薄。她们是日照之下的莲塘,有着悠长明净的清凉之美。

在一个人的房间里,在沐浴之后的潮湿空气里,乳房像两枝出水的莲,在日色下无忧无惧地生长,清洁,光明,素色,暗香缭绕。她们是水泽世界里低调生长的植物,独自凝视,不需要观众,不惊扰世界。她们是上苍提笔在画的子民,是流畅的一笔,到胸口处,稍稍往外逸出去小半尺,让她们落上一点月光的凉,又流畅地收回来——女人有了不同于男人的曲线。

我记得八十多岁的外婆行动不便时,母亲和舅母伺候她洗澡。她们将她从澡盆里扶起来,我看见外婆的乳房已经干瘪,但依然像少女一样,安静而羞涩。

三

我的书橱里,放着几枝老莲蓬。在书房的茶几上,放着一只月白色的细颈瓷瓶,瓶里也插了一枝莲蓬。这些莲蓬都老了,黑了,我常常一睹老莲良久,觉得它像一个隐喻。在一个人的书房里,我仿佛看见一段向晚的微寒时光,在老莲垂首向下的姿势里,一点一点铺陈开来。

每年体检的项目里,都会有乳房检查的内容。一般先是乳房外科检查,经常是一个六十岁上下的慈祥女医生,她让我解开胸罩而不必脱衣,她一手扶着我的肩膀,一手在我的乳房上摸索寻找,同时温和地问:痛吗?我说:不痛。她再摸索,再问:月经之前会胀痛吗?我略作沉思,回道:有时有点。她抽去手,转身回到桌边,在键盘上敲字,无非是乳房小结或小叶增生之类,这几乎是每个成年女性的乳房问题。末了,她又善良地叮嘱:一定要注意,一旦痛,就要赶紧检查。

每回听着这样的询问或叮嘱,我似乎感觉每个乳房都会面临迢迢迎来的痛。那些天生的痛,与女人共生的痛,像一个巫婆,正千方百计想要寻一个乳房来施展法术。

外科检查完毕,便是乳房B超检查,机器精密测量,告诉我巫婆的准确位置。在一个十平方米左右的房间里,在蓝色布质帘子之后,在并不开灯的幽暗的空间里,我听候吩咐,乖乖躺下,捋起上衣,解开胸罩。医生倾倒一种果冻状的液体在我胸上,她手法熟练而快速,就像咖啡师给调制好的一杯咖啡再补上一个绿色树林,但我不知道我的胸上被浇出一个什么样的图案。知道也没用,医生很快用冰凉的金属仪器将我胸口上的液体摊开,摊得满胸都是。一般有两个医生,一个医生握着仪器在我胸上勘探,并且读屏报着数字,另一个医生在另一台电脑上细细记录。我听着她们交流,心里隐隐恐惧,我微微侧头看一下显示屏上我的乳房深处的秘密数据,但是我看不懂。我只是害怕,感觉自己也许被某个巨兽盯上。我颤抖着问医生:要不要紧?医生经常回答我的是:不要紧,尺寸不大,要常做检查,密切关注。我不知道一年一次体检算不算密切关注。末了,医生抓过来一沓纸巾,嘱我擦去,然后起身,将床位让给下一位检查乳房的女人。我握着一沓纸巾,没有方向地擦着我的身体,这滑腻的液体像唾液。我像被某个黑暗的巨兽狠狠舔过,乳房上粘满了它的唾液。它舔过后,对暗自哆嗦的我失去撕咬吞噬的兴致。它放过我了,我坐在小床上擦拭唾液,我虎口逃生,有被大赦一般的侥幸之喜。

但我不知道,巨兽会不会再来。

一定有一些人是躲不过那一个黑暗时刻。我有一个闺密群,人不多,所以说话格外体己,话题从读书到明星八卦,从老公、孩子到美容健身,常常会一不小心说到乳房。一个闺密慨叹,最近辛苦减肥,肚子倒没小,胸给减没了。一时群内喧哗,大谈乳房话题。说着说着,忽地都噤了声,才想起其中一位闺密因为乳腺癌早已被切去双乳。

此后我们说话格外小心,因为我们知道,"乳房"二字,一定是那位闺密的隐痛。

还有一位朋友,也是因为乳腺癌而面临切乳。电话里,她抽抽搭搭地哭泣,告诉我说,她没有办法接受一个没有乳房的自己。那不是成了男人吗?她说。在她眼里,乳房才是她定位自己是一个女人的唯一标签。

我含着泪劝她接受手术,告诉她乳房只是我们女人身体的一部分,只是一部分而已,就像指甲和头发,只是一个部分而已。即使没有了这终究要衰老皱缩的乳房,我们仍然是女人。

朋友说:我的乳房这样好看,我怎么忍心不要?即使它们会衰老干瘪,可是我还想看它们衰老的样子呢。

朋友最后还是进了手术室。用美,置换生。

这是惨痛的交换。

如果女人的身体是一片庄严的国土,那被切去的承担着美的重任的一部分,会不会像沦亡的国都?而幸存下来的身体,和还在延续的呼吸,是不是日日夜夜像一个流亡者一样唱着哀歌?

幸存下来的朋友,没有了乳房的朋友,此后面临的是如何慢慢走出内心的夜路。她时时怀疑爱人对她的爱意在削减,她怀疑爱人比她自己更思念被切去的乳房,她怀疑爱人终有一天会越过残缺的自己去牵手另外一个有着完整乳房的女人。

如果是这样,那么最后来看守并默哀这乳房之痛的人,便只有她自己一个人了。

我想起许多年前的那个夏日黄昏,我和堂哥伴着奶奶从大表姑家回来。我们回来时穿过沙洲上的蜿蜒小路,依旧路过那口莲塘。一塘的莲,在黄昏的日照里,微微反射着黄晕的光,像是哭泣过后微红的面庞。我们路过莲塘,心有戚戚,仿佛隐隐感知到一种说不清的哀戚。我们都没有去采莲。一片片莲叶,一秆秆莲蓬,在我们身后,一寸一寸沉入蓝色的暮霭里。

几年后,我发育,是一个春天,我还在外婆家过春节,睡觉时一不小心摸到我胸口处一个乳房的最初的结缔组织,像一颗果核。我以为那是一个害人的瘤子,惶恐不已,不敢在外婆家久留,一路紧跑回家,告诉母亲。母亲伸出一只冰冷的手,像伸出一个冰冷的金属仪器,在我胸口上摸索,然后,她扑哧一笑。

像春水灌进庄稼的茎脉里一样,春风也灌进我的每一粒细胞,我被吹气球一般长大,慢慢饱满有型。揽镜自照,我看见我侧身时那一道微微弯曲的柔美线条。

我长成了无数女人中的一个,长成了面对异性时动辄宣言"我们女人"如何如何的人。

我们女人如何呢?我们,到底是什么呢?

我们,是美与痛的结合体。美和痛的叠加,这才是完整的我们。当我们把美呈现给爱人之时,我希望,在呈现之前,我们能低头深嗅,来自自己身体的莲一样清澈古老的芳香。是我们自己,首先发现了自己。当我们再痛时,来自对面的那个异性的世界,希望你们也能听懂我们的哀歌。

如果真有一天,乳房丢失,胸口一片平坦,当朦胧灯光穿过水雾,像月光一样温柔时,那是女人在时光里返程,回到碧草初生的少女之前的时代,那是一个女人的古代。就像秋风之下,莲塘寂寂,所有的绿叶、花朵和果实都回去了,回到水面之下。

我们中,有一些人,又从女人,回到女孩。

(原文发表于《百花洲》2023年第2期,有删改。)

下扬州

许含章

> 听说是下扬州正中我心头，
> 打一个包袱我跟你一道走，
> 一下扬州再也不回头。
>
> ——五河民歌《摘石榴》

五河民歌

第一次听说扬州，是因为五河民歌《摘石榴》。我的家乡安徽怀远盛产石榴，"怀远的石榴，砀山的梨，萧县的葡萄不吐皮"，这在我们那里，是可以当唱唱的。这第一个"唱"字是动词名用，"歌子"的意思，我很喜欢类似的表达，有一种俚俗的味道。但歌里的小姐姐，为什么挨了打就要下扬州呢？扬州是在什么地方啊？离我们这里远不远？这些我都不知道。

我更不知道的是，《摘石榴》是一个私奔的故事，故事里的小姐姐趁着在南园里摘石榴，和小哥哥打情骂俏。

> 昨个天我为你挨了一顿打，
> 今个天我为你又挨了一顿骂，
> 挨打受骂都为你小冤家哟……

我爸爸说不要在家里唱这个，对小孩子影响不好！

这当然是指我，我那时六七岁，才刚上小学，不能理解我爸爸的气愤，更不理解他所说的"打情骂俏"。不过今天看来，《摘石榴》里的小哥哥和小姐姐确实是在打情骂俏：

姐在南园摘石榴,

哪一个讨债鬼隔墙砸砖头,

刚刚巧巧砸在小奴家的头……

  这就是民歌吧,大胆、热烈、泼辣、直白,还有那么一点点轻佻。少男少女,阳光榴园,远处是奔腾的淮水,多么美好。"小冤家"的说法十分普遍,《红楼梦》里的贾母,不是说贾宝玉和林黛玉是一对小冤家吗?我也有些奇怪,为什么不是"妹"在园子里摘石榴,而是自称"姐"呢?难道那时就已经开始流行姐弟恋了?错!这里的"姐",是今天"大姐大"的意思,豪横、仗义,大包大揽,这是淮河女儿的气魄!扭扭捏捏、羞羞答答、小鸟依人什么的,那是江南女子。淮河中游一段十年九涝,年年要出去"跑水反",一路上七灾八难,风吹雨淋的,得靠"姐"罩着!

  所以南园里摘石榴的小姐姐,未必真比那个小哥哥大,而是完全有可能比他小。怀远县和五河县都是在淮河边上,风俗民情接近,若是下扬州,走的也是同一条水道。"五河五条河,淮浍漴潼沱。"和怀远一样,淮河是五河县境内最大的河流,流经五河境内89.2千米,有沫河口、浍河口、栏桥沟、三冲沟、张家沟、黄家沟、五河口、潼河口等多个入淮口。每逢汛期,五河交汇,水灾频发,十年九涝。所以"下扬州"不光是青年男女追求婚姻自由的情感选择,也是大水之年饥馑百姓的一条逃生之路。大荒之年的五河灾民,顺着"浍漴潼沱"诸水进入淮河以后,再顺流而下从三江营入江,然后辗转再辗转,最终进入扬州城。"宁往南走一千,不往北走一砖",扬州膏腴繁华之地,总能混上一口吃喝。

  《摘石榴》源于五河县的民歌之乡小溪镇小溪村。现在不知怎么样,据说过去村前屋后,漫山遍野都是石榴树。青年男女在石榴园子里打枝、掐朵、除草、施肥,而劳动总是能够产生爱情,产生美好。小溪村地处淮河南岸,为沿淮冲积平原,东部和南部多低山,属丘陵地貌。历史上,小溪村曾属凤阳和盱眙,是淮南淮北、皖北苏北的交界,所以小溪民歌旋律中有那么一点点侉腔侉调。关于五河民歌的文字记载,最早见于明天顺二年(1458年)所修的《五河县志》,在"风俗"条中有这样的记载:"除夕前二三日,小儿打腰鼓唱山歌来往各村,谓之迎年""民间插柳于门,断荤腥茹素,小儿作泥龙异之作商羊舞而歌于村市""三月建辰……清明民间祭祀扫墓官祭历坛,请城隍出巡百戏竞作举国若狂,歌舞灯采三日而毕"。由此可知五河民歌在明代，在题材、体裁、内容和形式上，都已经有了丰富的内涵，从那时起，五河民间灯歌、山歌就已遍及村、市了。

21世纪初年，文化部门曾对五河民歌做过一个普查，搜集有70余首，分为劳动号子、秧歌和小调三大类，其中以小调类民歌最多，也最具地方特色。五河民歌的表现以演唱和白口为主，兼有独唱、对唱、说唱等多种方式，比如《摘石榴》就是男女对唱。"白口"指戏曲中的说白，不同于"京白"和"韵白"的戏曲腔调，而是和我们日常说话差不多。1956年，受新社会新风气感染，小溪村老艺人霍锦堂将当地一首流传了一百多年的民间小调改编成三人小戏《摘石榴》，由大嫂子、小姑子和后生子三人表演，在华东地区民间文艺会演中获得一等奖。但也有资料说，《摘石榴》是小溪街艺人霍孝九创作的，是他将《摘石榴》由三人小戏简化成二人对唱，也未可知。总之从20世纪50年代起，《摘石榴》在淮河中游地区就已广泛流传，前些年蚌埠籍著名歌手祖海还将它唱进了维也纳金色大厅。

在五河民歌中，很多都是表现男欢女爱的小调，《四季探妹》《五更疼郎》等等，小波浪式的旋律线条，短短的拖腔，形成抒情性很强的曲调。有些惊诧于专家们关于"小波浪式的旋律线条"的描述，是因为淮河水的流淌与荡漾，才有了"旋律线条"这样的表达吗？淮河全长约1000千米，流经河南、湖北、安徽、江苏4省，其中430千米在安徽段，也是最奔腾跌宕、多灾多难的河段，塑造了淮河儿女热烈奔放、敢爱敢恨的区域人格。淮河最大的支流沙颍河，又称颍河，在五河县的沫河口注入淮河，而沫河口距离淮河上最著名的关口正阳关不过一步之遥。自古就有"七十二水归正阳"之说，若在汛期，淮颍两水洪峰相遇，无风三尺浪，在淮河上行船最是险要。其实归于正阳的又何止七十二水？这一带汇集的大小河流有160条之多。清人王肇奎《过正阳河》："立马过津口，教人唤渡船。舟轻浑似叶，水涨欲连天。老屋露檐脊，游鱼浮树颠。茫茫生百感，落日下苍烟。"淮河至此，来水众多，水势陡长，浊浪滔天，水面辽阔。五河民歌中七度音程的大跳，在《送郎》《长谈》《十二月调情》等小调中不时出现，其热烈张扬、变幻莫测的旋律，形成了五河民歌柔中有刚、刚柔兼济的独特风格，也造就了淮河女儿"打一个包袱我跟你一道走，一下扬州再也不回头"的大胆与决绝。

怀远石榴

五河在怀远的下游,虽然人人都知道《摘石榴》是五河民歌,但以石榴扬名于世的是怀远,而不是五河。

怀远在淮河北岸,涡水入淮口,古人的表述是"荆涂二山对峙,涡淮二水环绕"。荆山和涂山都很有名,荆山是因为价值连城的"和氏璧",涂山是因为大禹治水,于此劈山导淮,都是中国典籍中闪闪发光的地名。

涂山上的禹王庙,在唐至清光绪十四年(1888年)的1200多年间,一直是淮河流域最有影响的宫观,正确的叫法应该是禹王宫,而不是禹王庙。我上去过两次,它不像有些庙宇金光闪闪,而是青砖灰瓦,比较简朴,也可以说比较简陋。好在踞高怀远,与万丈红尘隔绝,登殿后高台,可见荆涂对峙,涡淮交汇,淮河滚滚东去,一泻千里,尤其壮阔。以庆祝大禹治水大功告成的"惊蛰会",俗称涂山庙会,在每年的农历三月二十八日举行,届时沿淮百姓十万余人敲锣打鼓,载歌载舞,从数十里甚至数百里外拥向涂山,参加这一盛典。有文献记载,唐代著名的政治家狄仁杰,在任江南巡抚使时曾"毁吴楚淫祠2700余座",但各地"禹庙巍然独存",由此可知大禹在中国民众心目中的地位不可动摇。

怀远因年复一年的禹王庙会,享誉整个淮河流域,不过今天,却是以盛产石榴而脍炙人口。

据《安徽大辞典》"怀远石榴"条:安徽著名特产,产于荆涂二山。汉代时已有种植……然而汉代的这个资料我没有查到。真正见之于文字的是《禹王宫庙史》:"唐天授三年(692年),禹王宫道长李慎羽(又)从京城长安引进石榴,植于(涂山)象岭。"唐天授三年是武则天登上大宝的第三年,年代也很久远了。禹王宫据说始建于汉高祖十二年(前195年),但无考。从汉代开始,涂山禹王宫历任道长不知凡几,唯有这位名叫李慎羽的道长,因为从长安引进石榴,把名字留下来了。

后来的怀远石榴,集中种植于荆山的白乳泉而不是古称"象岭"的涂山一带。前些年,县里组织专家普查和测量,发现在白乳泉下的老石榴园中,百年以上的石榴树有577棵,其中200年以上的有400余棵,300年以上的有10余棵。小时候回老家,跟在我妈妈身后,去我外婆的坟上,途中要穿过这片石榴林子。

我妈妈三四岁的时候,我外婆就去世了,先是葬在淮河的滩地上,后因屡遭大水浸漫,迁到了白乳泉后的山坡。白乳泉背依荆山,面临淮河,东与涂山禹王庙隔河相望,泉侧有望淮楼,景色颇为壮阔。

  片帆从天外飞来,劈开两岸青山,好趁长风冲巨浪。
  乱石自云中错落,酿得一瓯白乳,合邀明月饮高楼。

都说这副楹联是苏东坡所撰写,实际上是以讹传讹。苏东坡似乎确曾带着他的儿子到过怀远的白乳泉,写有《上巳日与二子迨过游涂山荆山记所见》,诗中有"牛乳石池漫"之句,诗后自注"泉在荆山下,色白而甘",但这个记载我在文献里也没有查到。因涡淮交汇,古代的很多大诗人都到过怀远,起码也是路过,所以历来文风昌郁,清代曾有"怀诗寿字桐文章"的称誉,流传很广。

怀远石榴皮薄、粒大、味甘甜,单果重量在500克以上,最大达1250克,百粒重、可食率和含糖量均很高。怀远最好的石榴当数玉石籽、玛瑙籽和大笨籽,籽粒晶莹,如珍珠玉石,肉肥核细,汁多味甘,口味醇厚。怀远地处北亚热带与暖温带的过渡带上,兼有南北方气候特点,属暖温带半湿润季风气候区,四季分明,雨量适中,土壤类型为麻石棕壤、麻石棕土和棕壤性麻石土,非常适宜石榴的生长。每年的农历五月,满山遍野的石榴花灼灼盛开,所谓"五月榴花红似火",真的如火一样。明嘉靖年间,时任巡按御史的河南上蔡人张惟恕,游怀远时有《九日登山》诗:"泉水细润玻璃碧,榴子新披玛瑙红。落日半山弦管发,百年此会信难逢。"听他的语气,似乎是第一次看到。到了清代,怀远石榴已是蜚声南北,清嘉庆年《怀远县志》"土产卷"中载:"榴,邑中以此果为最,曹州贡榴所不及也。红花红实,白花白实,玉籽榴尤佳。"据说当时荆山、涂山、大洪山、平阿山一带,榴园遍布,面积在5000亩以上。

想来那一时期,五河民歌《摘石榴》在怀远地区就已经开始传唱。

我外公的家紧挨着淮河大堤,一走出院门,迎头就是一大片石榴林。我跟在我妈妈的身后,经过石榴树下,她说"别说话!没听见石榴在开花吗?看,吓着它们了"!我很生气,我说"我没有说话!是你自己在说"!

那是我小时候,傍晚,她带我翻过大堤,去淮河上的老渡口。老渡口名叫上洪,是淮河荆山峡一段的古渡,据说与大禹治水有关。澎湃的淮水流进荆涂大峡谷,突然受阻,洪峰在谷口和谷尾之间形成巨大的落差,于是以洪流进入的先后,渡口和村庄就得名上洪与下洪。我妈妈为什么要带我到那里去呢?她是要向我痛说革命家史。那时她十二三岁,常常在夜间渡过淮河,返回怀远县城。她说她每次穿过下洪村时,身后都追着一片狗吠声,一直跟到渡口。那时我外公作为"走资派"在新马桥的"五七干校",我妈妈的奶奶,我的曾外祖母,带着我三四岁的五舅,住在涂山脚下的四队。我妈妈每个星期天都要步行十几里路,去给他们挑水,要挑满一缸,需要整整十担。当她返回县城时往往已是深夜,路过石榴园的时候,听见一朵一朵的石榴花一朵一朵地开了。

我停下脚步,仔细听,没有听见石榴开花的声音,有很多虫子在叫,覆盖了暮色中的石榴树,火红的石榴花也暗下来了。不过真的很美,风是长风,从淮河上荡漾而过,晚霞火一样燃烧,把天边染红了。边上的荆山,河对岸的涂山,都浸染在含情脉脉的夕照中,我站在高高的淮河大堤上,有一种陶醉的感觉。

怀远在河流是交通和文明大通道的古代,那可是繁华得不得了。再早不说,只说南宋时期,小朝廷偏安杭州,与金隔淮河对峙,宝祐五年(1257年),贾似道上疏:"涡口上环荆山,下连淮岸,险要可据。"要求在"荆山县"设置"怀远军"。折子递上去后,宋理宗赵昀御笔亲批"荆山为城,意在怀远"八个大字,寓意终将收复黄淮流域的大好河山。

然而此后,赵氏王朝不堪言,也不忍言了。

南北朝时期的荆山古城,沿荆山山势起伏,以巨石砌筑,城墙基宽4米,东起白乳泉后山,西至凤凰池,城垛全长3.5千米,依崖跨涧,蜿蜒曲折,直到今天,城垛的残迹仍依稀可辨。南宋的荆山城,由首任怀远知军夏贵,在荆山城旧基之上扩修加固而成,"自上洪循山之麓,迤逦而西,至老西门止,长十五里,皆截山腰筑之;其东面滨涡淮,长十三里,地皆洼下",临水七十二炮台绵延错峙。"高固荆阜,深阻涡淮",作为南宋的边关要塞,还是有险可据的。到了明清,因为涡、淮二水交汇,怀远迅速发展成为一个水陆大码头,与南宋时期的萧条边关相比,又是一番景象。

顺河街

  我爷爷的老屋,坐落在涡河大堤下面,俗称"北门口"。他是很小的时候,从徽州的横水、率水或是徽水乘竹筏进入青弋江的,而后进入长江,再而后从洪泽湖进入淮河。他从涡河口上了岸,来到怀远北门口,站下来四处看了看,看到一个竹木店,一个胖子捧着小小的紫砂壶,站在店门口。他后来知道了,胖子姓廖,他随即就闻到了熟悉的气味,那是山里竹木的味道。他那时不过十一二岁,孤孤单单一个人,该有多么害怕,多么凄惨啊,好在姓廖的胖子收留了他,可以有口饭吃了。因为实诚、勤勉,又写得一手好字,他后来做了这家的倒插门女婿,他生前似乎从没和他的儿女们提起过这一段,我说的这些,还是从他邻居的口中得知。据说过去廖胖子的竹木店里,全都是徽州学徒,徽州盛产竹木。他为什么从不和自己的儿女提自己的身世呢?是因为上门女婿的身份让他感到屈辱吗?直到今天,如果你到怀远北门口去打听我爸爸,人家仍然会说是"廖家"的老二,而不会说是许家的老二,虽然除了我大姑仍然姓廖外,我爸爸的其他兄弟姐妹早已经姓许了。旧时徽州山多地少,人烟稠密,"七山一水一分田,一分道路加田园",为了生存,人们蜂拥而出,求食于四方,徽谚所谓"前世不修,生在徽州,十三四岁,往外一丢"。我爷爷应该就是这么着,被他的家人"丢"出来的吧?他从此再没回过徽州。

  他来到怀远北门口时,怀远还是一个水陆大码头。清朝末年,官府曾在涡口设立征税大关,凡中原至两江的船只进出,必经北门口外的涡河口。我小时候,曾随我爷爷到过他工作的地方,怀远县国营竹木商店。商店货场的后门直通涡河,不断有堆满毛竹木材的船筏靠岸,趸船上搭着长长的跳板,都是从徽州大山里下来的竹木,经过了无数激流险滩。我妈妈说,她刚认识我爸爸时,我奶奶还在给货场扛毛竹,当时她已经60多岁了,还能扛着一大捆毛竹,一颤一颤从跳板上大步流星地走下来。那是20世纪70年代初期,扛一天毛竹,能挣1块钱,当天结算。第二天一大早,我奶奶就攥着这1块钱,去涡河大坝上买私粮,大米9分钱一斤,1块钱买十一斤,够全家吃一天。不知为什么,我爸爸也从未和我说过这些。怀远县城所处的涡淮交汇口,是八百里长淮一个天然良港,20世纪初,津浦铁路才刚开通不久,蚌埠还没来得及从一个小渔村彻底脱胎换骨。而怀远因水运发达,交通便利,商业繁荣,流动人口多,在淮河中游的地位远超蚌埠。当时沿涡河而建的东顺河街一带,商行林立,客商云集,翻过坝子就是北门口。东河滩上,常有一些京剧、河南梆子、淮北花鼓戏、泗州拉魂腔等小戏班子演出,引得木偶、杂技、皮影、洋片、打彩、套圈、算命、看相、押宝,还有各种风味小吃、零食摊点蜂拥而至,热闹极了。民国后不久,怀远大关撤销,商业闹市逐渐从东顺河街向西顺河街转移,游乐场也由东河滩移至老西门外的西河滩,东顺河街再不复往日的繁嚣。

五河也有一条顺河街,沿淮的县城几乎都有一条顺河街,也都建在河堤下头。光绪年《五河县志》载:"顺河街在东桥口,迤南,每日逢集。"农耕时代,乡村集市或三日一逢,或五日一逢,"每日逢集",那该有多热闹。旧时五河八景,有一景叫"东沟渔唱",浍水挟沱水在此入淮,潼澥水系也在此汇合。也是一个天然的渔港,最早是渔民上岸卖鱼卖虾,然后买米买面、买油买盐,自然形成了集市。到了清末,从淮水、浍水过来的不仅是渔船,还有很多商船,甚至小火轮也在这里停靠。粮食、木材、毛竹、柴草、日用百货,都在这里装卸,上船下船,运进运出,从早到晚。和怀远一样,木材和毛竹也是大宗商品,在那个时代,除了起梁架屋需要竹木外,很多生活日用品如暖瓶壳子、蒸馍篾子、打酒打油的端子、搂草的耙子、买菜的篮子、竹床子、竹椅子等等,也都是以竹子为原料。民国初年,受西方工业革命的影响,电力、机械进入两淮地区,五河水路四通八达,是皖东北主要的粮食集散地,所以迅速成为上海、广州、天津等外地资本进入的首选目标。面粉厂、榨油厂、米行、粮行多数集中在顺河街一带,陆路过来需从水路运出的粮食,也都要通过顺河街码头上船。因此五河民歌在淮河中下游两省十多个县市流传十分广泛,甚至连山东的有些县市也会唱《摘石榴》。一直到 20 世纪 70 年代,顺河街仍是五河县城主要商业街,建筑和民风都深受徽州和扬州的影响。房屋都是青砖、小瓦、重梁、挂柱,檐口瓦纹饰精美,风火墙砖雕别致,如徽州的马头墙。当然也和怀远的东河滩、西河滩一样,常有戏班子在顺河街演出,不时传出街上谁谁谁家的女孩儿偷偷跟着班子里的俊俏后生下了扬州。

汴水流、泗水流

我读大三那年,第一次去了扬州。应该是农历三月,细雨蒙蒙,花开似雾,柳漾如烟。"故人西辞黄鹤楼,烟花三月下扬州。"李白的千古绝唱,为扬州城做了一次宣传。走的是高速,大约3个小时的车程,而旧时走水路,最快也要半个多月,有时甚至是一个月,还得是风平浪静的时候。"汴水流,泗水流,流到瓜州古渡头,吴山点点愁。"从淮北地区往扬州去,一般都是沿汴水和泗水,当然,是说古时候。

  古汴水流经我的出生地淮北市,再往下50公里,流经我妈妈的出生地宿州。说汴水,现在很多人不知道了,实际上是隋唐大运河通济渠的一段,唐宋时期称汴河。1999年春夏之交,淮北市濉溪县泗永公路柳孜段拓宽改造,当推土机推开土层时,泥土中精美的古瓷残片出现了。在随后的大规模考古挖掘中,发现了8艘唐代大型木质沉船和1000多件精美瓷器。古老的运河柳孜码头,穿越1400年历史烟云,露出神秘的微笑。

  那时我早已离开淮北,但消息还是第一时间传过来了。经古建筑专家认定,这是一座宋代货运码头,更重要的是,这是我国大运河遗址的首次发掘。通济渠的流经地点和流经路线,一直是一个历史悬案,所以柳孜码头的发现,让淮北人可兴奋了。中国古代的大运河有两个系统,一为京杭大运河,一为隋唐大运河。隋唐大运河全长约2700千米,包括永济渠、漕渠、通济渠、邗沟、江南河五段,沟通了海河、黄河、淮河、长江、钱塘江五大水系,是隋、唐、宋三代南北交通的大动脉。通济渠是隋唐大运河黄河连接淮河的一段,"渠广四十步,河畔筑御道,道旁栽柳树"。通济渠出河南后,经安徽濉溪、宿州、灵璧、泗县,由江苏盱眙入淮河。由于历史上通济渠多次淤塞改道,加上黄河多次泛滥,沿线地貌变化很大,历史文献中关于通济渠的走向以及流经地,一直众说纷纭。柳孜大运河遗址的发掘,证实了通济渠的确切走向和流经地点,它也因此成为隋唐大运河上一个显著的坐标。

  柳孜又叫柳江口,位于今濉溪县城西南25千米处,自通济渠经由此处后,柳孜即成为运河岸边的商贸重镇,两岸因河而建的铁佛、柳孜、百善、三铺、四铺、五铺六个集镇,自隋唐兴盛至今,河上樯桅如林,舳舻相接,两岸人家密集,柳色如烟。清光绪《宿州志》记载,明代柳孜有"庙宇九十九座,井百眼",而当地百姓口口相传,说是有"七十二口井,七十二座庙"。柳孜码头出土的大量瓷器,囊括了隋至元上百个窑口,美轮美奂,异彩纷呈,我国著名古瓷专家毛小沪面对它们,连

"看明清瓷到故宫,看高古瓷到淮北"这样的煌煌大言,都脱口而出了。

通济渠流经宿州段全长141.5千米,其中94.5千米河道遗址埋于地下,有47千米为有水河道。民间野史,说隋炀帝修建大运河是为了满足一己私欲,是为了"扬州一日看琼花",但实际上他是为了维护天下的统一。开挖通济渠是在大业元年(605年),隋炀帝刚刚登上大宝后不久,100多万民工在沿线同时展开,够疯狂的了。不知有多少家庭、多少生命、多少血肉、多少白骨,被埋进了这条河道。但隋唐大运河的开通,加强了南北地区政治、经济和文化交流。

千秋功罪,又有谁能评说?而且没有大运河,哪来的运河沿线繁华城市?哪来的扬州、镇江、常州、无锡、苏州和杭州?

牵住你的手,
相别在黄鹤楼,
波涛万里长江水,
送你下扬州。
真情伴你走,
春色为你留,
二十四桥明月夜,
牵挂在扬州。

问题是"无运河,不扬州",如果没有大运河,我家乡那"昨个天我为你挨了一顿打,今个天我为你又挨了一顿骂"的小姐姐,跟上那"讨债鬼"的小哥哥,该往哪里走?

(原文发表于《美文》2023年第5期,有删改。)

白露生

许含章

> 初候,凉风至。……二候,白露降。……三候,寒蝉鸣。
> ——《月令七十二候集解》

今日立秋。

今日是 2021 年 8 月 7 日,星期六。从十四时三十七分起,农历辛丑年开始进入秋季,炎热的夏天就要过去了。

立秋是中国农历的第十三个节气,在每年 8 月 7 日至 9 日交节,此时北斗七星的斗柄指向西南,太阳到达黄经 135°。这是天体运行的结果,而在自然界,万物则开始由繁茂走向成熟和萧索。

一

《月令七十二候集解》上说,立秋有三候:"初候,凉风至。……二候,白露降。……三候,寒蝉鸣。"意思是说,立秋之后,渐渐地风就不再有暑天的溽热,因为昼夜温差大了,早晨的时候,大地上会有白色的雾气缭绕。因为尚未凝结成珠,故曰"白露",而"寒蝉"也在这个时候开始鸣叫。当然,蝉还是夏天的那个蝉,只是从立秋的那一刻起,它就变成"寒蝉"了。

《尔雅》中将"小而青紫"之蝉称为"寒蝉",蝉属于夏,"寒蝉"则属于秋。

每年的 6 月末,蝉的幼虫开始羽化,刚刚羽化出来的蝉呈现出一种碧绿色。蝉的最长寿命是六七十天,但它们的幼虫通常要在土里待上几年甚至十几年:三年、五年、七年……最夸张的"周期蝉",其幼虫要在土中待上整十三或十七个年头。多么漫长的时光啊,这些数字有一个共同点,就是它们都是质数。因为生命周期是质数,当从土中钻出时,蝉就不会遇到上一世代的天敌了。蝉在中国古代文化中象征着复活和永生,其象征意义就来自它漫长的生命周期,而蝉的形象最早见于公元前 2000 年的商代青铜器上。

我的老家在涡淮交汇的怀远县老城区,我奶奶家的老房子就在涡水边上。河堤下是大片大片的杨柳林,初夏时节的黄昏时分,有无数的蝉蛹从土中钻出。它们奋力地在树干上爬行,奋力地羽化,将外壳作为基础慢慢地让自己解蜕,就像是卸下一副盔甲。它们必须垂直地倒挂在树干上,让自己的双翅慢慢展开,慢慢变硬,突然,它们振动一下膜翅,飞起来了!

小时候,我和爸爸曾长时间地站在树下,看它们由蛹变成蝉,那是多么不可思议啊!

蝉在夏天的叫声特别响亮,但很少有人知道,鸣叫的都是雄蝉,雌蝉们却一声不响。雄蝉闹出这么大的动静来,是为了引诱雌蝉前来交配,这是一种繁衍的本能。雄蝉的发音器在腹肌部,腹肌鼓膜受到振动发出声响,而让我惊讶的是,它们的鸣肌每秒可以伸缩万次左右。由于两片鼓膜之间是空的,能起到很好的共鸣作用,所以我们听到的夏季蝉鸣,总是热烈而明亮。

是的,热烈,明亮。

绝大多数昆虫只有一年或者更短的生命周期,比如朝生暮死的蜉蝣,但在《诗经·曹风·蜉蝣》中我们依然可以看到这样的描述:"蜉蝣之羽,衣裳楚楚。……蜉蝣之翼,采采衣服。"在非常短暂的生命周期中,它们依然美丽绽放。

向窗外望去,匡河边的树木依然茂密,天空也还是夏天的样子,"蝉唱"也仍然如雨一般喧响。我的居所在合肥政务区边缘的匡河北岸,宽阔的匡河绿化带上,时常有如雨的"蝉唱"。但是也只有在夏天,蝉鸣才会如细雨一般密,就像我们现在听到的这样。

不是已经立秋了吗?为什么还这么兴高采烈啊?

所以立秋并不代表酷热的天气就此过去,虽说已经立了秋,但是还未出暑,秋季的第二个节气处暑,正在不远处等着我们呢。所谓"秋后一伏",按照三伏来推算,立秋这天往往是处在中伏期间,也就是说,酷暑并没有结束,真正感到秋天的凉意,一般要到白露之后。

白露生,天气凉。夏与秋的分水岭,并不在立秋。

季节的变化与太阳直射的角度有关,地球上的四季首先表现为一种天文现象,太阳的高度决定着空气的温度。根据现代学者张宝堃的"候平均气温法"来划分四季,日平均气温连续五天介于 $10℃—22℃$,才算是入秋。所以立秋当日,合肥的最高温度仍然高达 30℃,是民间所谓的"秋老虎"。

但毕竟白露即生,凉风将至,天气很快就会变得凉爽了。

中国的二十四节气,是古人依据北斗七星在夜空中的指向所创制的时间认知体系,是农耕文明的结晶、先民的智慧,也是中国人的生活美学。"春雨惊春清谷天,夏满芒夏暑相连,秋处露秋寒霜降,冬雪雪冬小大寒。"二十四节气,七十二候,一候五天,三候十五天,一期一会,几乎绵延了三千年之久。它值得我们骄傲,更值得联合国教科文组织将它列入人类非物质文化遗产名录。

北斗七星是我们所处北半球最重要的星象。小时候,爸爸常常在夏日的夜晚,教我如何辨认天上的北斗。那时候的星空真美啊,灿烂极了。有时候也会有萤火虫从我们面前飘过,它们轻盈的身体,只能用"飘"来形容。古人发现,随着斗转星移,北斗七星会呈现出不同的星象:"斗柄指东,天下皆春;斗柄指南,天下皆夏;斗柄指西,天下皆秋;斗柄指北,天下皆冬。"而现代天体科学则从黄赤交角所带来的变化来解释这一天象。对于儿时的我来说,夜看北斗充满了神秘和期待,而今天,在灯火通明的城市的夜晚,我们已经很难看到灿烂的星空了。

二

我居住的小区在匡河边上,能够清晰地听见匡河的流水声。

匡河是一条很小很小的河流,不知所出。立秋之后,偶尔会有久违的凉意,不知从什么地方吹过来,在匡河的水面上盘旋,瞬间就远去了。合肥周边有很多这样的小河,多到数不胜数。安徽的地貌类型复杂多样,山地、丘陵和平原南北相间,依次布列,地势西南高、东北低,加上地跨淮河、长江、新安江三大水系,河湖纵横,水域辽阔。而合肥因为处在江淮分水岭以南,岗冲起伏,所以环城皆水,叫得上名字的就有南淝河、十五里河、塘西河、上派河、官正河、许小河等等,当然,有名的还有与包拯有关的包河。这些天,我在上班的路上,或是下班的途中,能够清晰地感受到这些江淮间流淌的河流,在秋风的吹拂下,正一点一点变得清澈。是的,一点一点,你站下来,看一眼,就能知道。树木也在发生变化,汁液不再饱满,叶片也不再肥硕,在不知不觉间,树叶就变黄了,变红了,变薄了,变枯了,接着就一片一片,从树枝上飘落。

一叶落,而知天下秋。

宋时,立秋这一天,宫中要把栽在盆里的梧桐移入殿内,等到立秋时辰一到,太史官便高声唱奏道:"秋来了!"据说这时宫中的梧桐树会应声落下一两片叶子,以报秋。不知道是真有其事,还是一种传说。随着气温逐渐下降,许多多年生落叶植物的叶子会渐渐变黄,枯萎,飘落,只留下枝干过冬,而一年生草本植物将会步入它们生命的终结,整个枯萎了。

疏枝枯叶,是秋的诉说。

秋水是这个世界上最美的水,沉静、安详、清澈。春水当然浩荡,尤其是桃花水满的时候,但我还是喜欢秋水,喜欢它的一尘不染,以及经霜之后的安然与祥和。"不染尘"是秋水最大的特点,也是它的本质,即便是水面上漂着落叶,也只会显得更加干净和宁静,是亘古不变的样子。有人从高高的河岸上走下来了,是一位上了年纪的老人,他弯下腰,提起一桶水,趔趔趄趄,走到林子后面去了。

林子后面有一小块一小块的菜地,被一些从乡下来的老人种上了黄瓜、辣椒和茄子。他们的子女通过高考改变了命运,毕业后留在了省城,在高新区的大企业或是"科学岛"上的科研院所工作,他们也就随着儿女住到了城里,但离开土地的日子让他们实在难过。不不,还不是难过,是不知所措。他们在乡下种了一辈子地,劳作了一辈子,离开土地的日子,不耕不作的日子,让他们不知所措。他们的子女也很委屈:怎么了啊?接你们到城里来享福,反倒落下埋怨了?面对这样的责问,他们不知该怎么回答,又没地方去说,心里越发憋屈了。儿女们的家,有的是在十几二十几层,长年累月不接地气,让他们惶惶不可终日。于是他们来到匡河边,走上高高的堤岸,一屁股坐在地上,感受土地的温热。他们寻寻觅觅、走走停停,突然就发现了林子后面的空地,一下子愣住了!此后他们就三五成群,聚集到了这里,种上黄瓜、丝瓜、辣椒、茄子,点上毛豆、扁豆、黄豆、绿豆。当然要瞒着儿女,让孩子们知道了,那还得了!浇水、施肥、除草、间苗,一天一天,日子很快就过去了。隔个几天,他们就蹲在大桥底下,把收获了的瓜果摊在地上,向过往的行人兜售。他们似乎并不在意能卖多少钱、卖掉卖不掉。虽然一次次被城管取缔,一次次引发儿女们的不满,但他们就是不肯放手!

该如何去理解他们的行为呢?他们明明可以安享晚年,他们为什么就安享不了?

对土地的依赖、对土地的热爱,已经深入中国农民的骨髓,流淌在他们的血液之中。

最近在读一本书,一本100多年前一个名叫富兰克林·金的美国人写的书,书名叫《四千年农夫》。1909年的春天,美国农业部土壤管理所所长、威斯康星大学土壤专家富兰克林·金携家人远涉重洋来到东亚,先后考察了中国、日本和朝鲜三国古老的农耕体系,并与当地农民进行了深入交流。中国的耕地资源仅占世界的7%,却养活了占世界20%的庞大人口,这让金教授十分感叹,回去后他写了这本《四千年农夫》。但我以为,他并不因此懂得了中国农民和中国农业,他的感叹与赞美,都有些隔膜。

生活在城市的楼宇之间,我们已经感受不到季节的转换、天气的凉热。

三

秋光老了,庄稼熟了,经了霜的水面,落上红叶了。立秋的三候十五天很快就过去,江淮间的农作物正在饱满、成熟并等待收割。

这里是我国东部地区南北之间和东西之间的过渡地带,日照时间长,蒸发旺盛,进入秋季以后,庄稼都迫不及待地成熟了。合肥周边圩区的双季稻,一般要等到阳历十一月份才能开镰,成熟之前会呈现出一种介于青黄之间的混合色。这是任何调色板都调不出的颜色,浓烈极了,也和谐极了。土生土长的合肥人,当然是合肥老人,并不喜欢吃什么软糯的东北大米,他们就爱吃本地产的籼米,就吃它的"糙"。虽然离晚稻成熟还有一些时间,大豆的籽粒也还没有饱满,天空中也不见有大雁飞过,但秋天,秋天真的来了。

我小时候生活过的淮北平原,地处中纬度地带,在节气上比江淮间还要晚上一点,秋庄稼中,这时候也只有玉米可以掰了,红芋可以刨了。过了淮河,玉米就不叫玉米了,而是叫"玉秫秫",高粱则叫"小秫秫"。我喜欢这样的叫法,听上去有一种方言的味道。虽然我从会说话起说的就是普通话,但我还是喜欢皖北方言,喜欢它侉侉的带有泥土味的腔调。方言是不可译的,美文也是不可译的。我妈妈说。我妈妈曾是一名大学老师,喜欢说教。

淮河是高粱生长的南界,酿酒界习惯称它"红粮"。歌词里所描绘的"高粱熟了红满天",是意象,也是写实,不过这样的景象在今天的淮北平原上也已经很难见到了。但秋阳依然灿烂,平原依然深阔。而在合肥,即便是在秋天,也不如淮河以北地区干爽,阳光也不那么通透。恣肆的河流,漫漶的水面,蒸腾出大量的水汽,所以合肥的秋天有时会给人一种雾蒙蒙的感觉。

所以来合肥很多年,我还是怀念淮北的秋天,尤其怀念淮北秋季的夜空,那么深邃,那么高远,我们坐在操场上,那么渺小。身边有蝉在鸣叫,是短促而零落的叫声,不再如夏季那般绵长、热烈,给人以愁苦的感觉。进入深秋之后,蝉再也无力长鸣,因此在中国古诗词中,秋蝉寓意愁苦。不过那时我并不知道这些,更不知道蝉的生命很快就要结束了。我正陷入即将失去小伙伴的悲伤之中,她要随她爸妈到美国去了,我们再也见不上面了,我可怎么办呢?

那是我生平第一次有了离愁别绪,我一个人坐在夜空下,伤心极了。她走的那年我们上小学四年级,等我再一次见到她时,我已经读高二了。她还会说中国话,但磕磕巴巴,复杂一点的句子就不能理解,更表达不了。她在美国没有说中文的环境,为了让她尽快融入美国社会,她妈妈在家里也不允许她说中文,所以当她接过我递给她的一个小玻璃瓶时,她只是眼泪丝丝,却无法用语言表达。

那是我从操场后面的山坡上取回的一点泥土,给她装了一瓶,还有一瓶我自己带到合肥来了。虽然土地当时已经被大学征用,但周边的农民还是见缝插针,在山坡的空地上种满了庄稼。秋天,芝麻快成熟的时候,我们会钻到芝麻地里藏起来,让大人们四处呼喊,我们捂着嘴在里面偷着乐。芝麻一棵一棵站得笔直,没过我们的头顶,张开口的芝麻荚上,挂着米粒大的小白花。我很怀念我的童年,怀念我在淮北的日子,怀念秋天的夜晚,我和我的小伙伴并排坐在操场上看星星,有夜露滴下来,把我的头发打湿了。

一直想当然地认为,"秋"字也有繁体字,结果查了很多遍,还真没有。但"秋"字很早就出现在甲骨文中,形状看上去像是一只蟋蟀。在中国北方,蟋蟀一般在八月里成虫,九月里活跃,而"秋"字的读音也和蟋蟀的叫声相似,因此古人把蟋蟀鸣叫的季节叫作"秋"。拆开来看,"秋"由"禾"与"火"组成,"禾"字表示谷物,"火"字表示秋季庄稼收割以后烧荒以备播种。《说文解字》段玉裁注"秋"字:"其时万物皆老,而莫贵于禾谷,故从禾。"但也有学者认为,它的形状更像是一只蝗虫,蝗虫也是活动于秋季。在中国历史上,蝗灾是收获前最常遇到的自然灾害,而蝗虫有趋光性,所以每当蝗灾来临时人们就燃起大火,让它们自取灭亡,故从"火"。

但无论"秋"字作何解释,秋天都是肃杀的季节,暗含着萧瑟与悲苦。所以古时候与律令刑狱有关的物事,也都被冠以"秋"字,比如刑部就别称"秋曹"。

四

美国和中国同处北半球,春夏秋冬基本一致。我们和美国不同的只是面对太阳的方向:中国白天的时候,太阳在中国这边;中国晚上的时候,太阳在美国那边。和我们一样,美国也是幅员辽阔,我朋友居住的美国东部纽约地区,秋季不怎么明显,据说刚进入十月树叶就开始坠落,不久冬季就来临,开始下雪。东南部的佛罗里达州却长年无冬,就像我们海南的气候。而西北部的蒙大拿州呢,居然会下关汉卿笔下的"六月雪"。不知在来不及将秋季充分展开的纽约,我童年的小伙伴还能不能记得淮北的秋季?能不能想起我们一起坐在大操场上,仰望星空的时候?

全球四季的递变并不统一:北半球是夏季,南半球是冬季;北半球由暖变冷,南半球由冷变暖。我不太理解的是,美国没有农历,它的春夏秋冬是怎么划分的呢?美国的中秋,月亮是不是也是一年中最圆的一天?小时候,爸爸曾经在立春这一天带我到野地里挖一个小坑,然后很小心地在坑底放上一根鸡毛。他很小声地对我说,立春的那一刻鸡毛会被春气顶上来,飘向天空。我记得我当时目不转睛地盯着那个小坑,爸爸则一直举着手表。至于后来鸡毛是不是真像他说的那样,被春气顶了上来飘向空中,我都不记得了,只记得爸爸神秘的语气和紧张的样子。

匡河高岸的坡地上,大豆正在成熟。多年以前的这个时候,淮北平原上会有很多男人在弯腰收黄豆,很多女人在弯腰捡黄豆。大豆是我国重要的粮食作物之一,已有5000年栽培历史,古称菽。古语"菽者稼最强",这是指它在五谷中的地位,五谷指麻、黍、稷、麦、菽。古代中国的经济文化中心在黄河流域,稻子的主要产地在南方,所以最初的五谷中没有"稻"。《诗经·小雅·采菽》:"采菽采菽,筐之筥之。君子来朝,何锡予之?"其为诸侯来朝营造出一种欢快、热烈的气氛,是《诗经》中的名篇,也可看出菽在古代政治生活中的重要性。

不过今天,大豆虽然经常出现在我们的生活之中,但关于它的一些事情,已经很少有人知道。男人们弯腰收割的景象也早已不复存在,现在秋收都是动用收割机,一排十几部大机器,轰轰隆隆、轰轰隆隆,小半天就收尽了。平原上的大豆收割,在每年阳历九月下旬,农历二十四节气的秋分之后。农谚所谓"秋分秋分,昼夜平分",秋分和春分一样,表示"昼夜平分"之意。秋分这一天,阳光直射地球赤道,昼夜相等,这之后白天就渐渐变短,夜晚就渐渐变长了。立秋是秋季的开始,霜降为秋季的结束,秋分正好处在从立秋到霜降这九十天的中间,也有三候:"初候,雷始收声。""二候,蛰虫坯户。""三候,水始涸。"古人认为雷因阳气盛大而发声,秋分以后阴气开始旺盛,所以就不再打雷了。雷声不但是暑气的终结,也是秋寒的开始。由于天气渐渐变冷,有蛰居习性的虫子开始藏进洞穴,用细密的泥土将洞口封起来以防寒。由于天气干燥,水蒸发得很快,江河湖泊中的水量变少,沼泽和水洼地也渐渐干涸。这整个过程,有十五天左右。

农事上,秋分是棉花吐絮、烟叶由绿变黄的时候,江淮地区的晚稻开始收割。匡河高岸的坡地上,老人们也明显多起来了。"秋分种高山,寒露种平川,迎霜种的夹河滩",这是指小麦的播种,所谓"白露早,寒露迟,秋分麦子正当时",他们难道要在城市的中央,在车水马龙的S17蚌合高速的两侧种上麦子吗?我真的要刮目相看了。匡河的水面上有鹭鸟惊起,掠过宽阔的香樟林,飞向东南去了。

合肥的东南是巢湖。深秋的风已经很凉很凉了,"白露秋分夜,一夜凉一夜",巨大的萧瑟铺陈向绵长的湖岸线,秋意渐渐高阔。巢湖在被称作"江淮巨浸"的年代,它漫长而曲折的湖岸蒲苇丛生,栖息着数以万计的鸥鸟。杜甫有诗句"戍鼓断人行,边秋一雁声",头顶有雁阵飞过,艰难而漫长的迁徙又开始了。大雁南飞是要飞去那里过冬,南方比北方要暖,食物比北方充足。候鸟都有迁徙的习性,随着季节的变化,有规律地往来于越冬地和繁殖地。这些天,许多来自西伯利亚以及我国北方的越冬候鸟陆续抵达巢湖,巢湖岸线的湿地上鸟类明显增多。大雁南飞一般在二十四节气的白露,也即从每年的9月7日至9日开始,"八月里雁门开,大雁脚下带霜来",它们从白露到寒露一直往南飞:一条线路是由我国的东北经过黄河、长江流域,到达福建、广东沿海,甚至远达马来群岛;另一条线路是经由我国的内蒙古、青海,到达四川、云南,甚至远至缅甸和印度。第二年的春天,它们再长途飞行返回到北方产蛋繁殖。大雁的飞行速度很快,每小时能飞68千米至90千米,即便这样,一次迁徙它们也要飞上一两个月。记得小时候,我们朗读过一篇课文《秋天》:"天气凉了,树叶黄了,一片片叶子从树上落下来。天空那么蓝,那么高。一群大雁往南飞,一会儿排成个'人'字,一会儿排成个'一'字。啊!秋天来了!"

秋天来了,秋天真美好!

(原文发表于《红豆》2023年第1期,有删改。)

完美一跳
许诺晨

跳水初学者

泳池里的水是蓝茵茵的,浅水区能看清泳池底部一格一格的彩色小方砖。夏日正午的阳光慵懒地穿透玻璃,在水面上留下晃动的金色光影。

赵淼和教练陈泓大眼瞪小眼地站了半天,瞪得眼睛都酸了。一个倔强的小姑娘和一个倔强的大姑娘,简直像是进了斗栅的蛐蛐儿。

林欣双手死死地趴在泳池边缘,木头人似的泡在水里,全身僵硬,却小声地劝赵淼:"下来试试呗,好像也没那么可怕。"

赵淼看了林欣一眼,认定林欣的脸是吓白的,心里更是抗拒。她低头盯住自己的脚丫,用力屈了屈脚指头。不知什么时候,太阳已经把凉鞋的花纹印在皮肤上,成为脚背上的褐色纹路。

陈泓抬起手腕,看了眼电子手表,有点儿不耐烦了:"你倒是下不下水?"

赵淼比陈泓矮了半个头,却极力站得昂首挺胸。她根本没做好第一次训练就下水的心理准备,更是万万没想到,省队安排的教练这样年轻,看起来就是个大姐姐,自然少了些敬畏。小家伙一向固执,陈泓越凶,她就越犟,摆出针尖对麦芒的姿态,理直气壮地找了个理由:"我怕水!"

陈泓被她气笑了,一手叉腰,一手轻轻点住她胸口的标识,一字一顿地问:"你穿着跳水队的训练服,跟我说你怕水?"

赵淼还想再说什么,却猝不及防被陈泓一推——

扑通一声,水花四溅。水面上平静的光斑被打碎,映出无数个赵淼哭丧着的脸。

东海省本期跳水女队的最后一名队员,终于被迫完成了人生中的第一次下水。

省跳水队新招的一批小队员里,十岁的赵淼是最不起眼的一个。

寡淡得像是忘了长出来的眉毛,不高的鼻梁上有几颗雀斑,头发很短,只比男孩长出那么一点,嘴唇单薄,一副倔强的表情。唯一能让人留下深刻印象的是她的眼睛,眼神明亮,似乎带着种小动物对世界的好奇。

这只"小动物"眼下在泳池里扑腾着喝饱了水。

林欣试着伸手想拉她一把,却被陈泓喝退:"让她自己上来!这水深才一米五,就能吓成这样?"

跳水馆里热闹得很,四四方方的巨大泳池边,每间隔一两米就设有不同高度的跳板和跳台,训练的学员年纪不一,扑通扑通入水的声音此起彼伏。教练们训话的声音带着回响,如果闭上眼睛去听,就仿佛置身山谷。

赵淼手脚并用地在水里挣扎,想大口呼吸却频频呛水,心里又慌又气。真进了泳池,才终于体会到水的力量。

她不断警告自己,别慌,别慌,妈妈说过,一旦慌了,原本能办到的事都变难了。

赵淼和林欣被分配到的教练,是省队教练团里最年轻的陈泓。陈泓长得眉清目秀,平日里总戴着金丝边的眼镜,梳着利落的短马尾。她刚从国家队回到地方,从专业运动员转做教练。

好在水的确不深,赵淼身体素质也好,总算是稳住身形,用和林欣一模一样的姿势,趴在了泳池边缘。

林欣赶紧帮她拍背。赵淼大口大口地喘气,不满地看着陈泓。

陈泓一边在训练计划上匆匆写着什么,一边说:"这批小队员都有游泳基础,只有你们俩是从体操队转过来的,而且居然都还不会游泳……我只能给你们三天时间,先学会游泳,才能继续其他的训练。"林欣惊叹:"只有三天?这也太难了吧!"

赵淼总算喘匀了气,静静感受着水的浮力。她沉默着没说话,不满的情绪却是藏也藏不住的。

林欣挤出讨好的微笑,尝试说服陈泓,并且找到了有力的物证:"陈教啊,您看咱们跳水馆外面贴的广告——暑期游泳培训班,那都是24节课起学,怎么也得半个月才能学会呢。"

陈泓扶了扶眼镜,手里的笔停下来,居高临下地看了眼泳池里这两个可怜巴巴的小姑娘:"他们能代表省里参加比赛吗?你们是专业运动员,跟人家业余的小孩去比?能不能有点出息?当年我学游泳,就只用了一天!"

赵淼默默踢水的腿有片刻停滞。听说陈泓是很有天赋的运动员,十八九岁正是好年纪,却不知道为什么从国家队退役了。

第一次训练,陈泓就拿出了近乎严苛的训练计划。赵淼和林欣才刚适应了水里的浮力,陈泓就蹲下来,捏住码表:"咱们先练练憋气。记住,深吸一口气,入水后闭气,实在憋不住了,就慢慢吐一点。"担心孩子们理解不了,她又补了一句,"见过螃蟹吐泡泡吗?就那个频率。"

赵淼心里有火,高昂着脑袋问:"要憋多久?"陈泓说道:"世界静水闭气纪录是24分33秒,咱们不和人家比。一般来说呢,经过专业训练的游泳运动员,都能到2分钟以上。我第一次下水,比你们还小些,憋了42秒。"

林欣吐了吐舌头。两个人在县少体校都是尖子生,训练虽苦,也还算游刃有余,进了省队才知道,这里的训练强度比从前高了不止一点。

陈泓掐下秒表,赵淼和林欣同时吸气入水。水下的世界格外安静,心跳的怦怦声都显得格外清晰。水流仿佛顽皮的孩子,你静它也静,可你略一挣扎,就会发觉它处处跟你较劲。

赵淼尽量放松身体,感受着肺里的空气一点点流失。陈泓的声音隔着水传来,仿佛来自遥远空旷的地方:"25秒,做得很好,放松。"赵淼的身体渐渐紧张起来,林欣的手伸过来拉住了她的手,握得很紧,有种踏实的感觉。赵淼不敢睁眼,视觉的消失让感官格外敏锐。

两个人的手会说话,这是属于她们自己的语言。手指缠绕是在抱怨:"我的天,水里好难受!"轻轻一捏是在安慰:"差不多就行了,可别硬撑。"无奈地晃一晃是在说:"陈教练看起来好严格。"

赵淼渐渐觉得脸开始发烫,大脑因为缺氧而思绪纷乱。她试着想一些其他的事,来转移注意力。她想起了妈妈药盒里五颜六色的药丸,想起了体操队食堂的白灼基围虾,想起了数学考试最后一道附加题……这道题可真是难。

"35秒,继续坚持!"陈泓继续读秒表。越往后越难,每过一秒都是煎熬。林欣先憋不住了,往上一蹿,哗啦一声出了水,喘气的声音像是风箱坏了的手风琴,可她拉着赵淼的手却没松开。她明白赵淼有多要强。陈泓既然都说了,自己第一回下水就撑到了42秒,赵淼如果不超过这个"纪录",晚上一定会难过得睡不着觉。

赵淼在脑袋里解数学题,用身体解运动题,忙得很。陈泓的声音幽幽地传来:"39,40,41,42……"赵淼又坚持了一会儿,实在撑不住,腿一蹬出了水,把下巴搁在泳池边沿上,呼哧呼哧地喘。陈泓眼里闪过一丝欣赏,话说出来却还是凉凉的:"不错啊,还挺能憋。林欣37秒,赵淼44秒。休息1分钟,我们继续。"

林欣和赵淼苦着脸对视一眼。本来以为年轻的陈教练会比老教练好说话,没想到是个喜欢搞魔鬼训练的拼命三"娘"。

闭气、吐气、水中站立、划水、踏水、分解动作、连续动作——陈泓的小本子上似乎有做不完的下一项。

赵淼忍不住伸长脖子去看,那本子上密密麻麻写满字,并且中英文夹杂。陈泓每带她们练完一项,就会画个钩,写几句话。从还没画钩的情况来看,恐怕是要一直练到吃晚饭。

漫长的一个下午,跳水馆里来了七组训练的队员,三批参观的高中生,两组想租用场地的游泳教练,一只散步的小野猫。人和猫都是来了又走了,就连炎炎烈日都收敛了光芒,唯一不变的是陈泓声调平稳的嗓音:"休息1分钟,我们继续。"

第一次训练结束,赵淼只觉得全身酸痛,像是打了一整天硬仗刚刚爬出战壕的战士。手指头在水里泡得发白,起了皱,细长的褶皱在指尖纵横,触感也迟钝起来。

这下马威可真是给到了位。赵淼终于意识到,和以前在县里每天固定4小时的训练相比,省队的集训是真的要让她们掉层皮。

晚饭时间,食堂巨大的电视屏幕里循环播放着经典跳水比赛的视频。

林欣练得胳膊都伸不直,拿筷子的手直哆嗦,一边努力夹菜,一边向身边的小伙伴们打听:"你们练得怎么样?强度大吗?"

同期的女队从全省各地选上来十几个小队员,分给三个教练带。林欣自来熟,已经跟女孩们姐姐妹妹混成了一片。赵淼性格慢热些,老太太似的一边抖着筷子，一边竖起耳朵听。

娃娃脸的女孩叫汪朵，今年十一岁："卢教练人真的好，下午只训练了不到2个小时，就放我们休息了。我们组人最多，除了江芹是本地的，方便点，其他人刚到湖城，生活用品都没配全呢，总得往超市跑几趟。"

正聊着天，电视里播放到了比赛的颁奖环节，镜头给到了冉冉升起的五星红旗，国歌嘹亮响彻云霄。

食堂里安静下来，空调出风口系着的红绸带被冷气吹得龙飞凤舞。

赵淼抬头看电视，是上一届奥运会女子单人十米跳台的颁奖回放，夺冠的正是新一代的跳水皇后郭兰。算起来，郭兰和陈教应该差不多年纪。

国歌奏毕，赵淼问林欣："你说，咱们也能有这样的机会吗？"

林欣缩了缩脖子："能来这儿的，谁不想拿块金牌为国争光啊？可能不能做得到就没准了。中国国家跳水队，那可是世界闻名的梦之队，我爸说，咱们省队好几年没出过国家队队员啦，眼下也只有排名前几的种子选手能去争一争名额。""人总要有梦想啊，想想总是好的，万一哪天梦想成真了呢？"唐楷端着餐盘在赵淼身边大咧咧地坐下，给两个女孩一人带了只汤匙，"看你俩手抖的，这才离开海县几天，就得上帕金森病了？勺子好用点，别浪费粮食。"

赵淼笑了笑："还真是到哪儿都有你。"唐楷是海县少体校来省跳水队唯一的男孩，跟赵淼和林欣是多年的同学兼好友。他高鼻梁、大眼睛，皮肤比小姑娘的还白，性格随和凑趣，说话俏皮。

林欣笑出了声："说到梦想，唐楷同学，你的梦想不是已经实现了吗？"

唐楷挠挠头："啥？"赵淼从唐楷餐盘里抢走了鸡腿："你不是为了可以少上几节数学课才拼命练体育的吗？现在你的理想已经正儿八经地实现了……"

旁边的女孩子们都笑嘻嘻地看过来。唐楷急了，小声地抗议："都是老乡，多少给我留点面子！"

赵淼对食堂的饭菜很是满意。东海人对吃的比较讲究，食堂里除了正宗粤菜，做的都是些八大菜系里叫得出名字的花样，水煮鱼、水晶虾饺、臭鳜鱼、龙井虾仁……荤素搭配，营养全面，比在县体校时伙食好得多。

普通红肉里的瘦肉精、调味料里的丁香，都容易在尿检时被检测出兴奋剂成分,因此对专业运动员们的日常饮食要求极为严格,即便是看上去同样的菜品,他们的食材、调料都经过专业筛选。尤其是肉类,每周都会抽样送去质检局查验,确保运动员的饮食健康安全。

只可惜离海县远了,不然赵淼是真想给爸爸妈妈打包一份带回去。

小时候,爸爸买回来一盒曲奇饼干,她舍不得吃,只一小口一小口地舔,感受曲奇在舌尖上融化成小小的颗粒,满嘴奶香味儿。可总有吃完的时候,最后那几块,赵淼用白开水泡着,等饼干像海绵一样吸饱了水,涨得大大的,再慢慢品尝,总觉得这样能多吃一点——虽然已经尝不出甜甜的味道。

她是当真以为爸爸妈妈都不爱吃曲奇饼干。长大些才明白,生活中处处都需要花钱:上学买文具要花钱,自行车胎破了要花钱,连着灶台的煤气罐要花钱,就连水龙头里流出来的水都要花钱。而爸爸开店赚的钱,是不够她常常吃曲奇饼干的。

穷人的孩子早当家,从很小的时候开始,赵淼洗手都只开一点点水,看细细的水流银线一样流在掌心,就立刻关上。节约的不仅仅是水,也是爸爸妈妈的辛苦。

一直到现在,赵淼吃饭的时候,还是习惯把好吃的留到最后,颇有些来自幼年时期的小心翼翼的节省。

晚饭后,林欣回到宿舍收拾行李和床铺,赵淼一个人又去了跳水馆。

跳水馆晚上不对外开放,门口石子铺就的灌木环绕的小路便格外安静。看门的大爷靠坐在藤椅上,在月光下听着新闻,农业、金融、生态、民生,全世界的动态都在新闻里,这更衬出馆内的冷清。

赵淼在泳池边坐下来,夜露微凉,虫鸣唧唧,夏夜舒朗的月光透过穹顶的玻璃,洒下一池清辉。赵淼拿起手机拨通了家里的电话。

妈妈声音里有掩饰不住的虚弱,却强打着精神:"淼淼啊,怎么样,在湖城还习惯吗?吃得好不好啊?在队里要勤快点,帮大伙儿倒倒垃圾,给教练倒倒水……"

海县地方虽小,却是个传统体育强县,出过很多专业运动员,有一套相对成熟的运动员培养方法。赵淼有个表姐,由运动员转教练,留在了市里的体操队,成了全家族的骄傲。赵淼很小就有哮喘，既为了强身健体，也为了孩子有个美好的未来，在她四岁的时候，父母就决定让她走专业体育这条路。母亲周文秀辞掉了食品厂的工作，专心陪她练体操，成为"陪练团"的一员。父亲赵喜来经营着水果店，它是家里唯一的经济来源。

背景音很嘈杂，公交车在报站，小汽车在按喇叭，电视里播着《新闻联播》。隐约能听见爸爸赵喜来和客人在讲价："大哥，我家这西瓜包熟包甜，沙瓤的，我给您开个三角，您尝尝，不甜不要钱！今天橙子也不错，要不要带两个？"

电话另一端的喧嚣和烟火气，更显出这边的清冷安静。赵淼回想起家里的样子，小小的水果店，前面是门店，后面就是隔出来的厨房、洗手间和卧室。夜幕降临时，家里会亮起暖黄的灯光，照亮蓝白格子的窗帘和桌布，也照亮墙上挂着的全家福。照片里的赵淼还是个肉嘟嘟的奶娃娃，脸颊肉鼓鼓的，小嘴被挤得瘪进去，活像个可爱的小老太太。

这样巴掌大的地方，却被爸爸妈妈收拾得温馨整洁，十几平方米的面积，就是供她长大的一座水果王国。

赵淼嘴角不禁微微上扬："妈，我好着呢！吃得特别好，全是肉！你呢，身体还好吗？"

手机到账的声音传来，应该是爸爸做成了一单生意。电话里果然传来赵喜来的大嗓门："淼淼啊，放心吧！你好好练，将来呀为国争光，我和你妈就有奔头！"

赵淼轻轻"嗯"了一声。挂断电话，她才发现白天见过的小野猫正趴在玻璃门外蹭空调，张嘴打了个哈欠，懒洋洋地瞧着她。有这么个小观众陪着，赵淼忽然觉得没那么孤单。她换上训练服，抬胳膊甩腿热了会儿身，就下了水。

没有过人的天分，她只有更加努力，才能留下来，才能走得更远。她不想让父母失望。

陈泓计划让两个女孩三天就学会游泳，其实自己也觉得这要求着实苛刻了点。可她压力确实很大。东海省是跳水强省，为了备战下一届奥运会和世锦赛，这两年大刀阔斧地出了很多选才的新政策，冒上来不少好苗子——赵淼和林欣就是在新政策推出后被教练团看中，破格选进省队的。

常有人说,跳水就是水上的体操。有体操底子再练跳水,在动作协调性上还是有优势的。这些年,就出现了体操转跳水拿世界冠军的情况,有些教练甚至更偏爱从体操队选小队员上来。

可这两个孩子毕竟是刚进省队,跳水是零基础,算是比较边缘的队员;陈泓自己呢,虽然做了十几年专业运动员,可当教练却是新手——她们这三个挂车尾的组合,在省队里几乎没什么存在感,要想出头只能靠拼。

头一天的训练量过载,陈泓纠结了一晚上,准备给两个孩子松松劲儿,却没想到,两个小姑娘给了她大大的惊喜。

下午的训练刚开始,陈泓清了清嗓子,正准备讲解自由泳的姿势,却被赵淼打断了:"陈教,不用教了,我们已经学会了。"

陈泓倒是一愣:"会了?"林欣也点头:"我俩上午上完文化课,就过来练了。自由泳应该是没问题了。"林欣是真的一上午就熟悉了水性,赵淼暗暗庆幸自己昨天晚上"加了餐",才能跟上林欣的进度。

是骡子是马拉出来遛遛。陈泓按捺住欣喜,故作淡定地掏出码表:"行,400米先走一个。"

赵淼和林欣看了不少教游泳的教学视频,站立式入水有模有样,入水角度漂亮,虽然水中的动作还略显生涩,但足以当得起"会了"这两个字了。

陈泓看着两个女孩在水里踢出水花,像两只矫健的小海豚,不禁回想起自己刚刚进入跳水队训练的样子。尤其是赵淼,那股不服输的倔强劲,简直和从前的自己一模一样。

从专业的角度看,林欣似乎水感更好,但陈泓却总是不自觉地把目光停留在赵淼身上。有那么一瞬间,她居然有种感觉——这个女孩,或许能完成她未能完成的梦想。

赵淼和林欣游完400米上岸的时候,陈泓已经平静下来。这两个女孩的路还很长,她们既然有想赢的心,自己作为教练,就一定会尽全力送她们一程。

她一边在本子上记录什么一边点评:"林欣注意,打水的时候双腿要并拢,膝盖不要弯曲过度。看过《动物世界》吧?我是没顾上给你录像,你那腿啊,在水里瞎扑腾,跟章鱼似的。赵淼,身体尽可能放平,双臂抱水要有力。中午在食堂看你没少吃啊,怎么动作这么软?休息1分钟,再来!"

赵淼和林欣都蒙了。她们已经提前完成训练计划,陈泓居然连一句夸奖都没有,反倒是劈头盖脸一顿训。林欣有点儿沮丧,张嘴想说点什么,最终还是沉默下来。

主要是累了,说不动话。赵淼倒是还好,从小被老师和教练耳提面命习惯了,只要别再把她踢下水,她都还能接受。陈泓又给两人详细讲解如何发力,正说着,卢教练领着他的学员们进了场地,开始水上训练。

赵淼花了好几天,才把卢教练和看门大爷认了个清楚。卢教练恐怕是省队最不修边幅的教练了,训练的时候总是跨栏背心配卡其色过膝运动裤,脚踩一双墨绿色洞洞鞋。他跟看门大爷年纪相仿,穿着打扮也是同一路线,也难怪赵淼"脸盲"。

赵淼和林欣的注意力很快被吸引了过去。汪朵战战兢兢地上了三米板。她在这批小学员里算年纪大的,又在游泳队待过,水性没问题,自然被卢教练抽了个状元签。看来这是汪朵第一次上板练跳水动作。她站在板上晃晃悠悠、起起伏伏,像是被风吹低了头的麦穗。脚丫仿佛被胶水粘在了跳板上,身体却很僵硬,兵马俑似的就只有一个姿势。

下午的常规训练时间到了,男队也陆陆续续进了场馆,跳水馆一下子热闹起来,水面不同区域都浮动着许许多多脑袋,水声哗哗响。

汪朵的娃娃脸皱成一团,在跳板上上也不是下也不是,连耳朵都涨得通红。

小野猫不知道什么时候又溜到了门外,坐在墙角舔自己的爪子,远远地看着。

卢教练鼓励汪朵:"记住我说的动作要领,摆臂,腿用力,头朝下!"

赵淼替汪朵捏了把汗。林欣吐了吐舌头:"换我上,我恐怕也悬。那么多人看着呢,跳不好可就丢死人了。"陈泓幽幽地道:"三米板而已,轻轻一推不就下去了?老卢可真是心软。"

最终,汪朵还是没能完成人生的第一跳,她握着小拳头,耷拉着脑袋,沿着三米板走了回去。

卢教练安慰地拍拍她的肩膀。赵淼长长地出了口气,吊着的心稍稍放下来。每个进跳水队的运动员,要过的第一关,就是克服对高度和水的恐惧,她自问,自己也不一定能做得到。

陈泓皱着眉，推了推眼镜："知道跳水这项运动是怎么来的吗？"

赵淼和林欣都被问住了。陈泓双手抱在胸前："有一种说法，在航海时代，海战中，水手们就得从帆船桅杆上往下跳，翻腾转体是为了看清楚周围的情况，水花小是为了不被敌人发现。看到没？汪朵这样的情况，在战场上，那就是逃兵！

"我是绝对不允许我的队员走回头路的——上了跳板或跳台，就像战士上了战场，只有向前，谁想逃跑我给谁踢下去。都别看了，我们400米继续！"

赵淼脑海中浮现出苍茫的大海、恢宏的战舰，高高的桅杆上一名跳水的水兵，或许还戴着黑色的独眼眼罩，很传奇，很热血。她默默拉下泳镜。隔着泳镜看世界，世界就变成了蓝色。

陈泓踩住十厘米高的移动踏板，给两个女孩轮流规范入水姿势。赵淼先上，双手画圈向上，陈泓按住她的肩膀往下压："重心放低！"

赵淼忍不住地问："陈教，你第一次跳水的时候，怕吗？"陈泓的手顿了顿。她七岁就进了业余跳水学校，和郭兰同一天入门，拜的是东海省民间最出名的师傅。第一次入水的时候，她和郭兰都哭得一把鼻涕一把泪，简直惨不忍睹。

可她说出来的话却是另一番光景："我会怕？我第一跳是五米台，我可是眼皮都没眨一下。"

林欣一脸崇拜："陈教，我听说你以前的教练带出过七八个世界冠军啊！"

陈泓不说话了，直接吹哨子。哨声就是命令，两个姑娘条件反射似的往水里扎，林欣的话被淹没在翻滚的水花里。此后的一个多星期，除了文化课，陈泓几乎都是陪着赵淼和林欣训练。从第二周开始，每天早上五点还增加了晨跑。林欣常常感叹，陈教恨不得一天有48个小时才够用。不过，时间再紧，陈泓也从不占用她们文化课的时间。有一回，两个姑娘想放弃一节阅读指导课去练体能，为此她还小小发了一次脾气。

赵淼心里委屈："我们也是想快点进步嘛。"陈泓很生气："你们是专业运动员，但也是九年义务教育的学生。你们的人生还很长，除了运动，还有很多别的事需要做，这都需要课本上的知识。腹有诗书气自华，我不希望我们省队出来的孩子被人说四肢发达头脑简单！"

赵淼和林欣其实似懂非懂，但从此以后再也没敢缺过一节文化课。

接下来的训练中,赵淼第一次知道,原来跳水不光是在水里练的。

省队有一个专门的陆上跳水馆,占地面积比跳水馆还大些,里面用一块弹网拼一块海绵池,分出大大小小十几个区域,星罗棋布地堆着五颜六色的软垫。如果不是时不时有人弹出老高在空中旋转翻腾,赵淼会以为是进了某个大型儿童蹦床乐园。

陆上跳水馆里有很多辅助训练的设施,造型不起眼,练起来才知道有多累。比如有一座一人多高的梅花桩,每根柱子都伸出来老长,陈泓要求赵淼和林欣像猴子一样挂在桩上,双腿并拢靠腹部力量用脚尖碰头,一组二十个,练核心力量。

还有专门用来拉筋的一套设备,赵淼把两只胳膊搭上去,人就被拉直了,陈泓抬起她的腿往头上压,数二十个数才能下来。

训练量是真的大,但细想想,都是些最基础的项目,连跳水的门儿都没摸到。

其他教练都已经开始了系统的跳水教学,弹网训练、陆台训练、水上保护带训练、看目标动作训练,赵淼和林欣当真眼馋。眼瞧着同一批的汪朵、唐楷都渐渐能跳出有模有样的动作了,两个女孩心里更不是滋味。

晚上睡前的"卧谈会",林欣一边玩手机一边抱怨:"淼淼,你说陈教到底行不行啊?要说她是不用心吧,她每天到得比咱俩早,走得比咱俩晚,可是这么多天都是基础训练,我都不敢跟人说我是跳水队的,因为我压根儿都还不会跳水!我爸给我打电话,问我练了啥,我直接给他来了个一问三不知,我爸都给我整蒙了。从前我爸让我先打好体操基础,学跳水也简单些,现在好不容易进了省队,我怎么觉得我还是练体操的?"

赵淼平时不善于表达,只有跟林欣才能说说心里话:"会不会是陈教有自己的想法?不过她天天只管布置任务,谁也猜不到她后面是什么打算。我可比你更着急,你好歹有你爸妈护着,我要是成绩不好,往后可真不知道该怎么办了。你知道的,我的梦想就是有一天能真的为国争光,我是真想练出点成绩!"

林欣一骨碌从床上坐起来,探出半个脑袋看下铺:"别那么悲观,你练得那么苦,一分耕耘总会有一分收获的。"

赵淼一边抬着腿给自己做拉伸,一边叹口气:"但愿吧。你看我焦虑得脑门上都长痘了。"

林欣挠挠头:"要不,咱们向上面反映反映,调到卢教练那儿去?"

赵淼一怔:"陈教手上就我们两个学员,我俩要是一走,她不就成光杆司令了?"

林欣把床拍得哪哪响,义正词严:"你还担心她呢?她都当教练了,以后多的是学员,可是运动员的黄金时间就那么几年,我俩可不能白耗着呀!伏明霞十三岁就拿奥运冠军了,留给我们的时间不多了。得,明天我就去打听打听,你放心,我要是能走,肯定带着你一起!"

赵淼心里一阵感动,觉得林欣要是生在古代,肯定是个到处劫富济贫、打抱不平的女侠。那陈教呢?赵淼脑海里浮现出电视剧里举着拂尘的灭绝师太,自己先忍不住笑了出来。

此后的几天,除了林欣神神秘秘地打了几次电话,其他一切训练照常,只是每天的晨跑又加了量。

夏天天亮得早,每天在跑道上看日出,是赵淼从前没有过的体验。星星和太阳一起挂在蓝灰色的天上,却毫无违和感。风吹在脸上,像最柔软的丝绒。

但,一切美好只属于前两圈。从第三圈开始,疲惫就像抽芽的藤蔓,从双脚开始,疯狂地向上生长。赵淼大口呼吸,觉得风里像是有暗器,吹进嗓子眼里,干干地疼。

林欣也是大汗淋漓,汗水流进眼睛里,比哭还难受。两人肩并肩向前跑,赵淼渐渐有种错觉,不是自己在动,而是操场在脚下转圈圈,一圈又一圈,无穷尽。陈泓在跑道边伸胳膊伸腿地拉筋,看两个姑娘靠近了,立刻拍着巴掌督促:"快快快,提起精神!摆臂,注意脚步节奏!"林欣哀号:"陈教,第八圈了,还要跑吗?"陈泓看看时间:"跑完十圈,刚好吃饭!"赵淼觉得一阵难受,停下脚步,双手撑住膝盖,弯腰喘气。林欣跑出去一段,才发现赵淼没跟上,又小跑着回过身来。陈泓从小练体育,见多了女孩子们装病偷懒,根本没当一回事。省队选人前有严格的体检和体能测试,这帮小姑娘身体素质一个赛一个的好,除非运动损伤,别的出不了什么大事。

她走过去,严肃地问:"怎么了这是?"赵淼按住胸口,一阵剧烈的咳嗽,半天才缓过劲儿来:"陈教,真的……真的跑不动了!"陈泓没戴眼镜,猫一样眯起眼睛,声音陡然高了八度:"跑不动?跑不动也得跑!再偷懒,就给我加圈儿!"赵淼一阵心虚,对自己的身体状况隐隐地担忧。她低下头不敢看陈泓:"我不跑了!"陈泓气得夺毛,她在跳水队这么多年,可从没见过谁敢这样跟教练对着干,可总不能绑上赵淼的腿去跑。陈泓是个急性子,没发现赵淼的不对劲,在原地来来回回踱步,大发脾气:"奏国歌的时候,都想上领奖台,这才跑几圈就要放弃了?你以为金牌都是天上掉下来,精准地砸在你们脑袋上的?"

跳水队用的是体校的操场,五点多已经有不少晨练者的身影。陈泓深深吸口气,按下心头的无名火,指着晨光中的影子们给赵淼上课:"看到没?那个小男孩,体操队的,七岁半,每天早晨十圈;剃寸头那个小姐姐,奥运会举重冠军,拿了多少牌子也没放下训练,跟新人一样晨跑;那个老大爷——老大爷不知道是什么项目退休的,人家得有六七十了,都比你能跑!"赵淼又咳嗽了一阵,喘着气想要解释:"我们以前训练,都是三五圈就休息一会儿再跑……"陈泓打断她:"以前是以前!进了省队,就要按省队的标准来!前两天你们自学游泳的劲儿呢?就这三分钟热度,还想搞体育吗?"

赵淼咳得更厉害了,弯下腰像头受伤的小兽,脸憋得通红。林欣小跑着去场地边找来保温杯给她喂水,一副欲言又止的样子。

陈泓这才觉出不对劲。按理说,赵淼这姑娘不是怕吃苦的,不至于这样。

赵淼弯着腰,咳一会儿喘一会儿,一口气赶着一口气。林欣急了:"陈教,她真不能跑了!"陈泓忽然反应过来,咬咬嘴唇,在赵淼面前半蹲下来,对林欣说:"扶她上来,我背她去医务室!"赵淼拼命摇头:"不用!"林欣也着急,一跺脚,拉住赵淼就往陈泓身上架,三个人你推我搡乱成一团地奔向医务室。赵淼趴在陈泓的背上,觉得像是乘上一叶风雨里飘摇的扁舟,可好像无论风雨多大,这小舟都不会倾覆。

她突然想起小时候咳嗽,冰天雪地里,妈妈背着自己去医院打点滴。那天的风真冷,可妈妈的后背还是被汗水浸透了。

值夜班的刘大夫打着哈欠正准备下班,被风风火火冲进来的三人组吓了一跳。陈泓小心地把挣扎的赵淼扶上诊疗用的小床:"老刘,她好像哮喘犯了,赶紧给处理一下!"

赵淼睁大眼睛看着陈泓。陈泓当然明白小姑娘的心思:"你这症状不是哮喘,还能是啥?"

林欣支支吾吾地解释：“陈教，赵淼她不是故意隐瞒的……她平时很少，很少发作……”

陈泓示意她先别说话。刘大夫戴上听诊器给赵淼听了听心肺：“做个雾化，吸点沙丁胺醇就好了，不算很严重。刚来湖城吧，估计是训练量大，水土不服，抵抗力下降引发的。老陈，你这刚当上教练，可得悠着点。”

赵淼喘得好了些：“我……我不做雾化……”刘大夫瞪她一眼：“有病就要治。哮喘虽然不是什么大问题，但不当一回事也是会有生命危险的！”赵淼爬起来就要下床，一脸的视死如归。陈泓又急又气：“你这傻丫头，你这时候犯什么犟？老刘，你别管，给她上机器！”

赵淼又一阵剧烈的咳嗽，好不容易抬起头来，红着眼圈儿说：“我不想花钱！”

这下刘大夫和陈泓都怔住了，林欣头疼地按住太阳穴。半晌，陈泓才开口，声音温柔了许多：“傻丫头，队里的常规医疗都是有医保的，不用你自己掏钱。你要是不懂医保怎么弄，待会儿可以问刘大夫。这事儿得向队里汇报，不过你放心，我向你保证，这不会影响你的训练。”

雾化器呲呲的气流声似乎有让人平复心情的作用。赵淼半躺在诊疗床上，觉得助眠音乐里的那些海浪声、鸟鸣声，都不如这声音令人放松。

陈泓又把林欣拉到了外面询问：“赵淼什么情况？你们一起从海县来的，别跟我说你不知道。”

林欣直挠头，拗不过陈泓：“陈教，你可千万别告诉淼淼是我跟你说的！”

陈泓向屋里觑了一眼，见赵淼安静得像是睡着了，才说：“你放心。”

林欣苦着脸交代：“我以前见她发作过两次哮喘，不过好像没那么严重，咱们体检也不查这一项。这次填省队的报名表，她怕选不上，就没具体说明情况，这事儿一直在她心里压着呢。”说的和陈泓想的倒是差不多。她又状似无意地问：“赵淼父母做什么的？”

林欣很了解情况：“赵淼家开了个很小的水果店，夏天还卖冰棒和汽水，我经常去玩儿。她爸爸挑的西瓜，啧啧，那可真是又大又甜，还有樱桃、杧果、哈密瓜……”

陈泓清了清嗓子：“跑题了！”林欣这才"哦"了一声：“淼淼家里条件一般，靠水果店撑着,本来嘛,如果淼淼考上省队,她妈妈就准备另找份工作,可去年阿姨出了车祸,身子一直不大好,靠药养着,别说赚钱了,又是一笔开销。淼淼压力大,平时可省了,一分钱都恨不得掰开来花,所以,所以……"

"所以有病都不治?"陈泓也不知道是在生谁的气,"这是拿自己的运动生涯开玩笑!"

赵淼从小就有哮喘的毛病,平时很少发作,但过度疲劳或是精神紧张,就有可能会喘不上气。父母最初送她练体育,也是希望能增强体质。赵淼年纪小,觉得这是天大的事儿,但其实运动员患有哮喘的例子不少。

意外发病之后,赵淼很是紧张了几天,生怕突然被通知处分。她在脑海里幻想了无数种可悲可叹的结局,甚至抹了几回眼泪,可担心的事却一直没有发生。倒是刘大夫,专门喊她去了一趟医务室,开了一堆哮喘用的常备药,还有几罐运动员可用的蛋白粉,用个塑料袋装着,让她带回去。赵淼一再推让,刘大夫只说:"这是队里的福利。"赵淼只好收下,心想省队还真是来对了,居然有这么好的福利。

训练的间隙,林欣开导赵淼:"瞧你苦大仇深的样子!说了多少遍让你别担心,本来就不是什么大事儿,陈教也答应了,不会影响你训练的。"

赵淼灌了几口矿泉水:"她那么凶巴巴的,谁知道怎么想的。"心里却是很感激的,也终于明白陈泓是护着自己的。这么一想,训练中的小摩擦也没什么好抱怨了。

陈泓没有因为赵淼的病减少训练量,也没有正式教她们跳水,倒是常常煞有介事地说些著名运动员的故事。什么游泳的傅园慧从小哮喘,踢足球的梅西有侏儒症,打篮球的姚明从小左耳就基本听不见……陈泓说起来绘声绘色、声情并茂,很是投入。好几次,巡视场馆的大爷都停下脚步,听她掰扯两句。

林欣听心灵鸡汤听得耳朵都快起茧子了,对陈泓说:"陈教,您可真是被跳水耽误的励志大师。"

赵淼明白陈泓这是宽慰自己,一句"谢谢"已经到了嘴边,却又顺着喉咙吞回了肚子,在五脏六腑打着转儿,始终说不出口。她本就内敛、害羞、不善言辞,也不会像林欣一样卖萌撒娇,的确不知道此时此刻该说点什么才合适。妈妈说过,没有人是"应该"对你好的,所以,遇到好人,一定要懂得感恩。赵淼承了陈泓的情,终于在心里完完全全接受了这位严格的大姐姐。

这天早上五点,两个人准时来到操场,换上运动服开始热身,却发现陈泓有些不对劲,她全程冷着张脸,时刻不离身的笔记本也没捏在手上。

太阳还没升起,天阴沉沉的,陈泓的脸也阴沉沉的,一副生人勿近的样子。她没像往常一样记录两个人的身体状况,直接冲着天空一挥手,那意思是,跑吧,有多远跑多远。

赵淼和林欣惴惴不安地小跑出去,赵淼边跑边问:"是你得罪陈教了吗,还是我做错什么了?你看她今天,像是吞了原子弹。"

林欣也是一头雾水:"不应该啊!我俩最近表现多好啊,体能也明显上来了。"

赵淼疑惑:"那能是什么事儿呢?"跑过第一个弯道,赵淼回头张望,在铅灰色的天空下,熹微的晨光中,跳水队的湖蓝色队服格外扎眼。陈泓笔直地站在跑道边,硬生生把自己站成了一杆标枪。平时她们跑步,陈泓也会活动活动做做拉伸,或是跟其他的教练、运动员寒暄两句,很少见她这样沉默寡言。看来,是真生气了。两个人不敢怠慢,老老实实跑完十圈,筋疲力尽地向陈泓报到。

初升的太阳照在陈泓脸上,眼镜片反射出的光线却冰凉。她给两个人递了水,才终于开口:"听说你们向队里反映了,想换教练?"

赵淼和林欣愣住了,你看看我,我看看你。那次林欣打完电话吐槽后,就几乎把这事儿给忘了,谁想到给自己在这儿埋了雷,只能支支吾吾地解释:"怎、怎么会呢,陈教……?"

陈泓习惯性地双手交叉抱在胸前,看着林欣:"我知道你爸爸妈妈都是搞跳水的,懂得多,在队里人脉也不少,他们也赞成你换教练?"

不等林欣回答,她又看向赵淼:"你呢,也是一样的心思喽?"

魔鬼训练

陈泓原本气势汹汹,一副兴师问罪的架势,可说着说着,声音里竟带了些哽咽。

赵淼听得出,她的愤怒里更多的是委屈和不甘。只是,对要强的陈泓来说,愤怒或许是此刻最好的保护色。

这么想一想，陈泓虽然是教练，可也只比她们年长几岁而已，还是个大姐姐。也许，平时的强悍和严肃，很多是为了工作端出来的。

陈泓平复了一下情绪，算是正式宣布："我收到通知，今天上午队里的常规会议，会讨论你们申请转到卢教练那组的问题。你们俩，八点准时参会。"她看起来很是低落，虽然控制着不想表现出来，却是藏也藏不住。

林欣后悔得肠子都青了，急着解释："好陈教，好姐姐，你别生气，那都是之前的事儿了。我、我不过是在电话里跟我爸妈抱怨了几句，谁知道，他们还当真了！"

陈泓一副心灰意冷的样子，无所谓地耸耸肩，转身就要离开。

赵淼心里懊悔极了，一把拉住陈泓："陈教，你真的误会了。"

陈泓的脚步顿了顿，却还是微微用力，挣开了赵淼的手。天边一群白鸽扑棱着翅膀飞过，太阳也暖洋洋地升了起来。晨练的人越来越多，循着跑道变换奔跑的方向，无论东南西北，皆是前方。他们都会和许多的人擦肩而过，或是短暂同行，只是有人快，有人慢，有人加速，有人减速，然后继续朝着不同的方向继续自己的道路。

也许，这师生的缘分，也只是一段。林欣掏出手机，给家里打电话，虽然尽量压低了声音，却压不住懊丧的情绪。好不容易挂了电话，两个女孩都觉得疲惫不堪，在草地上背靠背坐下。夏季的草坪干燥柔软，带有泥土的清香，时不时有蚂蚱冷不丁蹦个老高。

赵淼问林欣："真的要走？"林欣侧过脸靠在膝头，摆弄着脚边的小草："我爸刚在电话里说，卢教练经验丰富，能去他那里是个好机会。他可是拉下了老脸，找了从前的队友，才给安排的。"

赵淼沉默了片刻："我倒是觉得，陈教，也挺好的啊。"经过上次哮喘的事儿，赵淼对陈泓的态度就变了，这时候话脱口而出，连她自己都吓了一跳。这念头不知道什么时候就静悄悄藏进了她心里，且隐藏得很好，连她自己都被瞒住了。

林欣叹了口气："谁说不是呢？她除了不教咱们跳水，别的都蛮好的，像个大姐姐。不过在咱俩以前，陈教可从没带过别的学员，我们就真的要做小白鼠吗？"

赵淼迟疑了。学校里谁不是挤破了头想进重点班？如果能跟一位经验丰富的教练学习,会不会成功的概率更大呢?

八点钟的会,就在队里的小会议室,总教练乔山和其他几位教练都在。

椭圆形的木质会议桌中间摆着两盆塑料花,看起来像是百合,厚厚的地毯吸音效果绝佳,冷气开得十足。

赵淼第一次见到省跳水队的头号人物乔山,他看起来五十开外的年纪,国字脸,高鼻梁,一身毫无装饰的全黑运动装,简约而不简单,矫健又不失威严。

赵淼和林欣是唯一参会的学员,和陈泓紧挨着坐在最下首。在一群教练面前,两个女孩拘束得很,对着面前白瓷茶杯里漂着的茶叶发呆。

教练们汇报了近期的教学情况,乔山最后才点到了林欣:"你就是老林的闺女吧?时间过得可真快!你满月的时候,我还去喝过满月酒,没想到都这么大了。"

林欣尴尬得头皮发麻,"嘿嘿"一笑,也不知道该接点什么话。

陈泓全程仿佛事不关己,看起来比早上淡定得多。不愧是运动员出身,心理素质过硬。

调动队员要经过教练和学员双方的同意,乔山按惯例询问:"你和那个女孩子,叫……"他看了眼手里的花名册,才想起赵淼的名字,"赵淼,对吧?你们俩是想转到卢教练组里?"

林欣硬着头皮"嗯"了一声。赵淼眼角的余光看见陈泓端起茶杯,微微抿了一口茶水。她的手像是有些抖,茶汤溅出来,在光滑的桌面上留下几块圆圆的水渍。

虽然没人挑明,但运动员主动要求换教练,肯定是对训练质量有置疑。陈泓在教练团里又是个实打实的新人,这时候的尴尬可想而知。

不知道从哪里来的一股孤勇,赵淼突然出声道:"我想跟着陈教。"

陈泓嘴里含着的一口茶水差点儿喷出来。

林欣也惊呆了,不可思议地看着赵淼,用口型对她说:"你疯了吗?"

赵淼在桌子下面碰了碰林欣的手,那是只有林欣才能听懂的语言,大抵是表示歉意和祝福。赵淼眼神坚定,又重复了一遍:"我想跟着陈教。"

大人们都饶有兴趣地看向这个大胆的小姑娘。乔山笑了,笑容略微抵消了一些严肃感,让他变得和蔼可亲起来:"说说你的理由。"赵淼居然没有怯场,毫不犹豫地回答:"陈教练教得很好,非常好,好极了。"

陈泓又喝了一口茶,做了几次深呼吸。

干了这行才知道,当教练真是个劳心劳力的活儿,自从带了这两个孩子,她天天起早贪黑,比从前自己训练还要累。可是,有了今天赵淼这句话,她忽然觉得,一切都值了。

乔山是位开明的领导,最终拍板:"队里当然尊重运动员自己的意见,卢教练也表态了,他那边没问题,是去是留,你们两个自己决定吧。"

陈泓和教练们接下来还有业务培训,临走的时候,她一手一个把两个孩子搂过去,拥抱了一下,低声说:"卢教练确实更有经验,你们好好考虑一下。明天五点,我还会去操场。"

从会议室回宿舍的路上,林欣练轻功似的走得飞快,明显是在赌气。

赵淼小心翼翼地跟着:"别气了呗,生气会变丑!"林欣忽然停下脚步,回头瞪她:"赵淼,你做这么大的决定都不跟我说一声吗?"不等赵淼回答,又大步向前走去,踢正步一样把水泥地踩得咚咚响。

赵淼赶紧跟上去解释:"我就是不忍心看陈教那么难过,毕竟她帮过我。而且,我觉得她虽然没经验,做事却很认真很拼,你看她记的笔记就知道……也许她只是对训练有自己的想法。可是,我也不想耽误你,我知道去卢教练那儿是个好机会!我不想看到你放弃机会,你比我有天分。"

林欣火冒三丈,再也没说什么,头也不回地走了。整整一天,她都黑着脸。

赵淼每天晚上都会一个人去跳水馆给自己增加训练量,顺便思考人生。她在泳池里游完几个来回,心情也轻松了一些,于是披上毛巾,给家里打了个电话。

爸爸赵喜来人如其名,永远快乐又充满活力,光听声音就觉得,世界上没有什么能难倒他:"喂,淼淼啊?"

最近这段时间,家里为了多赚点钱,把水果店辟出来一小片地方,做了个快递点。算起来,晚上这个时候正是人们取快递的高峰期,电话那头不时有扫码的嘀嘀声,还有形形色色的声音在报快递单号。

赵淼嘴角微微上扬,深深吸口气,仿佛能闻到家里常年萦绕的水果香味儿。她原想和爸爸聊聊今天的事儿,可他似乎没有空。

赵淼从不愿给大人添麻烦:"爸,那你忙吧!我妈呢?"爸爸应该是对客人应接不暇,隔了一会儿才说:"你妈也忙着呢。你好吧?"赵淼立刻心疼起妈妈:"妈也在店里帮忙?她身体不好,可别让她太累了!我在这边好得很,身体倍儿棒,吃吗吗香。"赵喜来哈哈一笑:"你放心,你照顾好自己就行,你妈妈有我照顾!"

跳水馆外的小路上,花木在夜灯的笼罩下疏影横斜,夜晚的蝉鸣比白日里更显悠长。远处耸立的高楼,被雨水浇得湿透,看上去有点孤单。

隔着落地玻璃窗,赵淼看见一个熟悉的身影,便匆匆挂了电话。

是唐楷蹲在地上,喂那只蓝眼睛的小野猫。小野猫大口地吃着面前的食物,一副很信任他的模样。

赵淼推开门走过去,唐楷和小野猫一齐抬头看她,动作出奇地一致。

唐楷一怔,很快笑着打招呼:"哟,这不是大名鼎鼎的赵女侠吗?"

赵淼疑惑:"什么女侠?"唐楷一边给小野猫挠痒痒,一边说:"你还真是不鸣则已,一鸣惊人。今天你在会议室的壮举,全队都知道了。"小野猫似乎被挠得很享受,把肚皮伸展开,嗓子里呼噜噜地哼哼着。

赵淼却是没好气:"瞧把你能的!幸灾乐祸!"

唐楷站起身来:"开个玩笑嘛。赵淼,我还真挺佩服你的。你是不知道,女队多少人削尖了脑袋想跟卢教练,你居然就这样拒绝了。"

路灯的灯光自上而下,能让赵淼看清唐楷的样子。这家伙以前是体操队最瘦的,最近似乎结实了些,总觉得哪里不一样了。来了省队,换了新环境,大家都在慢慢成长。

她叹了口气:"你就别拿我开心了。我正愁着呢,林欣这回可真是生我气了。"

唐楷大略了解事情的经过,哈哈一笑:"你跟林欣还会闹别扭?要不是她长得比你好看,大伙儿都以为你俩是双胞胎呢!"

赵淼装作生气的样子:"我看你是皮痒了吧?"

唐楷举起双手:"女侠饶命!"

赵淼被他的样子逗笑了。唐楷却是严肃起来:"林欣的老爸是跳水队出来的,又在体育系统工作,对她期望很高,她的压力也一定很大。到底跟哪个教练,对每个运动员来说,都是很重要的选择,我觉你们应该慎重考虑清楚。不管是哪个教练带,我们三个都是永远的好朋友!"

离开故乡,才知道同乡情谊的珍贵。某一座小小的城,哪一条小巷有好吃的苍蝇馆子,哪一处景点不需要门票,哪一条公交线路从不晚点,都是属于同乡间的秘密,在故土以外的地方,这些都是连接他们的精神纽带。

回宿舍的路上,赵淼打了一路的腹稿,想着怎么跟林欣和好。赵淼打开门,却发现宿舍里安静得像是真空,上铺的粉色蚊帐拉得严严实实,林欣似乎早早就睡下了。她应该没吃晚饭,靠窗的桌上还有半袋炒熟的花生、一堆花生壳,地上散落着碎掉的花生衣。

赵淼无奈地发了会儿呆,轻手轻脚地把桌面和地上打扫干净。

第二天,赵淼比平时起得更早了些。她走的时候,上铺静悄悄的,林欣似乎还睡着。天灰蒙蒙的,路灯还亮着,晨曦中的灯光不再如夜里耀眼,温柔又朦胧。夜里似乎下了一场雨,草坪上的雨露还没干透。赵淼来到操场,陈泓果然已经像往常一样提前到了,正蹦蹦跳跳地热身。

看见赵淼,陈泓下意识向她身后望了望。碧绿的草坪,砖红的跑道,空旷的操场。嗯,她是一个人来的。

赵淼站在陈泓面前,就已经给出了最后的答案。没有丝毫犹豫,是最坦率直接的认定。

赵淼这姑娘,也许是因为从小家境普通,来到省队以后,多少有些自卑。她格外敏感,对她多一点关心都会令她惶恐不安。她也处处对自己严格要求,对别人宽容。在她不起眼的外表下,藏着一颗璞玉般纯净的心。

陈泓从不怀疑,赵淼身上那股倔强的劲儿,终有一天,会让她成为最勇敢的战士。

此刻陈泓心情复杂。两个学员,还剩下一个。乐观的人会庆幸,好在还有机会;悲观的人会感叹,终究还是失去。

好在她一向乐观,抬手揉了揉赵淼的短发,眼睛笑成月牙儿:"以后,你就是我唯一的徒弟了。"

"等一下!"

陈泓和赵淼同时一愣,齐齐看向那个发声处,只见林欣臭着脸,小跑过来,利落的短发随着脚步一蹦一跳地上下舞动。

赵淼又惊又喜:"林欣?"陈泓激动得一时语塞,鼻子居然有点儿酸酸的。虽然暗暗盼着林欣出现,可她真来了,倒开心得不知该说些什么了。这还真是失而复得。

林欣其实也舍不得陈泓,只是她自己惹了麻烦,不得不硬着头皮扛下来。赵淼的决定成了压死骆驼的最后一根稻草。她躲在粉色蚊帐里琢磨了一整晚,终于下定了决心。

陈泓或许没有卢教练富有经验,但是她更了解她们,也会更用心地带她们去拼出一个好成绩。梦想和情谊,一个都不能少!

林欣委屈地站定:"陈教,我想明白了,我不该跟家里抱怨,给你惹了这么多麻烦。我想好了,不去卢教练那儿了,我就跟着你!"顿了顿,又看向赵淼,端出凶巴巴的样子,"我是气你做决定都不和我商量!我们说好了一起训练,一起拿奥运奖牌的,你忘了吗?"

赵淼心里百转千回,她怎么也没想到,林欣真的会这样出现,那一瞬间她简直快乐得像要飞起来。

她扑过去一个熊抱抱住林欣:"是我错啦,你说什么都对!"两个人抱在一起又哭又笑,又跳又闹。晨光一下子从操场的四周席卷而来,又是一个美好的夏日清晨。

陈泓一反常态,没有直接安排跑圈,而是让两个女孩在草地上团团坐下,自己掏出了时刻不离身的笔记本,一边翻一边说:"我这两天也好好反省了,我们之前,的确是沟通上出了问题。"

赵淼和林欣一个摇头一个摆手:"怎么会?陈教你带我们很用心。"

陈泓示意她们安心,看着笔记本上的记录:"先说林欣吧。你父亲是跳水出身,虽然后来没再走专业路子,但是你耳濡目染,一下水就能看出来——身体条件极佳,水感也很好——这是你的优势。但光有天分是不行的。你看看你现在的体能状况,力量、耐力、柔韧……各项指标都差强人意。"

林欣红着脸点头,比起勤奋,她确实不如赵淼。陈泓接着说:"我在国家队待过,可以说每一位中国跳水队的队员都非常有天分,但冠军永远只有一个。所以,先天条件再好,都必须配合艰苦的训练。"

陈泓哗啦啦翻着笔记本,两个孩子每天的训练量、完成情况、有没有进步,甚至吃饭的情况,都记录得巨细无遗。

"再说说赵淼吧。我看了你来队里之前的运动生理技能和心理素质测试的报告,你的身体条件可能不那么出众,但是心理素质测试,你是满分。针对你的情况,现在最重要的是快速提高体能,否则你也许适应不了后面高强度的训练。"

神经类型、方位知觉、技能迁移、视动协调能力和简单反应速度这五项心理指标,是教练们预测运动员训练潜能的重要标准。赵淼是这一批小队员里唯一一个满分,才争取到了吊车尾进省队的机会。也就是说,光看身体素质,赵淼并不算最优秀的一个。

如果说跳水的动作和技巧是一座摩天大楼,那么身体素质就是大楼的地基,地基不稳,大楼怎么能建得牢固?陈泓安排每天大量重复的体能和耐力训练,就是在给她们打牢地基。

响鼓不用重槌敲,林欣和赵淼瞬间明白了陈泓的用意。林欣更是后悔闹出了乌龙,鼓着腮帮子跟自己生闷气。

陈泓啪的一声合上本子,笑着说:"我呢,也是第一次当教练,只想着'严师出高徒',倒是忘了跟你们多聊聊天,让你们也明白我的想法,所以,对不起喽,两位'准跳水皇后'。"

这个昵称听起来可真是悦耳极了。赵淼和林欣终于解开了一直以来的心结,一时间斗志昂扬。陈泓还没布置任务,林欣就已经颠儿颠儿地跑了出去:"走,淼淼,今天十一圈,咱们一人送陈教一圈!"赵淼咯咯笑着跟上:"十一就十一!拼了!"冰释前嫌后,赵淼给她们师生三个人拉了个微信群,群名叫"蹦蹦跳跳真可爱"。林欣说这个名字土得掉渣,无论如何也不肯接受邀请,直到赵淼答应把群管理转让给她,才"勉为其难"地加入。

赵淼揶揄她:"你这家伙派头还真大,建个群都得弄个'领导'当当才舒服。"

林欣一边在群里给陈泓发卖萌的表情,一边翻了个招牌白眼:"高尔基说过,不想当将军的士兵不是好士兵!"

赵淼挠头:"这话居然是高尔基说的?"林欣心虚地剥了个橘子,堵住了赵淼的嘴。

经历了枯燥而又令人疲惫的基础训练,赵淼和林欣的体能都有了明显的进步,也终于迎来了陈泓的第一节技术讲解课。陈泓挑了间小会议室,给两个女孩儿开小灶:"你们天天在课堂和食堂受熏陶,也看了不少的比赛视频了,知不知道跳水动作的201B、305C这些代码都是什么意思?"

赵淼和林欣齐齐摇头。陈泓喝了口水,翻开备课笔记,开始耐心地讲解:"国际跳水竞赛规则中,有近百个不同种类的跳水动作。每组跳水动作都有自己的代码,以表示动作组别和翻腾转体的周数。

"咱们先看动作组别。跳水动作分为6个组别:第1组面对池向前跳水,第2组面对板或台向后跳水,第3组面对池反身跳水,第4组面对板或台向内跳水,第5组转体跳水,第6组臂立跳水——这一组只会在跳台跳水中采用。

"再看空中动作姿势的ABCD是什么意思。A是直体,B是屈体,C是抱膝,D是翻腾兼转体的任意姿势。"

陈泓说得详细,赵淼和林欣听得入神。"现在可以具体看看代码了。1至4组动作的代码采用3位数:第一个数代表动作组别;第二个数代表飞身动作,如果第二位数是'0',就是没有飞身动作;第三个数代表翻腾周数,'1'为半周,'2'为一周,'3'为一周半,以此类推。"

赵淼恍然大悟,原来这些复杂的代码都有最直观的意义。如果说五线谱是音乐的语言,那么代码就是跳水的语言。只要对代码足够熟悉,就能直接报出动作的名称,就好像对着五线谱唱出旋律。

林欣更是拍着手笑说:"这个有趣!像是破译密码!"陈泓看本子上的记录时间久了,眼前的字模糊起来,像是在电影院里没戴3D眼镜看3D电影,虚成一片。她不得不摘下眼镜,滴了点眼药水,才继续讲解:"还没完呢。第5组转体动作采用4位数:第一位数表示第5组,第二位数表示翻腾的方向,第三位数表示翻腾周数,第四位数表示转体周数……"

陈泓好像经常会眼睛不舒服,赵淼好几次看见她摘下眼镜,微微皱着眉,松松地攥起拳头,用手背揉眼睛。那个样子,好像自己的妈妈。

小时候,妈妈在灯下做针线活儿,给赵淼的花裙子缝扣子,也会这样揉眼睛。

赵淼正走着神,就被陈泓点了名:"想什么呢,听课听困了?来,给我说说'5337'是什么意思。"

赵淼吐了吐舌头,边想边答:"第5组转体动作,采用第3组面对池反身跳水方向完成翻腾转体,翻腾一周半,转体……三周半!"

陈泓满意地点头:"不错!第6组臂立动作也采用3位数:第一位数表示第6组,第二位数表示臂立跳水的方向,第三位数表示翻腾周数。林欣,你说说看,'632'是什么动作?"

林欣一口报出答案:"第6组的臂立跳水动作,用面对池反身跳水方向翻腾一周!这些我们都知道啦,不过陈教,这些代码和难度系数有关系吗?"

陈泓道:"当然有关系。目前为止,跳水运动员能完成的动作,女子跳水的最高难度系数是3.9,男子跳水的最高难度系数是4.1。而且这些纪录也会被不断刷新。"

林欣倒是心大:"我就喜欢挑战高难度!俄罗斯花样滑冰的特鲁索娃,不就完成了四周跳吗?在她之前,全世界都觉得这是女性运动员做不了的动作,还不是一样被打破了?"

赵淼嘴上怼她:"哪有那么简单呀?咱俩连跳水的门儿都没摸着呢。"

说是这么说,可她脸上的憧憬却藏也藏不住。陈泓的水上训练还是从游泳跳水开始的,她要求两个孩子练好基本功,认认真真调整动作细节。赵淼和林欣都很听话,也很勤奋,像两台小永动机,在水池子边一次又一次往泳池里扎。唐楷在训练间隙总溜过来看她俩的进度,这天忽然神秘兮兮地感叹:"你俩进步倒是挺快,可惜了……听说年底就有外省的跳水队过来交流,我看啊,这节奏还是有点悬。"

赵淼从水里探出脑袋,伸手把湿漉漉的头发向后一抹:"年底,交流?"

说是交流,其实就是兄弟省份互相切磋一下训练的情况,为全运会和国家队选人摸摸底。这可是难得的机会。

林欣趴在泳池边,难掩激动:"就你小子消息灵通,确定吗?"

唐楷得意地摸摸鼻子:"那还有假?来的可是大名鼎鼎的浙海队,响当当的传统强队!我们男队这两天热闹坏了,都在主动要求加训练量,等着和他们较量较量呢!"

赵淼一下子就急了,总觉得心里慌慌的,却又不知道能做点什么。就像是蛐蛐儿给装进了封口的葫芦里,憋着口气,还蹦跶不出去。还好林欣说:"淼淼,咱们找陈教去!"

训练时间,陈泓都不会走远,在场边和卢教练聊天。卢教练虽然没带过赵淼和林欣,可看过几次她们训练,对两个姑娘赞不绝口:"我这组也就汪朵和江芹,能和她俩比一比。小陈啊,没想到你年纪轻轻,也真沉得住气,还没开始练成套动作吧?"

陈泓当然早已知道浙海省队来访的消息:"我这儿正抓瞎呢,这不,来向您取经。我经验不足,怕耽误了这两个好苗子。"

卢教练颈椎不好,年轻的时候落下了旧伤,说话的时候惯性地一手叉腰,一手揉着脖子:"你做得对,基础是一切。这两个孩子情况我了解,完全支持你先带她们练体能。浙海队来交流还有几个月时间,她俩的体操底子过硬,你现在给她们上成套动作,来得及。"陈泓老远看见赵淼和林欣走过来,都是一脸欲言又止的样子,又瞧见唐楷在一边的柱子后边露出半个脑袋,立刻就明白了,唐楷肯定跟她们说了交流的消息。

陈泓赶紧又问卢教练:"时间会不会太紧了?我怕她俩发挥不好,反而影响积极性。"

卢教练哈哈一笑,语气里更是带了中国跳水队员特有的自信:"几个月时间,应付一下友队,问题不大。"

陈泓有了卢教练的鼓励,心里也有了底,朝着两个走过来的小姑娘咧嘴一笑,不等她们提问,就宣布了最新的训练计划:"知道你俩想说什么,走,咱们现在就上水上保护带。"

赵淼本以为陈泓会让她们和汪朵一样,从三米板开始跳,先找一下入水的感觉——这几乎是每一位跳水队队员必经的"成人礼"。林欣也和她想到了一起。虽然两个人都期盼着从跳台上跃下的那一刻,真到了这时候,心里还是打鼓的。可陈泓却把她们带到了馆里的五米台前,从运动背包里翻出一卷长长的黑色弹力绳。这绳子宽四五厘米,用手撑一撑,弹性十足,比普通的橡皮筋拉力大了许多。

赵淼和林欣在陆上馆天天用这种保护带练动作,没想到水上也能用。

陈泓带来了陆上保护带吊拉的一套设备,其实就是一个支撑借力的轴承,和演员拍武打戏吊威亚差不多,把运动员吊在空中,练习翻腾、转体的动作。

赵淼还没反应过来,已经被保护带绕了个结结实实:"陈教,我看汪朵她们都是在软垫上吊拉……"

陈泓得意地笑笑："这是我的独门绝学，水上吊拉，要不要感受一下？"

　　赵淼一个"不"字还没说出口，就被推了出去。她觉得自己飞起来了。人类心中总有一个飞翔的梦。李白说，"俱怀逸兴壮思飞，欲上青天揽明月"；苏轼说，"我欲乘风归去，又恐琼楼玉宇，高处不胜寒"；刘禹锡说，"如今直上银河去，同到牵牛织女家"。

　　在空中的那几秒，赵淼脑海中浮现出光怪陆离的画面：小时候看《动物世界》，非洲广袤的丛林拱出一轮巨大的红日，红日前有成群的飞鸟慵懒地滑翔；第一次坐山车，是来省队前，唐楷大呼小叫地喊破了喉咙，她和林欣的短发被风吹得竖起来，心像是在跳蹦蹦床；反反复复看奥运会的比赛视频，郭兰最后一跳摘金……

　　耳边陈泓的声音在不断提示："腿绷直，抱腿要用力！"林欣在喊："淼淼加油！"向下看，是碧蓝色的泳池飞快地扑面而来。入水的那一刻，冲击力激得仿佛天灵盖都被掀了开来，水涌进眼睛，一阵冰凉的刺痛。保护带的轴承喀啦、喀啦响，弹力很快到了极限。

　　赵淼努力按陈泓的指示完成动作，在水里打了个转儿，又被保护带弹起来。

　　回到跳台上，赵淼的心一直怦怦怦剧烈地跳动，却说不出一句话。直到林欣跟她一样尖叫着飞了出去，她才忽然清醒地意识到，自己终于真正体会到了跳水的快乐。

　　这是一项需要超乎常人的身体控制力、挑战生理极限的运动，同时，也让她感受到飞鸟一般的兴奋和自由。

　　林欣也咋咋呼呼地完成了第一次训练。两个人几乎是异口同声地向陈泓要求："陈教，我想再来一次。"

　　陈泓看着两个跃跃欲试的小姑娘，满意地笑了。就好像刚刚学会开车的人，恨不得睡梦里都要踩油门，刚刚尝试过跳水，也会被那种速度和眩晕感所吸引。算是个不错的开头。

　　终于真正开始跳水，赵淼渐渐自信起来，话多了，走路也开始昂首挺胸。一身队服洗得干干净净，像是时刻准备着要参加颁奖。林欣更是每天兴奋地叽叽喳喳，恨不得让全世界都知道，她已经是真正的跳水运动员了。

　　然而，快乐总是短暂的，前路总是艰辛的。陈泓对两个孩子寄予了极大的期望,也制订了最严格的训练计划。压韧带、松骨头从不手软,仰卧起坐、俯卧撑,都是几百个计数。

俯卧撑做得多了,胳膊抖得厉害,有时候会肚子先着地。陈泓看见了,直接吹哨子:"加五个!"一个也不能少。

赵淼和林欣也成为不多的和男队一起练体能的姑娘。男孩儿们绕着操场蛙跳,陈泓就赶着两个女孩儿跟在一长溜队伍的后面,全程亲自跟进,片刻也不许她们偷懒。男生们嘻嘻哈哈,瞧着队伍后面多了两个小尾巴,都觉得新奇。

唐楷跟她俩开玩笑:"你俩那小身板,跟不上就别硬撑。"林欣愤愤地撑回去:"走着瞧!"每一次深蹲起立,大腿都酸痛得快要失去知觉,一圈下来,赵淼只觉得头晕眼花,恨不得一头栽倒再也不要起来。可陈泓训练的时候向来铁面无私,看不出一丁点儿心软:"继续! 他们什么时候休息,你们就什么时候休息。"

林欣虽然不愿服输,却还是小声抱怨:"陈教,我们的体能肯定比不上男生啊!"

陈泓眼睛一瞪:"想进国家队,这就是第一关!"吃得苦中苦,方为人上人。赵淼的倔劲儿被激了出来,咬牙跟上,林欣也只能乖乖听话。可两个人即使拼尽全力,仍是被男孩儿们甩开了大半圈。正是中午日头最毒的时候,太阳肆意挥发着热度。脚下的塑胶跑道都被晒软了。赵淼一丝不苟地做每一个动作,起跳、落地、深蹲,反反复复无穷尽也。男生们到达终点开始休息,也收敛了戏谑的态度,向两个远远落在后面的姑娘投来钦佩的目光。

林欣和赵淼互相鼓励,缓慢却坚定地向前。陈泓跟在她们身边,心疼,也只能不动声色地忍着。最后一个深蹲起身时,赵淼眼前一黑,咕咚一声栽倒在地。

迷迷糊糊醒过来的时候,她睁开眼看见一片熟悉的蓝色,空气中有淡淡的消毒水的味道,是在医务室。

林欣趴在她床边睡着了,估计是累极了,轻轻打着鼾。竹编的帘子外隐约传来说话声,是刘医生的声音:"又要开蛋白粉? 上次那些治哮喘的药,可都是进口的,医保报不了,你没少花钱。老陈啊老陈,你对这丫头还真是好,关键还不让她知道,真想当活雷锋啊?"

陈泓的声音酷酷的:"我高兴。"刘医生问:"那你还这么训练她? 她这个月都晕了三次了。"陈泓沉默了片刻："不应该啊,我小时候也是这么练的,虽然累死累活,哭爹喊娘,也没动不动就晕。你不是医生吗?你给分析分析,她这是哪儿出问题了?"

刘医生表现欲很强："问我算是问对人了。这小丫头一看就是在长身体,缺微量元素,咱们队里的伙食是很好了,可是一天就三顿,她晚上练得晚,肯定还是饿。我看你光开蛋白粉还不行,你得给她开小灶!不过队里规定是不能随便开小灶的,你得去食堂做做工作。"

赵淼隔着帘子都能想象到陈泓脸上恍然大悟的表情。原来啊,哪有什么省队的福利,都是陈泓自掏腰包。脚步声传来,赵淼下意识地闭上眼睛,假装还在睡着。她实在想不出该说些什么话来表达感动和感激。想来想去,也只能用成绩来回报恩师了。

晚上八点,林欣躺在床上哎哟哎哟地喊着腿酸,赵淼也累得够呛,正纠结晚上还要不要去训练,"蹦蹦跳跳真可爱"的群里,陈泓突然发话："姑娘们,五分钟内到我宿舍集合。"林欣激动得一骨碌爬起来,粉色蚊帐都要被她掀了："我还没去过陈教宿舍呢!"赵淼也好奇,瞬间放弃了训练计划："走,去看看!"

(节选自 2023 年 5 月浙江少年儿童出版社出版的《完美一跳》,有删改。)

帝企鹅

汪　琦

　　光圈恒定,景深推移,一片银杏叶若无其事地从树冠脱落,两只蝴蝶自西向东穿过。在长江二路遇见张小菲的那个早晨,我正拎着刚刚出锅的十个锅贴,从楼梯下的辅道走上来。那天是立冬,天气竟然出奇地暖和。和着马路上的尾气与扬尘,我把两个锅贴送进嘴里,不出意外的话,十分钟后我将抵达单位。我的工作相对稳定,没有太多变数,尽管每天面临的人和事多有不同,核心技术却只是那么两样:倾听和记录。无论对面坐的是苎麻厂社保断缴的职工,还是新小区深受噪音骚扰的业主,我只需要把他们反映的问题和诉求一一记下,保证他们的情绪不会越来越激昂高涨,然后递给门口的保安一个眼神,我的活儿就算完成了。最近单位还要为这岗位招一个新人来,要求具有法律硕士学位和两年基层工作经验方可报考。每天早晨,我都像这样,在这扬尘中迎着阳光走三站路,沿途经过电信大楼坏掉的大钟、正在锁门的足浴店,看到在超市门前做预备起跑状的老头老太和一群在黄毛经理的带领下集体做操的服务员。如此重复的素材堆积,可能也会有趣:三百六十天后,做成一部纪录片,名字就叫《基层》。

　　张小菲就是从那一束晨光里迎面向我走来的,并排还行进着其他三个女人,边走边笑。她一身黑色的紧身皮夹克,很像是洗缩了水的吊裆,露出一小截肚脐来,肚脐在笑声和步伐里有节奏地一收一缩。这么多年过去了,我们都发生了很大变化,她当然也不再扎着我记忆中的那根马尾辫子,可我还是在那么多人中一眼就把她认了出来。她的脸盘和过去一样,像一只小小的晶莹剔透的瓷茶盏,盛着随时都可能泼洒的欣喜和忧愁。我抹了一把嘴,把剩下的五六个锅贴塞进了裤兜,多少有点刻意地挺起胸,想抬手和张小菲打个招呼。她们一行人中不知道谁刚刚讲完一个笑话,突然爆发出一阵狂笑来,引得路人纷纷侧目。张小菲的声音格外出挑,不仅笑的声音最大,肢体语言也最丰富。

　　我们就这么擦肩而过了,我想她认不出我来也很正常,毕竟我们只是小学同学,她还是到了五年级才转来我们班的。或许她认出来了,也想到可以打个招呼,但是没有必要。打小我在班里就属于不出众的男生,踢球踢球不行,学习学习一般。张小菲刚转来的时候,有传闻说她上一个圣诞节收到了二十七张音乐贺卡。那时候整个学校里都兴送贺卡,普通贺卡就是一张硬纸明信片,音乐贺卡属于高级货,三块五一张,像笔记本一样摊开,里面就有个亮着小红灯的电子元件嘀哩哒啦地放《致爱丽丝》或者圣诞快乐歌。印象中,我没有收到过这种音乐贺卡,没有人愿意为我花三块五。二十七张贺卡,其中估计有二十张都出自男生之手,这意味着张小菲是我们学校里最受欢迎的女孩子,是个男生就想和她做朋友,我当然也不例外。可惜我没有富余的三块五,我送出的贺卡都是从我妈抽屉里翻出来的邮政贺岁明信片。在圣诞节那天,祝福别人"龙年大吉",现在想想的确傻,我的好几位朋友转手就给撕了,我自然没好意思给张小菲递一张。这么说起来,学生时期的我俩有如云泥,并且连一张贺卡的交情也没有,她和我确实也打不着招呼。

一股热流缓缓地从我右大腿的外侧螺旋着向下蔓延。我把手伸进裤兜,果然,装锅贴的塑料袋已经漏了我一兜的热油。我估摸着自己也没有带餐巾纸在身上,赶紧走吧,得亏今天吃的不是小笼包。也就在这时候,她从我的身后折返回来,拍了下我的肩膀。哎?张小菲!我装作挺惊讶,还愣了一愣,我都有些佩服自己的演技。张小菲说:真是你啊,刘康?!我说:是,真是我。她上下打量了我一眼,估计看到了那一摊热油,抬眼说:你现在在哪块呢?我说:我在12345上班。看她眨巴眨巴眼,我又补充道:就是市长热线办公室。她说:噢噢,市长办公室啊,领导啊。我说:没有没有,我去年刚毕业回来,就是一个普通工作人员。她说:你怎么才毕业?你留级了?我说:我大学毕业以后又读的研究生,耽误了三年。她说:哦,研究生啊。

我问她:你呢?她的同伴已经走远了,正回头招呼她,她匆匆塞给我一张名片说:加我微信啊!老同学。

看着她一路小跑而去的背影,我突然想起了那个遥远的下午,她领着一帮女生冲进操场为我们班受伤的足球队长刘纪强送去矿泉水的场景。在此后的很长一段时间里,我一直幻想着我也能够一个人带球单刀直入对方禁区,然后有一个人来把我滑铲放倒,我保证一声也不会哼唧,最多在地上只滚半圈,便安静地仰望天空,给场边留下一个潇洒的侧影。

张小菲的名片显示,她目前在一家名为"帝企鹅生物科技"的公司供职,职位是"皖中南地区全权代表"。名片的反面,是一只非常写实的企鹅,脖子短到几近没有,却因为极目远望的姿态,多了几分白鹭般引吭高歌的感觉。唯一美中不足的是,不知是原图设计得不够精细还是印刷粗糙的缘故,这只企鹅的轮廓线条比较模糊,像是P图软件里没有抠干净的半成品,但这并不妨碍我感受到它勃勃的野心:一只伫立在南极岛屿上的帝企鹅,已经把那个商业帝国的犀利眼光布局到了一万七千多千米之外的我们这里,这是何等的气概啊!

张小菲第一次显现出她卓越不凡的领导能力,是在她转到我们班不久后的那个夏天。我记得那年夏天,中国国家足球队第一次也是迄今为止唯一一次冲进世界杯决赛圈。整座城市都陷入红色的狂欢中,大街小巷挂满了国旗,以至于我们学校门口的小卖部国旗卖断了货,老板坐地涨价,把红领巾的价格提到了两块钱一条。

中国队小组赛的第一场,对阵哥斯达黎加。在那场比赛之前,我们班的大多数人从来没听过这个国家,但这没有影响我们关注这场比赛的热情。比赛直播的时间是下午两点半,正好是我们下午第一节课开始的时间。学校上午临放学前用广播通知,今天下午集体收看比赛,每个教室都狂躁起来。我们的班主任金美娟那一年刚接手我们班,这是一个让我们感觉随时就要退休的老太太,任凭她的教棍把讲台敲得震天响,也没有人听得见。后来,金老师站上了讲台桌面,高吼道:你们要是这样,下午就不要看了!顺势,她拔掉了自己右上方天花板上的电视机信号线,全班这下安静了。

在我们所有人都为刚才的激动懊悔不已时,张小菲站了起来。她说:金老师,您别生气。同学们都是因为爱国才这么兴奋的。事出有因,情有可原。

张小菲一连说了两个成语,金美娟是教语文的,她最喜欢成语词汇量多的学生,这两个成语使金老师的火头一下子从讲台的最高处降了下来。

张小菲接着说:金老师,比赛还是要看的,这是学校组织的统一活动。到了下午,校长说不定会到每个班走一走,发现全校的同学都很爱国,只有我们501班不爱国,怎么办呢?

金老师没有说话,但是我们看得出来,她已经认同了张小菲的说法。我们从来不知道,原来张小菲这么能说,还说得这么好,而她既不是班长,也不是什么课代表,甚至连个组长都不是。

就在这个时候,张小菲乘胜追击,她不仅指挥我们班最高的戴成龙搬了张桌子,去把电视机的信号线重新接上,还向金老师建议:可不可以按照元旦联欢会时的布置,把桌椅围成一圈?张小菲说,那样大家紧紧围坐在一起,更有万众一心的气氛。

张小菲又说了一个成语。在这个成语的感召下,金老师点了点头,她说:看球可以,今晚要写一篇日记。

那时候我们已经五年级了,不用金老师说,我们也懂规矩:但凡遇上春游、看电影、给烈士扫墓这类能离开教室的事,回来都有一篇日记。张小菲厉害就厉害在,当金老师加上这篇日记为我们重新布置当天的作业时,她顺势把金老师搀下了讲台并递给金老师一支粉笔,金老师回过身子在讲台上边讲边写,她已经领着我们把自己的桌肚掏空,将教室布置出欢乐祥和的节日气氛。

那个下午,我们全班人都要感谢张小菲。因为她,我们提前半年感受到了新年的氛围,我们带来了辣条、薯片、可乐糖、干脆面,当然还有小国旗,欢聚一堂,在欢声笑语中目睹了中国队0:2不敌哥斯达黎加队的全程实况。在比赛终场哨声响起的时候,还有好几个女生鼓起掌来,好像马上就要迎来一曲《难忘今宵》。这时许灵生跳上了桌子,对她们怒吼:中国队输了!你们还在笑!那几个女生被吓得不轻,她们也是至此才知道:啊!中国队输了。

现在想起来,那天下午每个人都沉浸在一个纯净的完美世界里,无论是关于李玮锋还是那个大鼻子教练或是《情深深雨蒙蒙》的某一集剧情,所有人专注地讨论着、嘶吼着、哭泣着,以至于根本没有人注意到,从比赛开始,直到放学回家,张小菲始终没有出现在我们班的教室里。

这里要补充的一点是,许灵生之所以敢再次跳上课桌,是因为那天下午金老师也没来教室。金老师那天中午很有预见性地犯了头痛病,委托体育老师领着我们收看比赛。在比赛结束后的那几分钟里,我们的体育老师比任何人都更愤怒、伤心,我猜想,他当时一定比谁都想和许灵生一起跳上去。

第二天早读,金老师急促地走进教室,亲自叫走了张小菲和刘纪强。之所以强调"亲自",是因为在绝大多数情况下,金老师都是站在门口,随手敲敲坐在最靠近门的那位同学,请他代劳。透过金老师那双焦虑的眼睛,我看到了事态的非同寻常。

后来,我们知道,前一天下午刘纪强也没有来学校。也就是说,仅仅是把桌椅围成了联欢会的圆形,我们班里一下子少了两名同学,却没有人知道。也许还有什么人没来,或者说,那个人就是我,会有人知道吗?答案显而易见。得出这一结论时,我非常痛心,说好的同窗情深呢?

这件事发生之后,日子一如往常。唯一的变化是,我发现刘纪强的球风越发剽悍了,不仅拼抢得更凶猛,脾气也暴躁了很多。每一个队友的失误动作都会换来他的怒吼。比赛进行到十分钟后,他时不时就会来到场边,接过女生争着递给他的矿泉水,只喝一小口,而用大半瓶水淋湿自己,然后像一只洗完澡的狮子在奔跑中甩干自己的毛发。这当然有一点浪费水资源,但是很帅。女生们后来开始采购一种更高级的吸嘴型矿泉水,那个吸嘴里挤出来的水流更均匀,线条更好看,这种水卖两块钱一瓶,只为刘纪强一个人准备。我注意到,当刘纪强和女生们进行这些互动时,张小菲总是像我们这支球队的主教练一样,站在不远的地方双手抱胸,安静地观察着,我从她的脸上看不出任何表情。但是我们所有人都感受到了一种来自主教练的战略意图:无论何时遇到球,第一时间传给刘纪强就对了。

临近下班时,张小菲在微信上发来一条信息,问我中午有没有事。我说没什么事,在食堂吃饭。很快,她发来一家饭店的地址:别吃食堂了,请你。

上班前,我在保安室借了一条裤子,匆匆加过张小菲的微信就坐上工位了。一上午,也没时间与她闲聊。坐车去饭店的路上,这才翻开张小菲的朋友圈。最新的一条是某活动的投票链接,并附文字:请大家为我投上一票。点开链接,是本市某县的一家女子专科医院主办的"丽人杯"环球旅游小姐评选大赛,张小菲的头像目前在排行榜的第十六位,当前票数168。我为她投了一票,投票的过程有些艰难。这个页面时刻漂移着若干个广告链接,我只想点一下她的头像,却几次不得不被拐进一个酒厂或者治疗脱发特效药的产品页面中,退出来再次点击时,只得瞄准时机碰碰运气,如此反复三次才成功。

张小菲的朋友圈被设置成了"仅展示最近三天",而我能看到的这三天却比我手机里近一年来攒下的内容还要丰富。好姐妹的酒吧开业了,请大家去捧场。中午只吃了一根香蕉,呜呜呜呜。昨晚有幸和某大师共进晚餐,请欣赏大师墨宝,配图是一幅挂在餐厅里的"日进斗金"。路上遇见一只可怜的流浪狗,可惜我也不能带它回家。有意思的是,连着三天早晨,都有一篇来自"经典电影"的文章,并配以文字:早安,全世界。那微信号每天赏析一部电影,分别是《穆赫兰道》《美丽心灵》和一部我从未听过的《狐妖之天下无妖》。当然,还有很多条关于她目前供职的那家帝企鹅生物科技公司的销售喜讯。我不知道张小菲是如何分配她的时间和精力的,如果24小时可以做这么多事,可能我的一天只有8个小时。

车子到了饭店,张小菲已经在一张桌子前等着我了,四道菜没有多少热气了,看起来它们上桌也有一会儿了。

你可真慢。张小菲没等我坐下就说,你是打电驴子的吗?

我说:不好意思,我坐公交来的。

张小菲说:你上班有那么忙?加了微信,一上午也没个消息。

我说:算不上多忙,但是窗口单位,不准碰手机。为了向她讲清我的工作性质和主要工作内容,我给她分享了两个今天上午受理的案例:群众甲,反映32路公交车司机上周三九点一刻左右在连心大道公交站甩站问题。群众乙反映的事情要复杂一些。那是一位四十岁左右的女人,她的儿子去年参加春游活动时,从假山上跌了下来,后脑勺缝了两针。她认为春游是学校组织的,学校应该负全部责任,但是现在学校校长换了,对这事,没有说管,也没有说不管,拉扯了半年,她决定找我们反映。

给她说这些的时候,尽管我的语言始终流畅,却总冒出自己在和一个女孩相亲的错觉。我和张小菲已经有十三年没见过面了,如果不是相亲,我似乎没有必要和一个陌生的女人第一次见面就说这么多。

张小菲当然也就很自来熟地打断了我:等等,公交车上礼拜过站没停,今天才来投诉,那个人脑子已经够慢半拍的了。这个女人又是怎么回事?去年春游时受的伤,怎么今年才想起来找学校要钱呢?

我说:问题就出在这里。她的小孩去年上五年级,今年夏天才毕业的。还没毕业,给学校找麻烦,就是给自己的小孩找麻烦。她是这么想的。

也是有点道理。张小菲点点头,叫我别光说,吃点菜。她说:听了半天,我感觉你这工作和我们公司里的客服差不多啊。我说:我们就是市政府的客服。张小菲说:客服是两头受气,我们见了客服也烦。好不容易冲上去的业绩,看见她们脸就黄了。

她说到业绩,我想起了早晨的那张名片,伸进口袋,半天却没翻着。我说:你们公司主要做什么业务?

张小菲放下筷子,坐直了身子,似乎使自己调整到另一种状态:我们重点关注男性健康,不仅仅是一系列组合拳的产品,还为男性提供全面的生物修复方案,比如 5H 鳗鱼式睡眠法,配合我们的男士海绵修复膏,可以有效……我感觉她在背一套词,小时候,背书并不是张小菲的强项,可见她的进步显著。

张小菲背到一半,哎呀一声。你不会以为我请你吃饭,是为了给你推销产品吧?

我说:不会,男性保健品销售只是你的一项工作,并非全部热情所在。

嗯哼?张小菲的眼里放出光芒,你怎么看出来的?

我说:看你的朋友圈我就知道,你想做的事还有很多。

说这句话的时候,饭店大堂的电视机里正在播放《动物世界》。我听见电视里说:位于威德尔海的南极哈利湾海冰开始提前破裂,在过去的三年里,这里几乎没有出现新出生的帝企鹅,它们正在遭遇前所未有的生育和繁殖危机。

怎么没点酒呢?张小菲放眼望去,服务员都趴在账台后休息,只好举起茶杯,眼底有些深情。张小菲说:我现在最想做的,你猜是什么?我说我猜不到。她说:是拍电影,我想拍一部自己的电影。其实我猜到了,不仅仅是因为她朋友圈里每日一转的电影赏析,实际上,从小学时,我就认为张小菲很适合去做影视明星。我说:你可以的,但是要注意挑剧本和导演,毕竟是你的第一部戏。她说:那是当然,剧本特别重要,我要好好挑一挑演员,毕竟是我的第一部戏。我说:原来你要做的是导演?她说:那是当然。

关于拍电影,我想我并不是随口一说的人。很多年前,当张小菲还没有转来我们班的时候,我就已经开始了这方面的实践。

那是 2000 年,我的二舅在那一年抵达了他的人生巅峰。那一年以及在此之前的几年里,他是我们家唯一一个从来不缺烟抽的男人,我这里说的烟,仅指软壳中华。那一年,好像我们这里总有人要结婚,有人结婚就要有人摄像,而那时候整个铜城会摄像的人可能不超过五个,我二舅就是其中一位。我二舅在影楼里上班,每天上午睡到十点钟,去楼下的胖婶家吃一碗大肠加牛肉面,抹一抹嘴去影楼,扛起机器就出活了,见到经理招呼也不打一个。他没时间打招呼,最吃香的时候,他一天要拍五场婚礼。他拍婚礼,没有人可以对他提要求,只有他对新人们提要求的份。影楼经理的妹妹也要结婚了,请他来拍婚礼,我二舅对经理的妹妹说:往后挪挪吧,兴许你还能找到更好的呢?然后,他就被经理的准妹夫领人揍了一顿,再然后,影楼就国企改制了。改制后的影楼不再叫影楼,改名叫影超公司,影超公司和影楼的唯一区别,就是我二舅不再去那上班了。

我二舅去影超公司领再就业证的那天,先去器材室抱回了他的那台DV(注:数码摄像机)。那是影超公司里唯一一台手持数码摄像机,是我二舅自己掏钱买的。我二舅把这台DV抱回家,一个人在沙发上摆弄了半天,对我外婆说:别哭了,看见这证上写的了吗?下岗再就业,创造新未来。多大点事儿啊!说完,他就把那台DV送进了我的房间,对我说:你拿着玩吧,我是再不碰它了。外婆依然在客厅里哭,边哭边说:真是天狂有雨,人狂有祸啊。

关于那台DV,我二舅告诉我,只要不碰那个红钮,机子里的磁带就不会走。看到了有价值的东西,再按下红钮,那就开始烧钱了。烧一盒磁带是一百二,钱只能烧给有价值的东西。我问他什么样的东西才是有价值的,他想了很久,才对十一岁的我说:就是美的东西。于是我开始苦苦寻觅美。我首先想到的是那些在作文里很美的景色,比如秋高气爽、万里无云的公园景色,再比如无边无垠、硕果累累的金色田野,诡异的是,在我的镜头里,它们并没有作文里那么美。我接着在纸上列下了我能想象到的最美的东西:头顶着鲜花的外星人、可以飞的汽车以及铁甲小宝在集齐十三颗和平星那一瞬间的场景,很遗憾的是,我并没有能力把它们拍进我的镜头里。我严格地遵守着我二舅定下的规矩,在出现值得烧钱的场景之前,我一次也没有按下那个红钮,直到张小菲转到我们班来的那一天。那一天,张小菲在金老师的带领下,走上讲台向我们做自我介绍的时候,我想,是时候回家把那盒磁带装上了。也就是在那一刻,我明白了美是随时随地可能发生的,为了时刻迎接着它的到来,我应该每天都把DV揣在书包里。

对了,你现在还鼓捣那个吗?我们已经停下筷子,张小菲盯着窗外被行人踩碎的一地银杏叶,突然问我。那个摄像机。

不玩了。我说,现在估计都买不着那种小盒磁带了。

你还从来没有给我看过你拍的东西。张小菲说,我记得以前上学的路上,经常能在大斜坡上遇见你,那条路两边都是银杏树,你就举着摄像机,对着那些树拍呀拍,你特别喜欢银杏树,是不是?

我说:是的,我觉得它们特别美。生如夏花之绚烂,死如秋叶之静美。死掉的东西还能这么美,这是真的美。

你小时候就这么古里古怪。张小菲撇嘴,再美也是死掉了,活着才好,要活得美美的。

我说,时间不早了,下午还有很多问题等着我们去受理,活着就有很多问题。

我没去单位,而是走回了家。我骗了张小菲,我们单位的接访大厅只有上午开放,当然市长热线24小时都可以打通。这意思就是,如果你有必须当面倾诉才能说得清的问题,请务必引起自己的足够重视,至少得早起。我们这么设计的科学依据是,心理学家的研究表明:一天当中,在上午七点至十点之间这段时间内,人的语言表达和解决问题的能力是最高效的。我回家以后,洗了个凉水澡,换了一身干净的睡衣,然后走到书桌前,像盗墓一样小心翼翼地从抽屉里捧出了那台DV。

它的原主人,我的二舅,去年三月在神仙山上与世长辞了,肝硬化,享年41岁。从影超公司下岗以后,他先后换过七八份工作吧,喝了可能有七八吨酒。他住进医院后的那段日子里,我们去看他,他说得最多的话是:混孬了,抽点孬烟吧。然后递给我一支企鹅牌香烟,不知道是哪个外地来的老朋友送给他的,我们这儿没有人抽这种烟。病房里禁止吸烟,我就搀着他一步一步挪到走廊尽头,在扫地阿姨的骂声中得到片刻的享受。我时常还会想起他,如果他还活着的话,我很想请教他一些问题,比如现在,我就想问问他,还记得这个DV怎么开机吗?

充了会儿电,我总算把它弄开了,半巴掌大的显示屏色彩依旧饱满,我举起它扫了一圈屋子,画面里床还是床,椅子还是椅子,真就有了本世纪初的那种做旧质感。我尝试着把那盒磁带插进卡槽,一阵疲劳的旋转之后,机器里传出很大的一声脆响,我想糟了,八成是卡带了。但是没有。

这盒我二舅当时随着DV一起送我的磁带,是我唯一的磁带。实际上,我好像连这一盒带子也没拍完。张小菲在大斜坡那儿很多次看到我举着它拍树,那自然是我苦心经营、掐着表制造出来的"偶遇",什么银杏,我对什么树都不感兴趣,我举着DV只是为了等着拍她。真的等来了张小菲,手忙脚乱的我往往又不知道该从哪拍起,红钮和磁带常常成了摆设,也许我只是需要DV上的这块显示器而已。不得不说,显示器画面上的张小菲真的要比现实里的她更美。

如果我的记忆还算靠谱的话,我想这盒磁带里应该只有一段影像,那是我第一次,也是唯一一次录制成功的作品。

那个满城飘着红色的下午,我把我的小国旗插在DV的手柄上,举着它们出了家门。这是再有价值不过的一天,在日记里,我们都这样写道:今天晴空万里,天空一碧如洗。电视台的记者也扛着机器走上街头,随处捕捉举国欢庆、振奋人心的热烈场景。我混迹其中,夹在一面面国旗间朝学校走去。在大斜坡的第二棵银杏树下,我止住了脚步,目送着那些喊着"踢烂哥斯达黎加"的低年级同学一点点远去。我自然是在等张小菲,猜想着她今天下午会穿一件什么样的衣服来。上午放学的时候,很多女生围住了张小菲,拥着她一路走出校门,叽叽喳喳地讨论下午是不是应该穿红色的T恤或裙子来为中国队加油助威。我注意到张小菲虽然一直没有说话,但是她应该也心动了,没有人会在这一天无动于衷。下午,我等了很久,一直没有等到张小菲。我看到第四棵银杏树下,那个小卖店的老板正在把四驱车赛道收起来,这说明很快就要打铃了,张小菲还是没有出现。这时候,我看见我们班的足球队长刘纪强从大斜坡的下面走了上来,朝着学校的反方向,我不知道这个家伙今天下午又有什么好球要踢,但他逃课已成即将发生的事实,我躲在树后,随即跟着他一路走了上去。

摇摇晃晃地走了两百米之后,我看到了张小菲,她一袭白裙,像一个小仙女一样站在炸素鸡的摊子前,迎接我们的到来。

张小菲的声音很小,十一岁的她从来没有骂过一句脏话,她应该在说:你怎么到现在才来?张小菲的语气中有一点恼恨,但还是顺手递来一串素鸡。刘纪强当仁不让地接了过去,就像他在球场上每一次接过矿泉水那样,从来也没有问过我们要不要也来一瓶。他们一起坐上了非常拥挤的32路公交车,公交车一路飞驰,它的终点站是长江大桥。一路人很少有人下车,大家好像都是去大桥的。所以那个司机只是象征性地问了几声:有没有人要下? 来不及等人回话,车子已经飞过站台,以至于驶出城区后,他干脆连问也不问了。

不知道过去了多久,车子终于停下。张小菲和刘纪强是最后下车的,他们下车后还回头看了一眼,从张小菲的眼神中可以看出,她好像在担心着什么。虽然下午学校不上课,可这也算是逃课,能不担心吗?刘纪强趁机抓起她的手,领着她飞奔上桥。他们只跑了一会儿,就渐渐改成走,我想是张小菲的提议,刘纪强在球场上是踢前锋的,不至于。他们在桥上走了一截,他们就沿着桥上的一个钢架子楼梯走下去了。

在一根巨大的墩柱下,他们俩坐了下来,开始看江上的船。船开得都很慢,他们就慢慢地看。有一说一,他们除了看船,什么其他的事也没有做。刘纪强的手早已经被张小菲挣脱开了,我想他总归是有点难堪的,因为我可以像电影里的放大特写那样,清晰地捕捉到他那只无处安放的该死的右手。

就这样,我陪他们看了很久的船。我想,我该回去了。然后我就再次坐上了32路车,还是刚才那个司机,这一趟,好像从头到尾只有我一个坐车的人。

那的确是很美的一天。当我拖着两条腿从公交车上走下来时,晚霞已经照在我们学校教学楼的屋顶,把它染成了金色。路边的花坛里,大片大片我不认识的小花绚烂地绽放着。我听见大街上哀声一片。

立冬这天的中午,阳光暴烈,天气异常。我站在窗前,看见每个人都将外套脱下搭在手臂上。一个横穿马路险些被出租车刮倒的家伙竟然还穿着短袖。不少人边走边看天,似乎在等待着落下点什么,我也跟着他们一起仰头看天。白蒙蒙的一片里,我看见一群企鹅正"鹅"潮汹涌地朝下奔袭而来,毫无笨拙乖巧之势。那情形,可道是:千难万险何所惧,天兵天将下凡来。我便有意回忆最后一次看到蓝天的情景,感到那是很久远之前的事了。

(原文发表于《青年作家》2022年第4期,有删改。)

行　窝

张　扬

一

那年,在浮山脚下读书。住处邻近食堂,一根烟囱日日飞烟走灰。清晨起床,一脸尘埃,鼻孔、喉咙里都积有黑物。夜里,老鼠拖着长的尾巴,从被褥上蹿过。有时它用尖嘴探及人脸,倏然惊醒,即刻抽出手,狠狠拍过去,老鼠"吱吱"叫着,鬼魅般逃去。逢周末得空,行于山中,大喊"喂——喂——",吐一吐胸中烦闷。浮山摩崖石刻多,痴看大大小小、深深浅浅的刻字,它们竟动起来,像枣红色的马在古道疾驰,又像巫师在空旷的野地手舞足蹈。

往山里走,一个自称能掐会算的白衣人坐在一块石头上,粗声粗气地问要不要卜一卦,没有理会他;挎着篮子的农妇站在路边,兜售据说可以浮在水面的火山石,未辨真假,也无钱买它,仍自顾自往前走。从会圣岩前那株三百余年的银杏树旁经过,拍一拍粗壮树干,它纹丝不动,折行向下,便到了野同岩。沿途藤蔓有荣有枯,石刻或隐或现,似有"叮当、叮当"的凿壁声在回响,击起的石屑在飞溅。题诗的人早已消失,却都隐身于摩崖石刻中。野同岩这处石壁上,刻有楷书"行窝"两个字及边款"方潜夫氏命子智书"。年少懵懂,仅知"潜夫"是方孔炤的字。及至后来研读他们的事略,才知方以智在落款中以"潜夫"称呼其父,不仅仅合乎旧时礼制,"潜夫"以及方以智的字"密之"均有他们处世做派的体现,也有方家沉浮遭遇的隐喻。方以智的肉身墓位于浮山北麓,读书时曾拜谒过。时值方以智四百周年诞辰,随一众文友回到浮山,向他的墓地敬献花圈,又齐齐鞠躬。转眼十年,纪念方以智的展事于2021年秋日举行。这一时节,我独自拖着行李箱,登上驶往北京的火车。

有时想,假如方以智并非颇有建树的文化人,他的事、他的墓,恐怕只有其家族后人才会记挂、祭拜。瓜瓞绵延的方氏一族,书香盈门,从方以智的曾祖父方学渐、祖父方大镇、叔祖父方大铉、父亲方孔炤到他自己,个个精通理学。连他的外祖父吴应宾以及业师白瑜、王宣等，同样如此。方家女眷们也是能书善画。其时制度虽然严苛，他们却始终守护着一盏理想之火。东林学派遭打压后，方以智祖父方大镇从漩涡中抽身归乡，过起隐居生活。他将《易经》中"同人于野"的卦辞大意，用在自己新号"野同"中，并选了浮山的一个岩壁，题刻为"野同岩"。倾盆风雨中，方大镇之子方孔炤也被迫去职还乡。此后，方孔炤下狱，方以智怀抱血书为父申冤。明廷覆灭，方以智的父亲方孔炤心灰意冷，就此遁迹于山林。

浮山周围，除了白荡湖及圩区，有成片的农田、散落的村舍。行走其间，就会想到曾经隐居在此的方氏一门。每到春季，鸟儿成群落在新翻泥土上，争相啄食虫子与草种。入秋后，山风吹过，松树果一颗颗滚落。这样的山野生活也许可以抚慰身心疲惫的人。遵照父亲嘱咐，方以智恭恭敬敬书写了"行窝"二字。题字时，一股怆然之感在他的心胸激荡。方以智记下父亲所做的一个梦，梦中方孔炤不仅亲遇邵康节其人，还见到邵康节在野同岩一带栽种象征精神高洁、不屈不挠的松树。邵康节被司马光视作兄长，名在"北宋五子"之列，几次授官都未赴任。他将自己的斗室称为"安乐窝"，不求过美，唯求在冬暖夏凉中著书编诗，这种安乐显然迥异于时下所讥的耽于享乐、醉生梦死。仰慕其品行学问的人家，争相邀约，甚至仿建他的卧室，冠以"行窝"之名。邵康节死后，多处行窝客舍如空空鸟巢、残破蛛网。

读到方以智的记述，未免生出疑惑。一个人日有所思，或许夜有所梦，于方孔炤而言，未必真的就梦到隔世贤士。方以智记录方孔炤梦境，似借此表明其父有一颗礼贤之心、一腔高蹈之志。行窝名为栖身处，实是寄寓着人的心灵与志趣。换言之，它隐含了一个人或一个族群的心灵史。方以智发出"尽大地皆行窝"之叹，既有随遇而安的豁达，也见出他的心境与胸襟。作为"明末四公子"之一，方以智有过显荣，也有过抗争的凛然与无力，在明清易代的罅隙中东奔西走，行迹奇诡而不为世人尽知。这样的人谜一般存在过，却也不仅仅是唯一。

山下，朝夕可闻琅琅书声。在我离乡多年后，方以智书写的"行窝"字迹，仍不时闪现脑海。行窝的安放，不只是前人为之纠结，也是今人所要直面。一个人的行窝，可能在生养的故里，在长居或终老之地，也可能是一处处歇脚的驿站，或是浪迹的异国他乡。人在年轻时，往往意气风发，一心想着走出山村僻地，去往急管繁弦的都会，未料一次次从千堆雪中被抛向岸边。待到伤痕挂身，寡欢归来,以为故园总是好的。潜藏舔伤后,仍旧要撑篙远行,人生的帆再悬于茫茫大海中……居于浮山时,一颗青涩之心备受炙烤,望着默然的山,听着白荡湖的涛声,想着何时能如那白色大鸟一样,飞过山崖湖区,飞越江面乃至更广的天空。晴朗之夜,月光照着几排教室,也笼着近旁的山体水域。秉烛看书的同窗,埋首书间一动不动。我也无眠,却为窗外细密的虫声所吸引,暗处似有不可知的东西诱惑着人出神。窗户残破,风裹着微尘闯入,迟迟睡去,深夜的梦与激烈的现实境遇纠缠在一起。催人铃声响起,新的一日如弓弦拉紧。依稀记得假日里,与同窗从学校绕到山后,从山麓走到圩区,走过长而弯曲的圩埂,耳畔大风呼啸有声,来到一片浅水区,水中的渔网或露或藏,岸边泊着一只窄窄木舟,舟旁蹲守着一个抽烟的老人,每人拿一块钱给他,老人推舟摇橹,小小木舟载着我们往彼岸而行。这样的情景,多年后仍让人回味再三。

一湖碧水向长江而泻,江水自西往东奔涌。临江亭中,返回故里的老人神情沉静,面江而坐。与我交谈后,他将自己所填的一阕词送我,词里浓缩着他数十年的萍踪与感怀。天气由暖转热,明艳艳的山花忽然间烟灭一般,山中林木倒越发葱茏。山道上,赶路人偶尔缓下脚步,擦拭耳鬓渗出的汗。那年七月,我从浮山走出,迎来的,是一段求医煮药的煎熬日子。一向壮实的父亲突然病倒。未有心理准备的我及家人抱怨他不爱惜身体,又嗜烟好酒,以为这折损了他的生命。后来才知他的病情被耽误,错过最佳诊治时机,未免生出恨意,恨自己无能为力。

二

继续求学还是放弃,一度在我心里撕扯着。终究是背起行李,由南向北去学校报到。次年暑期,与同窗乘上一辆大巴,向东而行,到了琅琊山。当山体出现在眼前时,欣欣然中夹杂几丝神伤。曾经为生活奔波不已的父亲,在他短暂生命历程中,未有观山闲情。

交通便捷的时代,入山已非难事。当年欧阳修听说法远禅师非同一般,为见一面,骑马坐船,水陆兼程,从滁州风尘仆仆地赶到浮山。在清幽的会圣岩下,欧阳修与法远屏声静气展开对弈。对欧阳修远道而来的心意,法远洞察于胸,下完棋,便因棋说法,步步引出禅机。两人的对话,用现代汉语表述,不免失却机锋。在"因棋说法"摩崖石刻前,我曾数次留影,青葱模样尤难忘却。至于琅琊山,也是屡有往返,每次都到醉翁亭坐一会儿。秋日,与友人进山,登上居高的南天门,目力所及处山影重重,寰宇间幽幽渺渺,再次慨叹欧阳修所写的那句"环滁皆山也"的精妙。出于新冠肺炎疫情管控之故,景区未有全面开放。空气清冷,也几无游人。复古而建的琅琊阁上,铃铛声响不绝,越往上攀登,风力愈大,吹得人身体摇摇,衣裳飘飘。深山峡谷中却是另一番自在,几声鸟鸣传来,树叶悠然飘下。秋时观看这里的碑刻奇石,苍古之气浓烈可感。人随着年岁渐增,如古树古碑添些肃然之气。那微妙的气息在体内累积着、发酵着,成为岁月留痕的包浆。

欧阳修到滁州时,正是冬日。城中的房屋都比较低矮,到处是杂草枯木,一股荒凉之气扑向了他。这时的欧阳修遭受着诽谤,又有丧女之痛。为排遣心中块垒,公务之余,他就到山里走动。有时他只身一人入山,与乡野村夫闲谈漫步;有时盘桓于山僧惠觉居室。在惠觉引路下,欧阳修于布满苍苔的崖壁上,见到苦寻许久的唐代李阳冰篆书《庶子泉铭》,不仅将石刻拓本分寄给好友苏舜钦、梅尧臣,还请他们写诗,然后刻在石头上。他虽然表示自己文辞不及,终究忍不住,写了一首表明心迹的《石篆诗》:

> 寒岩飞流落青苔,旁斫石篆何奇哉。
> 其人已死骨已朽,此字不灭留山隈。
> 山中老僧忧石泐,印之以纸磨松煤。
> 欲令留传在人世,持以赠客比琼瑰。
> 我疑此字非律画,又疑人力非能为。
> 始从天地胚浑判,元气结此高崔嵬。
> 当时野鸟踏山石,万古遗迹于苍崖。
> 山只不欲人屡见,每吐云雾深藏埋。
> 群仙发空欲下读,常借海月清光来。
> 嗟我岂能识字法,见之但觉心眼开。
> 辞悭语鄙不足记,封题远寄苏与梅。

古遗迹存世也难,后人偶有遇见,多半心喜,要发思古之情。记起父亲遗我一片薄薄古铜,铜片上刻有篆体字与汉瓦图,多年摩挲而不忍丢弃。我对古物生有好奇心,陆续集得几件古器,或许正是父亲的喜好投射在我的身上。但他的喜好、他的脾性,于我是焉非焉?化为血脉里的东西已难清洗或更改。退一步想,自己接过的传家旧物,哪怕是破衣残剑,也要从中寻些会意与寄托吧。

如欧阳修生前所愿,他的得古奇遇借由文字而为后人所知。在读《石篆诗》时,我对千余年前一时落魄而不失壮怀的这位中年人,无来由地生出几分怜悯。那段时间,欧阳修多将自己放在与人同乐的混迹中,如他自己所言,"醉能同其乐,醒能述以文"。在写给友人梅尧臣的信中,他就流露出自得自若的心境。政宽民安,日子较为悠游,欧阳修迎来自己的创作高峰。居滁州将近三年,欧阳修留下灼灼诗文,身心之痛似都随风而散。别过滁州,欧阳修迁任扬州,后又相继任职颍州、亳州、青州、蔡州等地,嗜古、藏书、下棋、弹琴、乐饮,不改其风其好,但又不废政务。在滁州时他自号"醉翁",到了晚年,易号为"六一居士"。对于"六一"的由来,欧阳修解释,自己集得金石遗文一千卷,藏书一万卷,有琴一张,有棋一局,而常置酒一壶乐于其间,连同他自己,便是六个"一"。这般喜好,看似欧阳修借物自洽,实则是他借以安放孤独游荡的灵魂。

《醉翁亭记》如一气呵成。快意文字中流淌的实非浓浓酒味,而是一脉清泉活水。那一脉泉水连通的是山林,是无限澄明的天地。从求学到工作的三十余年中,常回读《醉翁亭记》,在诵读中,那些字字句句有如一只只鸟落在山巅水涯,也扑棱棱地飞向山水之外。随着他的游思走笔,可以感受到婉转如流水的节奏感,一派杂花生树的山野气,以及他在理与情、忧与乐、进与退等方面的勘破、咏叹与抉择。《醉翁亭记》不仅读书人追捧,连当时的商人也争相一睹。今天读来,依然让人感佩——欧阳修身处逆境,却能豁达自如,他的这种精神状态与苏东坡何其相似。昔日醉翁之意在时间流逝中淡薄了,袅袅余绪尚可在文字里感知,或在书籍之外的山山水水中寻得。那高迈情怀与诗意精神怎样予以承接与拓展,依然是萦绕读书人心头的困惑。这困惑,非一时一人所有。

三

由少年至中年,从浮山到天柱山,喜读石上刻字。山中岩石再峻峭,若无古人题诗,予人的不过是冷冰冰的自然顽石。层峦叠嶂中,摩崖石刻处处。拂拭悬崖辨古字,如同掀开一帘清梦,梦里古气郁郁,青衫长袍者在纸上,也在石上龙飞风舞。古人有写碑之好,托字同山体,一面面石刻如一块块古碑,就此固化了前人踪迹与手泽。千百年前,煮字弄墨的人写下一篇篇诗文,又请能工巧匠摹刻到岩石上,今天的人们再用上好的纸与墨,小心翼翼地将古人的刻字拓印下来。在这奇妙回环中,生命能量在转移,诗文风流与书法气韵得以勾连。

抵达天柱山的那天下午,雪花飞舞,像淘气的孩子胡乱画着撒撒捺捺。山麓小城被蒙上一层玉色。雪后灿然,经明晃晃的日光照射,地上、树上的积雪速融而无所见。屋顶、山的背阴处,或有残雪。临出门时换上大衣,又裹条浅灰色围巾,怕山风扑打。以往这时节领受过它的凌厉,如今人至中年,轻易不敢与四方八面的嗖嗖冷风作抗衡。在山谷中走走停停,清冽的空气吸入肺腑,人顿时精神些。一株朴树高过亭角,零星的黄叶从枝头上飘下,被风卷至脚旁,翻了几番,又滚远了。树根旁、山道上都落有枯叶,脚踩过,它就碎了,发出清脆声响。山谷流泉中,有一面岩石铭文,为唐、宋两代所遗题刻,记的是李氏祖孙同游一地之事,二人间隔八代、二百四十五年,祖上雪泥鸿爪后裔幸遇,自是喜得无可名状。苏轼与弟弟题诗于同一寺庙,数年后东坡先生只身重访旧地,在兹念兹,见过的人已不在世,题诗的墙壁也崩坏不堪。周遭枯寒如刀,他下笔新写的诗句就有了如水薄凉。人生漂泊如孤鸿,偶然间落脚留印,苏轼以其丰厚的阅历与深邃的洞察,消解着自己胸中块垒,也劝慰着世人顺其自然。笔在纸上游走,如人孤行,行至水穷云尽处,青峰隐隐可见。吐纳山水的胸臆,了然于墨迹中。这般笔墨意境与体贴用心,苏轼料想自己的弟弟必然知晓,也深信后来人可以感知。

时间如无底黑洞,吞噬着有形无形的生命与万物。一族一群在繁衍生息中,可能消失得干干净净乃至湮没无闻,也可能枝繁叶茂,绵延几世几秋。念天地之悠悠,飘飘何所似,陈子昂泪目,杜甫如是,世间有血有肉有情有感之人概莫能外。纵然如此,山阴道上,为诗为文者哪怕力如飞蛾,也要做逆旅过客,把栏杆拍遍。

犹记二十余年前,与友人老龚等乘火车初到天柱山,大雾锁山,湿气又重,投宿山中,山中蚂蟥出没,同行中几位女生发出的惊叫,刺破沉静的夜空。历历旧影,如水中之月。这一回驱车重访旧踪,收到一则微信信息,仅几个字:老龚走了。瞬间,手指颤抖,连手机都滑落在地。老龚向来开朗热情,脸上常有笑容,英年之际遽然离世于他乡,抛下一家老小。庚子年里,新冠肺炎疫情四起,伤痛不可数。那些日子自己正调换供职单位,又不得不戴着口罩往来医院。几位亲人在仪器的扫视和探测下,接受着科目繁多的查验,而后吃药、换药,各人都担着惊吓,日夜相互安慰,病愈者躲过一劫,亡者如叶碎雪飘。古人以柳自比,攀枝执条,慨叹树犹如此,人何以堪。李叔同弥留之际悲欣交集,留给友人夏丏尊的信中,写有"华枝春满,天心月圆"字句。这字句有古井般的澄净,更有枝头闹春的欢愉。我置身皖地山中,面前古道蜿蜒,夕阳余晖涂抹于潜水河面上,河岸的灯火次第亮起来,映着冬夜紧闭的一扇扇窗。一切有如天线传导,接通了前人的文心与诗句。

常反刍逝去的日子,以为斑驳旧影中潜着草蛇灰线。有一年,沿着皖河寻访徽班遗迹,行至高处俯瞰皖水,浩荡的水流以及闪动的光泽像无比强大的原始能量,冲开种种阻隔与桎梏,呈现出阔大、高远的生命气象,心神一时为之摄住。此番到潜山前,才去北京,为着纪念徽班进京二百三十周年座谈会,座中人屡有提及程长庚。从潜山走出的程长庚,有一回演伍子胥,冠剑雄豪,音节慷慨,像一尊大神,把看客都惊住了,待缓过神来,众人才纷纷起立鼓掌。程长庚在京城站稳脚跟,赢得梨园口碑,深知一切来之不易,对待求学后生惟严惟勤,每天待他们练功完毕,他那独特的高亢声调随即响起:"放——学——"毗邻程长庚纪念馆的,是张恨水纪念馆。这样的布局,恰巧应和了张恨水嗜戏之好以及对"程大老板"的敬重。我与张恨水后人有过叙谈,早些年供职报社时编过《潜山恨水》专题。张恨水集报人、作家于一身,左手新闻,右手文章,所用笔名、闲章甚多,"程大老板同乡"这一名号含有他对京剧的痴迷,也见出几分乡土荣耀。张恨水甚至说:"我有了大老板,较之临邑桐城人士之夸耀张家父子宰相,以及姚方古文正宗。却不相上下。"假如生当同代,张恨水与程长庚应是交谊不浅的乡友。张恨水自号天柱山樵,又使"天柱山人"笔名,作品中频见天柱山。这做法渗透着作家对故里的深情。由张恨水,再回望李白、王安石、苏东坡、黄庭坚等历史深处的那些文人,他们行往天柱山,挥笔留字。研墨飞石中,有笛声有琴声有刀剑出鞘声,有落叶飞花有独钓寒江雪有高山遇流水,有凄苦有欢欣有庄严,有老子有孔子有庄子有诸子。不知程长庚、张恨水可有想过,这山、这题诗、这些人,连同他们自己,都成了"尽大地皆行窝"的一帧帧侧面与注解。

读宋诗,如见能言善辩的人。宋人据理谈天,见骨见石见枯。王安石从舒州

(今安徽潜山)任上辞职回家时,途经褒禅山,写下以事明理的《游褒禅山记》。王安石所说的险远之处,自然不止洞窟,亦不限荒漠、雪山、深海、森林。日月繁星乃至世道人心均是堂奥险境,人终其一生,几乎是在历险探秘途中。十余年前,在褒禅山,水滴从岩壁上"嗒、嗒"落下,蝙蝠乱飞乱窜,寒凉气息让人收缩着身体。眼见现代设施布于洞中,耳闻同行者说笑,未觉有王安石探洞时的那般神秘;待我从洞的另一端出来,回望,身后仅一丛绿树,洞口却已不见,心里陡然一惊,似从古地穿越而来,冷不丁现身于今世。

王安石来山谷流泉,眼前的水无心而山有色,景致幽深难以穷尽,坐石上以忘归。何为坐忘?颜回脱口而出:"堕肢体,黜聪明,离形去知,同于大通,此谓坐忘。"此话一出,连孔子都感到惊叹。王安石去世后,苏东坡来到天柱山,他把这段历程视为"归来"。见到岩石上所刻的王安石诗句,苏轼黯然神伤,沉浸在往日一幕幕里。苏轼与王安石政见不同,却能惺惺相惜。这般气度高古而壮阔,如鲸鱼翻身于大海,星子相望于苍穹。我到天柱山,未有忘归,仅在石上暂坐一会。石头坚硬而性寒,坐其上便会生凉意。快节奏的现代生活中,气定神闲者少,坐久忘归者少。在茶楼饭馆里暂坐,在大小会议室中暂坐,在车上或飞机里暂坐,在街头行道树下暂坐,暂坐片刻是今人常有情状。

那日,穿城而过,来到藏在山坳中的痘姆陶古窑。扑面而来的,有一股浓烈如酒的古气。一些红砖红瓦的房子低矮而破旧,屋前空地上垒了一溜的酱色陶缸,房中堆有劈开的木柴,长约百米的龙窑沿着山坡做匍匐状,暖阳照着梧桐树掩映的古窑地。上是高天,脚有厚土,光明普照万物。刹那间,似见千树开花万鸟出巢,无数原始生命在复活、集结;心底如冰裂,所有情愫化为无声的流水。多年前与友人到过古镇孔城,镇上有座痘神庵,庵里供奉传说中掌管治疗天花和麻疹的痘神娘娘。痘姆陶与民间拜求庇佑的痘神娘娘有关,还是仅用于纪念采药治病的古代女性,尚不得知。人有病,问天问地问所谓神明,是旧时常有做法。老家方言中,称呼母亲为"姆妈","姆"为鼻音所发出,那发音里大约有古韵。与河姆渡遗址出土的古陶类似,最初的痘姆陶融入的,当有母系族群的威严与温情。思绪飞回,仿若看到一位老妪领着乡民,在清寂的乡野中和泥、抟坯。第一炉火生起来,第一窑陶热乎乎成形,却是不尽如人意,老妪沉思、疑惑,而后再舀水和泥,再抟坯做陶,如是反复,中意与超出预想的痘姆陶出窑了。经由水火交融,泥土化凡为奇,这让乡民奉老妪如神明。或者老妪被当作一地造物主。痘姆陶的窑火幸被继续点燃,坑冷烟灭的不在少数。曾有一念,欲抱万物于一怀。那一念又使我感到荒唐。如沧海之水,取一瓢饮就好。占有欲过度,为物所役,极可能趋向深渊。品物之道,在于破解、还原隐藏其中的造物秘密、彼时场景。无法计量的生命个体消逝于长河落日中,一丝丝光亮隐于旧物古器。那些洞穿时空而追附于物上的光亮,仍要现世一颗颗人心去熨帖、接纳,乃至激发出更大光束照耀人间。去过国内外一些博物馆,展柜中不乏残破古物。从前旧物难以保全无瑕,平常人家用具或宝爱物品更是如此。世间种种物,在生产、消耗、再生产、再消耗的循环中组合、变异、升级,甚至复归初始。唯一不同的是,物物因了人,多少附注人的情感。具象的它们化作无形情感通道,人希望可以由这种通道回还至过往,却又明知旧的不去新的不来。这真是令人伤感而无可奈何的悖论。老家旧屋在一个风雨之夜倒塌,原有物件都已散去。那段时间,整个人有如硬生生地被掏空。父亲生前将一只清康熙年间的青花瓶摆在条几上,有人出高价他亦不肯售出。某一日清晨,搁在条几上的青花瓶,啪的一声掉落地面。看着一地的碎片,用鸡毛掸清扫灰尘而失手的妹妹,吓得几乎哭起来。父亲闻声进到堂屋,见状,气得眉毛上扬,问了几句后,却闷声不吭地弯下身,轻手轻脚拾起一堆碎片。每见到青花瓷瓶,不由得想起那天早上砰然碎裂的物件。

四

　　火车在疾驰。错觉中,人随车一会儿在云中飞,一会儿如快舟逆行水上。轰隆声与突然出现的颠簸,又把错觉从身体中拉回来。但真真切切,人与车仍在陆上飞奔。大地上的雾气在深夜里弥漫开来,偶尔闪现的路灯反衬出夜色与雾气的浓重。它们神灵般变身,又迅疾隐匿于迷雾中。多次来京的经历交织于回想中。十八年前,刚下车,就遇到一场大雪,随身所带的衣服少,身体又不适,面试之后,犹豫再三,终究没有去办理入职手续。又有一年,盛夏的下午,与同事在京拍照,一阵狂风突袭,天上竟落下冰雹。其间为了获准进入一个有着百余年历史的会馆探访,费了九牛二虎之力。有天晚饭后散步,遇到一个梳着大背头、趿拉着拖鞋的中年人,被其蛊惑,从他手上买了一个做旧的茶盏……往来之间的遭遇,让自己不时反思当初的选择,所谓错与对、有与无、得与失都纠缠在一起,其时难以厘清,今日也难判定明白。

　　这一回,到京不久,见到同窗老龚遗孀,与她叙话中,想到迄今仍躺在床上如同植物人的一位发小,当初他未举家迁往外地,也未在练习拳击中受伤,其人生状态或许不同,而老龚若未选择北上,今日境况同样可能迥异。宛如转动轮盘,人生因选择不一而五花八门,但彼种选择并不见得较此种选择更为通畅,顺逆难测,无常也无法预料,唯有直面应对才是不二之法。老龚遗孀忆起料理亡夫身后事,仍觉得如梦如幻。人生忽如寄,肉身凡胎跳脱不出这铁律。只是,在她,往后生活中要把自己塑造成无所不能的强人。她说:"为女儿计,准备换一套住房,减少睹物思人的疼痛。"饭后告别,我发了一行字劝慰:念着人间小温,把诸般冷暖体验,不枉此生。回到住处,翻看韩少功的《人生忽然》,书中写道:"一次性的生命其实都至尊无价,都是不可重复的奇缘所在。且让我们相互记住,哪怕记不了太久,哪怕一切往事都在鸿飞雪化,尽在忽然瞬间。"读完他这段文字,即刻想起有一次去机场接他的场景。当时他的头发极短,花白中有少许黑的发丝,肩上挎着一个背包,从出口健步走来,像邻家老人朝我和友人摆手回应。待坐定,他甫一开口说话,中气十足,一副硬朗朗的样子,让人感到沉稳有力,而非衰年不堪玩。

　　在京的日子,午睡屡有做梦,梦见几位逝去的亲人,他们一律默不作声。惊醒后,眼前白光一片,墙壁是白的,屋外的阳光亮而白。念及上辈的心愿以及他们对晚辈的嘱托,有的似已实现,有的仍未完成。如陶潜所言"亲戚或余悲,他人亦已歌",一个人、一个家庭乃至一族的痛与乐,于他人而言,有时并非同频共振。这是常识,也是难以超越的人之常情。贝多芬写的曲子里有他自己的化身,起始一味沉浸在个人的痛苦与灰暗遭遇中,之后他与疾病作抵抗,与苦难搏斗,终由沉郁的私语转向欢快的舞蹈,从浪漫的幻想走向更为清醒、深奥与博大的人生境界。置之死地而后生,从一己之身升腾为返照天地间的精神力量,这是大彻大悟后打开的生命空间,也像音乐家以己度人所发出的某种警示。庄子早有惊世之语,认为你身我身非你有我有,均是天地暂时托付。这种突破个体概念,也突破时空局限的认知与体悟,可以让人变得更清醒一些,在顺应自然中倍加珍惜当下。人的生命的痛感与可贵,可能在于一个个瞬间的感知,在于做着温馨的或不温馨的梦,在于精神世界的超拔。人至中年,边走边反刍。过往所涉的人与事,时与我做着离别和重逢。旧有记忆渗入新的生活现场,并随之过滤、沉淀,如是反复。父亲身上所透露出的严肃、威压气息与拼命求得乐活的情绪,时时如在我的左右。有一晚,听一曲老歌,眼角竟濡湿,父亲的声音和气息再次裹向我,使我陷入亦真亦幻的奇境,也使我深信这不仅是子与父的纠缠,也是实与虚的一种纠缠,人间与非人间的一种纠缠。这一刻,我由中年回到童年、少年、青年,连记忆中的草木虫鸟与星空河流都被搅动起来。被动或主动,我的身体里都关联着真实和不真实的父亲乃至祖辈,潜藏着童年的我、少年的我、青年的我。幼小的我随他走进堆有土坟的松树林,大雨忽如箭镞射下,他用臂弯夹起我,避入草亭中,过了许久,天空才由昏黄转为白亮,雨才歇住;有一年腊月底,发着高烧的我闷在屋子里,突然掀开被子,疯了一样冲出去,在乡野中狂奔,从邻村赶回的父亲迎头截住我,大喝一声,我似清醒过来,到家后喝了冲好的一碗药,捂在被窝里出一身汗;在我读初中时,二舅、外婆、祖母密集地离世,又有一天夜里,父亲回到家,说我的一个表姐喝了农药,丢下年幼的孩子走了,那是暑季,天有星光,父亲陪在身边,我却通身发冷,不停地哆嗦,仿若一颗心抵近死亡的边缘;读高中的假期里,与父亲一起下到河中逮鱼,猛然瞧见树洞口盘着一条银白的大蛇,对视之际人如木鸡呆立在水中,父亲发觉后,将我拖到岸上。这从未有过的大白蛇,被人说成是所谓谶语示现,属蛇的父亲第二年病倒,而后再未下得病床。父亲曾到长江之畔的一个厂里做会计,辞职后带回的一摞写有工整字迹的本子和几捆压平的烟盒,被我塞进做饭的灶膛;父亲年轻时在学校代过课,但凡见到纸质书,便狂看,然后向我们绘声绘色地讲一通,有一年,眼见他备了搪瓷盆和一双筷子,作势说要当说书人,一顿饭的工夫他却兴致全无,之后再未当众说书……沉睡在大脑皮层里的琐碎往事与离奇细节,稍有时机就会从身体里长出来,如藤蔓缠住躯体,叫人挣脱不得。记得冬日里一袭灰色棉袄罩身的老人,常在村口漫步、张望。我与他少有说话。他早已离世,像个幽灵从我的生活中遁去,但我时时记起他。有一年清明回乡,油菜花开得明晃晃的,恍惚有孩童在追逐,四下空荡荡而寂静,仅有蜂蝶飞舞。此消彼长,新生代纷纷去往附近或更远的城市,热闹属于新的生活场景。一方水土承载的乡风民俗、群体记忆和个人悲喜,似有人记着,它们就存在着。若无记无传,一切便影影绰绰。连续数年,我试图寻找家族源头,但祖宗牌位已毁,家谱未有,也无其他资料可考,连祖上几处墓地都存疑。找来找去,那些杂乱而不甚明晰的线索,似连在山中祠堂的一棵大树上,又指向长江之畔的某个码头。从父辈上溯的几代人,其踪迹幽眇难寻,就连过世的亲人面目都渐已模糊,寻根的现实意义于我变得有些疏离。试图以某种方式接近当初的生命现场抑或寻回曾经的行窝,要突破的障碍与迷雾可谓重重。不如从现在开始,让口耳相传的故事与模糊印记伴随自己走至下一程,无论经受多少,依然要对生命充满热情,一步步开掘属于自己新的生命地带。

暂居京城的生活接近尾声,有人生出恍然一梦感,也有用功勤勉如常。寻了一个周末,请假去了阜成门内大街的鲁迅故居。少时背诵鲁迅文章,不知其深意。重读其文,两鬓已然飞白。记得前些年去绍兴,雨中从三味书屋走出,已是入暮时分,苍黄的灯光打在湿漉漉的路上,青石板泛起幽光。人潮退却,老屋坠入梦境一般。鲁迅用一支笔指陈国民痛点,在暗夜里写下诸多华章檄文。他的弃医从文,有着医治国人思想、改造国民性的大义,也有一种穿凿附会,认为他的选择最终暗合了周氏一族文脉勃发的轨迹,并洗刷了其祖、其父两代的屈辱与不甘。人去屋在,这次所看的鲁迅故居院内,两株白丁香树一律老干寒枝,为这庭院生生添些清奇。一只流浪猫踱着步子走来走去,它并不惧人,甚至靠近人讨要食物。当日,还去了位于珠市口西大街的纪昀故居,一株旧海棠伸出屋顶,枝头上缀满红彤彤的海棠果,洋洋喜气冲淡笼罩天地间的寒意。这些老屋的主人均已远离,具象化的行窝成了供人游赏的景点,幸有树影旧迹可循,生命的律动可感。

大自然是过往众生也是当下我们最大的行窝或者说生命背景,朝云暮雨,春花冬雪,来鸿去燕,都是自由的精灵、匆匆的过客,仍然深切地影响着我们的物质生活与精神空间。时令向来不大欺人,地气、光影、风物中都见出季节的轮转。那一日,黄昏之际,天色阴沉,同在一楼的友人大喊:"下雪了,下雪了!"雪花如玉蝴蝶乱飞,撞落在窗玻璃上,窗台映出洁白的光,与室内的光晕叠印着,衍生成温暖的意象。自南国来的人,于夜间走到院中,将雪上一串脚印拍下,发到微信朋友圈。南国来的人与北方的雪相遇,生发出一种接近本真的欢快。这欢快里,凝结着默然流动的元气、古气与新气。那一瞬间,雪舞的山河就在眼前,万古如新就在眼前,往者生者就在眼前。

(原文发表于《天涯》2022年第6期,有删改。)

茶无言

张 扬

城中好茶者,以一块木头为茶席,煮茶待客。室内墙壁上挂有字画,仿古搁了一盆兰草,壶中茶水咕咕作响,煮茶之人慢条斯理。

承平已久,又多丰衣足食,坊间烹茶,闻香,藏石,抱琴,行游,风气习习,日渐浓郁。我平时喝茶比较简单,拿一只玻璃杯,放些茶叶冲泡即可,不求兔毫盏,也不迷紫砂壶。看茶在透明器皿中浮沉,如观舞台上角色动静不一。茶生苍天厚土中,又寄于杯水之间。

唐人玉川子饮了友人所赠的新茶,品出人间至味,即兴以《七碗茶》为题写下妙句,言一碗茶"喉吻润",两碗茶"破孤闷",三碗茶"搜枯肠",四碗茶"发轻汗",五碗茶"肌骨清",六碗茶"通仙灵",七碗茶"清风生"。诗中神来之笔,不在于描述的茶味如何奇妙,而在于诗人忽然荡开笔势,写到他吃了七碗茶,能登临仙境,也要为天下苍生请命。这颗悲悯心,这般大情怀,可赞可叹。

《七碗茶诗》又作《七碗茶歌》,由表及里,从实到虚,层层递进,节奏感强,若是将它谱曲吟唱,当会朗朗上口,入耳也入心。徽州民歌中有《盘茶歌》《贩茶歌》,唱的是茶事百般辛苦,寄托有绵绵情思。所谓盘茶,并非古玩圈所言盘玉石之盘,而是选茶配茶。

山高水长,出门的人迟迟未归。徽姑娘忙着盘茶做活,也时时哼唱几句,以抒发内心期待。歌声清脆,如一只敏捷的鸟,飞上高高的云天。

  正月盘茶正月子嗦,
  嗦啊啰子哎。
  少年的哥哥,
  拜年的哥哥,
  来得多啊,
  啊嘿呀儿哟,

海棠花儿香哦。

　　这是唱词较为简短的《盘茶歌》,也有篇幅更长的歌词,从新春盘茶唱起,一直唱到腊月盘茶,像有无尽的倾诉。《贩茶歌》同样有简版,也有唱尽一年四季到处贩茶的完整版。

　　　　正月贩茶走浙江,走呀走浙江。
　　　　浙江有个丝棉行嗨,丝棉行。
　　　　什么东西都不买呀,都不买。
　　　　只买包头送茶娘嗨,送茶娘。
　　　　二月贩茶走湖广,走呀走湖广。
　　　　湖广有个玻璃行嗨,玻璃行。
　　　　什么东西都不买呀,都不买。
　　　　只买明镜送茶娘嗨,送茶娘。
　　　　三月贩茶走江西,走呀走江西。
　　　　江西有个瓷器行嗨,瓷器行。
　　　　什么东西都不买呀,都不买。
　　　　只买瓷瓶送茶娘嗨,送茶娘。
　　　　……

　　新安江穿越崇山峻岭,奔流不息;萦绕着茶香的徽州民歌,似散落山水间的粒粒遗珠。我亲耳听到徽州民歌传承人的歌唱,真切地感知到,歌词中那些看起来有些虚头巴脑的衬词,并非累赘,它们像是从乡野中冒出来的小精灵,在歌声中蹦蹦跳跳,给人以欢乐,也让人体会到袅袅不绝的余音韵味。旧时文人以红袖添香为雅,乡间采茶、盘茶、奉茶女子有清纯之美。《贩茶歌》是一个人的内心独白,所唱的茶娘,指的是徽姑娘,亦即贩茶男子念念不已的心上人。浙江一些地方将茶叶称为茶娘,并作细茶娘、粗茶娘之分,独特而有趣。我听出自浙江的民歌《采茶舞曲》,觉得一问一答也是好听而有趣。此外,民间流传的《采茶歌》版本较多,相当有名的是这一版本,歌中唱道:

> 三月鹧鸪满山游,四月江水到处流,
> 采茶姑娘茶山走,茶歌飞上白云头。
> 草中野兔蹿过坡,树头画眉离了窝,
> 江心鲤鱼跳出水,要听姐妹采茶歌。
> ……

原生态的民歌,在唱词上不一定那么工整。这首《采茶歌》应是做了艺术加工,颇有文气,也不失活泼泼的田园风乡野气。我听了一遍又一遍,散步或饮茶时都在咀嚼、回味。不当家不知柴米贵,不种茶不知茶事艰辛,每一片茶叶都凝结着天时地利与人工。若无采茶人的躬身劳作,茶客断难以平心静气畅享饮茶之乐。茶歌唱起来多是欢愉,一茶一饭的生计倒是有苦有甜,其实苦也是为了甜,甜是人生的奔头。人行道上,听歌喝茶,知味在心。

相较于喝茶,饮茶、品茶的说法显得清雅。至于吃茶,属旧时做法,生嚼茶叶以咂咂吸得汁液,或者将鲜叶煮沸,连汤带叶一饮而尽。古人煮茶,也有将葱、姜、枣、橘皮、薄荷等与茶叶搭配在一起,做成黏稠状的茶羹。湘、粤等地至今还沿袭的擂茶,便是吃茶的一种。假若尝茶鲜,个人以为不宜一锅乱炖。当茶风刮到唐代时,煮茶就易为煎茶了,即先煮水,然后才放茶。宋人喜欢点茶,做起来尤为烦琐。明季流行沸水冲泡茶叶,饮下茶汤,简便省事。此谓喝茶,今日大行其道。

饮食男女,凡尘牵绊难免。每次出差前,都要备一盒绿茶,已成个人习惯。友人打趣,像女士必带化妆品一样。素来夜间不大饮茶。若是舌尖沉闷,才拈几片茶叶放入杯中,以有味冲抵乏味。有时为着提神醒脑,也会泡一大杯绿茶,但喝茶后,神经末梢兴奋度飙升,人直到次日凌晨才晕晕乎乎入眠。辛丑年秋冬算是例外,当时居京城数月,常在晚饭后散步,与三五文友聚在一室闲谈。从云南来的文友不吝私藏,以自制冰岛生茶招待众人。她带有一套茶具,不厌其烦地为众人烹茶,做法倒也简易,就是将一壶茶煮沸,再挨个倒入素净的白瓷盏,盏中茶汤纯正得近似明黄。待喝过三巡,口中回甘,自己身上出了一层薄汗,才知这茶金贵不虚。依古人所言:"一壶之茶,只堪再巡。初巡鲜美,再巡甘醇,三巡意欲尽矣。"云南文友所煮冰岛生茶,三巡五巡后茶味依然饶舌,也是一奇。记得多年前到云南出差,返程时带了几块普洱茶饼,有一阵子普洱茶炒成天价,才想起置放家中许久的普洱茶,翻箱倒柜地找出,送给视茶如饭的一位年长者。

"国不可一日无君,君不可一日无茶。"乾隆与臣子一唱一和,俩人对话组合起来,竟似一副对联。舞文弄墨者在意琴棋书画诗酒茶,寻常人家操心柴米油盐酱醋茶。英国人的下午茶中,传统以红茶为主,现今也有绿茶之类。唐鲁孙认为北京人喝茶以香片、毛尖为主,天津人讲究喝大方、雨前,安徽人专喝红茶、瓜片,江浙人离不开龙井、水仙、碧螺春,西南各省喝惯了普洱沱茶,再喝别的茶总觉得不够醇厚挡口。唐鲁孙所言有失偏颇,皖人可选的茶叶实在太多,并不局限于祁门红茶、六安瓜片。至于北京人,在我的印象中,他们爱喝花茶,对安徽茶也是颇多喜好。有一次在北京采访,为进入工地现场拍照,买了一袋黄山毛峰送给看门大爷,他当即行了个方便。在制作技艺上,名声在外的黄山毛峰又添"身份",与太平猴魁、祁门红茶、六安瓜片等一起入选"非遗"代表作名录。

皖西南山多茶多,近年喜饮家乡白茶。初识白茶,是在一个古董鉴赏会上,主人上茶,有意考问来宾何地何茶,座中客有猜皖南茶,有答皖西茶,我则笑说外省茶。主人伸手相握,称是邻省白茶。那时尚不知长江之滨的故里也做白茶,后来乡友寄赠,才知家乡白茶种植已小有气候。早些年,家中分得一块茶地,每到春日,母亲提篮去地里采茶,归来后忙着杀青、揉捻、摊晾,所制茶顶多自给自足。过了些年,户户接到通知,须砍了茶树植桑树,便一一照做。不久又转了风向,家家改挖桑树种黄桃。再往后,因砖窑厂烧砖取土所需,那片茶地最终被挖成了大土坑,天长日久,变成了一片泽地。

数次到临涣古镇,所见临街茶楼装饰平平,桌椅板凳摆设也平常,屋里屋外挤满茶客。寻个位子坐定,要了一杯棒棒茶,茶水满至杯沿却不溢出。棒棒茶非叶非花,而是采用六安、祁门茶枝做成,根根入水浸泡,茶汤浓酽似生抽。出差北方,泡绿茶时多以矿泉水煮沸,否则味道寡淡。

个人素喜午休后饮茶,这时人精气神充足些,又因饮了茶通身清爽。若是与好友喝下午茶,自己常会先选黄芽,次之毛峰,再者猴魁或瓜片,这纯属个人喜好,无茶道可言。《红楼梦》里贾母说自己不吃六安茶,这是小说家笔法,隐含了贾母肠胃可能不适此等地方茶。有人认为贾母不吃的六安茶属于六安黄小茶。

六安自明代就有一款黄茶,分为黄大茶、黄小茶,均属微发酵,性较寒。其中,黄大茶为民间手工制作,黄小茶被列为贡茶,做起来就格外讲究。祁门也产有名为六安茶的轻微发酵茶,口味介于红茶与绿茶之间。此六安茶又称安茶,意指安五脏六腑。其味愈陈愈佳,海边渔民视其为一剂良药。慈禧却好齐山云雾,齐山云雾又称齐云瓜片,以六安金寨县齐山蝙蝠洞所产为佳。对于全发酵之茶,起初有些忌惮,渐而有饮。平日里泡祁门红茶较少,喝工夫茶多在茶舍或友人工作室。其他如岳西翠兰、桐城小花、舒城小兰花之类,偶有尝及。

沿江流域所产少数绿茶,似某类文章,方正有余,奇崛不够。前些年,皖西有人复原古法,做出黄大茶,黄大茶较之于市面上常见的霍山黄芽,味道更为醇厚,但杂有焦苦气。饭后饮黄大茶、霍山黄芽,大约都可去肠胃中富集的油水。

二十多年前,刚参加工作不久,我赴霍山参加关涉安徽名茶的会议,归途中遇到洪水肆虐,四下一望,白茫茫无所依,与乘车司机涉险突围。那惊心遭遇,不亚于滑一脚就坠入深渊的境地。霍山黄芽与岳西翠兰,二者产地相邻,均是山大云雾多。重峦叠嶂中野花热情,片片茶叶得以沁入缕缕花香。牧童遥指杏花春雨的池州,山清水秀,好茶也多,像雾里青、肖坑茶、东至云尖、九华佛茶,喝起来,一律有清香野气。个人以为信阳毛尖似肖坑茶,香味鲜爽,回味也绵长。

去皖南行走,仍可见到遗存的古亭。亭有茶亭,也有水口亭、观景亭。旧时,逶迤而险峻的山道上,往往设有茶亭、驿站,以供人饮茶、歇息。古道古亭,吹过长长的古风。在古徽州,就有茶亭专门刻下一副楹联,上写:"千里路迢迢,如是我来我往,我坐我行,休叹关山难越;一亭风习习,何分谁主谁宾,谁先谁后,大家萍水相逢。"人与人萍水相逢,人与茶也是萍水相逢。春天到皖南,见山即见茶,见村即见茶。村中亭间,老人壮年,个个手中不离茶杯。茶有大名头、中名头、小名头、无名头,让人目乱神迷。涌溪火青、汀溪兰香、天山真香、太平猴魁、黄山毛峰……山重重水婉转,茶香一路。

1964 年 7 月初,老舍偕夫人到徽州,逗留期间写下一首《咏茶》:

春风春日采新茶,生产徽州天下夸。屯绿祁红好姊妹,淡妆浓抹总无瑕。

在祁门,看到老舍手书的诗作时,就止步不前了。见着的虽是复制品,不妨碍品味一番。老舍将祁红与屯绿两种徽茶视为好姊妹,有些别出心裁。祁红是祁门红茶的简称。描述祁红的词语繁多,如红茶皇后、琥珀光、紫玉金汤、黄金圈,透着贵气与雅意。制茶用具却寻常,像竹筛、布袋、风箱、木齿耙之类。传统手工制茶同古法造纸、酿酒一样,有着环环相扣的工序,讲究心眼手俱到。若无熟练手艺与足够耐心,自然出不了细活,遑论创制极品之作。

采茶趁时,杀青做形也紧张。新茶尝了又尝,体内火气呼呼上升,嘴唇舌尖密集起疱。在太平湖畔尝试手工制作猴魁,始知与机制茶不同。走至新安源村,这里地理特殊,系钱塘江、富春江、新安江三江之源所在,眼见草木繁荫,飞泉溅雪,人顿时生出久居念想,若能化身飞禽灵兽,出没此地,不亦快哉。溪水曲曲,经过一道山湾,山湾积土较厚,土中植有一垄垄山茶,万丈阳光直射其上,无数绿叶闪动,无数翡翠招摇。新安源属休宁,休宁有松萝茶,为明季僧人大方所制,一度与碧螺春、龙井平起平坐。当日吃了乡间菜,喝过休宁茶,记牢的却是那一脉玉色清泉。

李白到过的敬亭山脚下,有一大片茶园,万千茶树随地势起伏,春时满坡竞绿,茶如云浪,美到让人失语。在山麓,观看一方制茶古石槽,石槽刻有"色纯如玉,品静似天"字样,落款为"绿雪山人",石刻隐现古气,字字句句又有闲味。除了石刻,还见到一幅郭沫若的书法作品。此地绿茶冠以"敬亭绿雪"之名,可见命名者心思灵敏,触景而发诗性。敬亭山中有一口古井,名为虎窥泉,以这井中泉水伺候敬亭绿雪,但见叶叶披白毫,飘舞于青绿之汤。不似春茶荡漾,秋茶气息内敛而不张扬,滋味平和而不浓烈。秋日西坠,于敬亭山中吃过秋茶,又听些禅意话语,探身俯瞰,山中层林斑斓,更远处,水阳江似玉带,其他无所见,唯朦朦胧胧而已。

年年地气腾腾,花红茶绿。得了桃花、杜鹃花的渲染衬托,满山明媚,村村喜气盈盈。新茶上市之际,丝丝缕缕的春风殷勤为媒。有一年年初,天气不同以往,清明前后雨雪时有,皖地新茶迟迟未上市,仿若出嫁之女久不现身宾朋面前。新茶露面后,茶客才了解了一腔渴盼。春日饮茶,重在新味,天气新,阳光新,雨水新,草木新,满目清新。因了暑气浓烈,夏日饮茶多是直奔主题,大口解渴,大汗淋漓最为畅快。秋日饮茶,亦因天高气爽,品茶之人心境越发平和。冬日饮茶,若是窗外飞雪,围炉闲谈或夜读都恰如其分,但凡一盏热茶入腹,暖意便流转全身。到湖南桃花源,看簇簇桃花灿若烟霞,饮了几口茶,滋味如何,已然忘得干干净净。在杭州喝龙井,匆匆几口,尚未饱览窗外新绿,便随众人赶往下一程。于江南山中遇到竹叶茶,茶汤清亮,喝一杯,人也随之提神,就买了一袋竹叶茶,待回家泡饮,却少了几分如当日所尝滋味。此后,喝过荷叶茶、桑叶茶,也泡过瓜藤茶、三七茶,各有各的风味。

这些年,越发有惜物之心。有新茶则喝新茶,有陈茶即喝陈茶,以旧味佐新茶、以静气压火气也可,混搭如松萝绿雪,如黄芽瓜片,如猴魁小花,如毛峰火青,惜它就好,随意心安。又或者,以花茶配绿茶,以蜂蜜入绿茶,以绿茶入五花肉或鲜鱼,炙烤一番,也是举手之劳。说到底,茶味可以明净无染,亦可一团混沌。天地间混沌气由来已久,混沌中有风云激荡,有明月照墙,有虎啸猿啼,有生离死别,有昔我今我,似我非我。

"茶七饭八酒十分",茶饭老酒里融有乡情,还有待客之道。人生如茶,茶味也是人生味。饮茶后,沉重的肉身仿若变轻了,心境澄明了。周树人说:"有好茶喝,会喝好茶,是一种清福。"单看这一句,觉得是家常话,也有烟火气,但《喝茶》一文对"清福"实有所指,针砭的是病态的附庸风雅。好福气似乎可望而不可求,于是民间倡导修身积福。好茶配好水,好笔写好纸,好女遇好男,都可算作福气,是两两相悦,也是世间喜相逢。"临湖门外是侬家,郎若闲时来吃茶。黄土筑墙茅盖屋,门前一树紫荆花。"元人张雨的句子,清新平淡,却有悠长茶味与弦外之音。不必雅舍布席,也无须丝竹声起,临湖闲饮,于人于己都是相宜。

吃茶,可增清气静气;喝酒,或沾浊气躁气。茶无言石无语,在水汽茶香中,寻一脉清风与旧绪,得些新味,哪怕浅淡,也是好的。

(原文发表于《安徽文学》2023年第7期,有删改。)

清风起

张尘舞

一

谢欢很抗拒妇科检查,她总是不能大大方方地"宽衣解带",每每都会招来医生冷冰冰的指责:别磨蹭,裤子往下脱一点……谢欢躺在检查床上,严重缺乏安全感的内心,对穿白大褂的医生很是抗拒,接下来的器械进入便会给她带来极大的痛楚。常年劳作令她总是腰酸背痛,那些酸痛像一尾鱼藏在她的体内,时不时扑腾一下,提醒她不要忽视它。还是谢云跟她说,身边有邻居突然查出宫颈癌晚期,这个消息让她陡然一惊,内心的惧怕瞬间战胜她所有讳疾忌医的念头。

医院里总是人满为患,谢欢还躺在那里,医生已经在叫了:"下一个。"谢欢忍气吞声地坐起来,慢吞吞地整理好衣服。进来的是一个矮小的老太太,短短的头发冒着油光,一绺绺贴在头皮上。医生核对着姓名、年龄,她已经六十多岁了。这个年龄应该绝经了吧,还会有妇科毛病困扰吗?谢欢胡思乱想着。脚上的鞋子格外难穿,鞋跟拔了几次都没弄好,谢欢拧着眉头,发誓回家就扔了它。她听见医生对老太太说:"你这个阴道炎挺严重的,需要局部用抗菌药,两周后来复查。"这时,谢欢听到老太太问:"医生,那我今晚能同房吗?"如同一声惊雷响起,谢欢不由自主地抬头打量着老太太,没错,这是一个又瘦又矮、貌不惊人的老太太。谢欢很难堪,仿佛她是故意一直站在暗处。

医生显然也愣住了,几秒后才从震惊中回过神来,有些不确定地说:"最好不要同房吧,治疗期间不要同房。"

"那我今晚不用药呢?"老太太追问。

医生大概没遇见过这种情况,有些诧异地打量她几眼,犹豫片刻,大概不知道怎么回复,干脆采取回避态度,冲门外喊:"下一个!"

谢欢为自己的动作慢深感抱歉,她的每个毛孔都在替这个老太太尴尬着,她怎么能如此明亮地将同房之事敞在陌生人面前?在六十多岁的年龄。可当事人压根没有任何难堪,她并不需要别人来理解。谢欢慌乱地趿拉着鞋子,恨不得立刻消失,刚走到门口,又听到医生喊她:"谢欢,你的单子。"无奈,只好又返回。目光和老太太撞到一起,老太太回给她一个友好的微笑,眼神里有种谢欢很陌生的东西在闪亮,脸上的皱褶堆出一朵花。这朵花很是刺眼,谢欢很不适应。

检查的费用都是妹妹谢云出的。回去的路上,谢欢问谢云:"你说这六十多岁的女人,还能同房?这不科学啊。"

谢云手握方向盘,目不斜视,没接她的话,用很平稳的语气对她说:"赵豆豆借读的事,你最好再认真考虑一下,和姐夫好好商量,十五万可不是小数字,你别一个人就把主给做了。"

谢欢看着自己红肿的十指,苦笑,谁不知道十五万不是小数字呢?她起早贪黑地卖板鸭,手都烂了,腰椎、颈椎哪儿都不好,她要卖多少只鸭子才能挣够这十五万啊。谢云瞥了一眼沉默的谢欢,心里有点冒火,从小到大,谢欢最让她佩服的就是:她永远能坚持自己要做的事,别人的话再怎么语重心长或是重如鼓槌地砸过来,到了她这儿就是一阵风,她从来不会反驳你,但她照样会按自己的想法去做。

谢云有点生气,可也实在无奈。她和谢欢之间的关系很微妙,她们是对知根知底的亲姐妹,却又有着解不开的结,她们互相瞧不起,彼此不认同对方。谢欢长得比谢云好看,身材傲人,走起路来步姿妖娆,谢云曾经妄图指正她,让她好好走路。而谢欢呢,时常表现出一种被戳破的恼怒,压根就不理会她。

可那又怎么样呢?血缘这玩意将她们箍在一起,谢欢生活不好,谢云也无法心安理得地过着自己的小日子,对她坐视不管。

不知过了多久,谢云终于忍不住打破沉默,叹着气,劝她:"一中也是重点高中,豆豆能考上已经很好了,没必要缴这个十五万借读费去无中借读。你起早贪黑地卖板鸭,赵毅帮人修车,挣点钱不容易,赵豆豆后面读大学,用钱的日子在后面呢……"

"你不明白。"谢欢调整了一下坐姿,淡淡地说。

谢云眼皮掀了一下,车窗外的天空很蓝,旧日的时光被凝固在此时。谢云抿唇不语。

车子拐进观音巷,谢欢在巷口下车,冲谢云挥挥手,转身朝自家的板鸭店走去。又深又长的巷子,她在这里长大。结婚后,又回来租了一间门面熬了十几年,不管是严冬还是酷暑,每天天不亮就起来宰杀鸭子,拔毛开膛破肚,加盐、香料腌制,烘干水分后,用优质锯末烟熏,再选用八角、茴香、花椒等30多种香料下锅卤制。谢欢卤制板鸭有独特的方法,卤制好的板鸭,无须口尝,光是看那色泽、闻其香,就叫人垂涎三尺。回来的时间正好,十点半左右,出来斩板鸭的人陆陆续续过来了。谢欢将围裙系好,打开橱窗,将早早卤制好的板鸭摆放整齐,好几个老主顾都在排着队。谢欢话不多,她做生意的特点是不说二话,一刀定音,剁开半只,上秤报价格,咚咚咚一通挥舞,鸭子被剁成大小均匀块状,然后浇上卤水,拍开蒜瓣切碎撒上,最后滴上麻油。哎哟,那个香味啊,让排队的人不由自主地咽了口水。快到十二点,基本就忙完了,该斩板鸭的人都斩好了,谢欢将橱窗打理干净,准备收摊回家。回家还得准备儿子赵豆豆的晚餐,豆豆中午在学校吃食堂,晚上回来要给他弄顿好的,加点营养。

反复数着上午的收入,谢欢咬咬嘴唇,压了压火,她得筹到这笔十五万。这些年存的钱都被赵毅拿去投资他的汽车修理店了,还欠银行贷款。谢欢心里一想到钱,就急火攻心却又无计可施。开学都已经一个多星期了,赵豆豆的借读费再不凑齐,名额就保不住了,想进无中借读的排着队呢。赵豆豆之所以能获得这个名额,是因为他考的分数与无中录取分数线仅一分之差,尤其是他的数理化接近满分,他吃亏在政史上。他这样的学生,无中最喜欢,政史分数提上来了,就是名牌大学的料。政教处的主任看了赵豆豆的分数,当场对谢欢拍板说:"你家优先录取。"当然,其中还有谢云丈夫曹小天的帮忙。

无中是什么?是他们市一流的重点高中,上无中的学生,高考一本考取率是百分之百,大学稳拿,也就是985还是211的区别,根本不愁考不取。可是赵豆豆中考政史发挥失常,以一分之差落榜无中。想去无中就读就要交十五万的借读费,眼看就要到时间了,十五万的影子还没看见呢,这种无奈让谢欢无比地痛苦。谢欢虽然从事操弄吃食的粗活,但她并不是粗枝大叶的人。相反,她极其感性,能安安静静坐下来看一整晚的书不动弹,她的心思缜密、情感细腻,对许多事,有着比常人更透彻的洞察力和感知力。她知道谢云反对她操作借读的事,拐着弯试探几句,借钱的话还没说出口,谢云已经打消了她的念头,说:"谢东两口子在上海好久没收入了,他刚问我借了几万块钱还房贷。"

谢东是她们唯一的弟弟,在上海工作,因公司发展不景气,夫妻俩已经失业半年了。谢云是家里的老二,工作稳定,她既舍不得姐姐谢欢受苦,又舍不得弟弟谢东受苦,经常背着丈夫曹小天补贴他们。但谢云也不是过着大富大贵的生活,经济能力有限,钱既然借给谢东,那谢欢自然不好开口借了。谢云的话是真是假,谢欢不知道,她也没有勇气去问谢东,她知道远在"魔都"上海的弟弟又累又孤独,将生活过得像一部跌宕起伏的小说,一不小心就是掉落悬崖,她帮不了他,只能尽量不打扰他。

二

背着硕大书包的赵豆豆回来了,腋下夹着一个不锈钢保温杯,进门就亲亲热热地喊妈。谢欢赶紧上前接过他的书包和保温杯,问:"饿了吧?饭菜都好了,我再给你切个苹果饭后吃。"赵豆豆应了声"好"。

赵豆豆是个很单纯善良的孩子,叛逆期这东西在他的身上就没出现过,他尊重并听从父母的建议——主要是母亲的建议,父亲忙,很少操心。一米八的赵豆豆,长得眉清目秀,性格开朗,脾气好,有错立马道歉,跟谁都是一副彬彬有礼的模样。他成绩优秀,理想是当一名教师,中考后,他想填报"3+2"农村定向师范培养学校,他爸赵毅也同意,觉得虽然是农村偏远地区,但教师工资也还可以,主要是不必像他那样天天低头操着扳手、钻车底,一天下来整个人灰沉沉的,那种灰,怎么洗都洗不干净。当老师还有寒暑假,再怎么不济,也比他干粗活轻松。可谢欢不同意,谢欢当时正在给土豆饼翻身,头也不抬:"男孩子怎么也得读高中!你看你大牛表哥,清华大学高才生,咱们不和他比,但起码也要读个高中上大学。你妈我还高中毕业呢,总不成一代不如一代吧。"

赵豆豆呵呵一笑,小声说:"我爸初中没毕业……"话没说完,被谢欢一瞪,吓得没敢再说下去。赵豆豆对母亲凌厉又孤独的表情很陌生,她一向很懂得控制情绪,第一次在他面前露出尖锐直接的真性情。赵豆豆有些惆怅,他知道母亲疲于奔命,为生活所迫,他不想忤逆她。赵豆豆又很羞愧,觉得自己像一颗失败的种子。他点点头,终于妥协,又有些失落。"妈,无中我没考取,您是不是对我很失望?我没大牛哥哥那么优秀,大牛哥哥是中考状元,以第一名的成绩进入无中的。"赵豆豆的声音有些委屈。

谢欢将土豆饼盛到他碗里,笑笑说:"豆豆,你小姨是企业高级策划,小姨夫是局长,你对卖卤菜、修车的父母是不是很失望?"

赵豆豆一听,立马举手表忠心:"妈,我绝对没有,我尊重这世界上所有的职业,而且我觉得你们这样也挺好的,体力劳动让你们身体更加健康,陪我的时间也多。"

谢欢揉了揉他的头发,打趣他:"那你能不能尊重一下我的修眉刀,不要再拿它来刮你的腿毛?"

赵豆豆抓把头发,憨憨地笑了。

吃完饭,赵豆豆帮忙收拾碗筷,小声地和谢欢说:"妈,你和我爸是不是吵架了?听说无中的借读费挺贵的,我爸不同意也能理解。其实,我也觉得没必要去无中借读,读一中我照样考上大学。"

谢欢抹着桌子,淡淡地说:"这你别管了,这是大人的事。你读好书就行了。"

赵豆豆回房学习,谢欢洗好碗筷,下楼扔垃圾时,出了电梯就碰见回来的赵毅,她有些吃惊地问:"今天回来这么早?"赵毅站在那里等她扔垃圾,他抠着指甲缝里的泥垢,说:"街上都没什么人!今天生意不好,下午只卖了一个汽车轮胎。"

上楼时,在电梯里,两人谁也没说话,谢欢的脑海中突然浮现出今天医院那个老太太的话——今晚能同房吗?她的脸一下红了,内心不知名的羞愧冒了出来,她努力平复呼吸,内心仿佛河水涨潮,胸腔里积累的水快要淹没她,令人窒息。谢欢咳嗽了几声,试图掩盖不和谐的尴尬气氛。赵毅若无其事地站在电梯中挖着鼻孔,粗线条的他从来没有觉察到她的情绪,他就像个木头人。对着"木头人",谢欢的羞愧和尴尬戛然而止。走出电梯,门前楼道里横七竖八堆放着自家的杂物,有种幽暗中鬼魅横生的错觉。进屋后,谢欢手脚麻利地从电饭煲里端出几个小菜,又炒了碟花生米,赵毅拿出一瓶白酒慢慢喝起来,这是他一天中最惬意的时刻。谢欢默默注视着赵毅,赵毅有一张精瘦的脸,五官标致,和精壮的身躯不大搭配,当初就是这张标致的书生脸吸引了她。谢欢读书没能考取大学,命运不济,也未能找份好的工作,当妹妹谢云大学毕业出来都结婚生子了,她还是高不成低不就单身一人,直到别人给她介绍了赵毅。那时的赵毅还很单薄,手指骨节分明,压根没想到将来会和扳手等工具打交道。以谢云丈夫曹小天的条件为参照物的谢欢认命了,就他吧,好歹外形比较接近曹小天,看上去似乎有点书生味。

赵毅喝完一杯还要倒第二杯,谢欢拦住了他,盛了一碗饭放到他面前。赵毅看看碗里的饭,又瞅瞅谢欢,头疼得闭着眼睛说:"有什么话就直说,别整得老子心里发慌。"

谢欢瞥了他一眼,安静地坐在他对面,慢慢地说:"老公,我想给儿子整去无中借读。"

赵毅眼皮一跳,往嘴里扒饭的手顿住了,怔怔地看着她问:"到底要多少钱?"

谢欢垂下眼皮:"十五万。"

"什么?十五万?"

赵毅一激灵,筷子掉到地上:"你知道我累死累活一个月才挣多少钱吗?我那个店面还欠着银行的贷款,我一个月要还多少你知道吗?"

谢欢弯腰捡起筷子递到他手上,深吸一口气,低声地说服他:"我觉得这人吧,就是菜籽命,大风把你吹到哪儿,你落地生根,周边不同的环境会对生长造成极大的影响。无中出来的,将来百分百都是各行业的人才,咱们儿子就算不成器,将来他的同学都是高才生,这就是他的资源呀。这个社会,最宝贵的是什么?是人脉,是资源!"

赵毅放下筷子,直起身体,他和谢欢已经许久没正视过彼此,更别提掏心掏肺地交谈。他也不愿意和谢欢掏心掏肺,他的心肺掏出来太不堪,放到她面前他无地自容。他知道自己是谢欢走投无路时的无奈选择,谢欢标准的鹅蛋脸,五官精致柔美,尤其是那双眼睛,长而细,眼尾上挑,这双眼睛真的很漂亮,笑起来弯似月牙。第一次见面时,他在她这双漂亮眼睛的打量下手足无措,话都不敢说。他多么爱看她的笑啊。可是,婚后的谢欢很少笑,大多数时,这双眼睛总带着清冷的光坦荡荡地打量着别人。她是个聪明且清透的人,对很多事情都有着独特的见解。虽然后来为生计所迫,她做起卤菜,整天在人头攒动的菜市场里,小市民气息混合着烂白菜的气味,谢欢骨子里却依旧是那个不俗的人,单纯平静的面孔里有着八面圆通的心。谢欢采买把带把的"钝刀",从不太狠,象征性砍个价,价格砍太低,她说像剥削他人,跟拦路抢劫差不多。面对他不屑的目光,谢欢认真地说:"给他人留点余地,这点余地对我们来说,不算什么,对别人说不定就是留了一条路。"赵毅嘟哝着:"买菜砍个价,至于吗?"谢欢笑笑,人生在世,自己呼吸顺畅时,得看看周围的人能不能喘上气,多替别人考虑一下,你周围的人好了,你多少也会沾点光。菜市场所有的小贩,不斩板鸭便罢,只要吃板鸭,必定来她的店。不但如此,经常遇见买菜要斩板鸭的顾客,菜农菜贩们总会推荐她家,就这样久而久之,她的板鸭店几乎成为本地板鸭品牌。这些,跟赵毅说,他永远不明白。就像此刻,赵毅不懂她说的那些道理,但这居然不妨碍他认为她说得极有道理。只是,十五万的借读费,掏出来无疑是从他的身上剜出一大块血淋淋的肉。赵毅的脸上露出无可奈何又力不从心的表情,他抓起筷子继续往嘴里扒饭,含糊不清地坚持:"在一中照样读大学。"

"那怎么能一样!整个市,中考前几百名的都在无中,剩下的去一中,生源不一样,将来的升学率肯定不一样。身边有一堆优秀的同学,这就是豆豆最好的资源呀。"

谢欢起身去厨房给赵毅热汤。望着谢欢忙碌的身影,赵毅使劲嚼着嘴里的米饭,发狠似的说:"什么资源不资源的?到哪儿生活都一样。人到天下都吃饭,狗到天下都吃屎……"

"你说什么?"谢欢从厨房里探出头来,赵毅嚼着饭菜,慌慌张张地冲她摇摇头。

谢欢将热好的汤端出来放到他面前,走到阳台上,不远处的草坪上,几只狗在撒着欢儿。小区两侧那几棵矮小的玉兰树,像是没人照顾的孩子。

赵毅吃完饭,冲个澡就躺床上刷抖音。修车是高强度的力气活,每天到家吃过晚饭冲个澡,赵毅躺在床上动也不想动,手机没瞅一会儿就呼呼大睡。而谢欢每晚都要陪伴儿子,赵豆豆睡觉她才睡。儿子在学习,谢欢便坐在客厅沙发上看书。高高的落地灯旁边是一盆君子兰,她最近看的那本《漫长的告别》放在茶几上,深夜阅读是她多年的习惯,身在烟火味浓的俗世生活中,只有在夜深人静时才能结交书籍这个超凡脱俗的知己。可是今天,谢欢有些心烦气躁,无法静心。看了片刻,她放下书,起身去卫生间洗漱。对着镜子,谢欢注视着脸上深深浅浅的皱纹,眼神厌恨却不得不"缴械投降",拿起眼霜涂抹着它们。这是妹妹谢云给她买的。谢云只比她小两岁,可两人一道逛街,她试穿着一件颜色艳丽的大衣犹豫不定时,笑眯眯的店主对谢云说:"你妈穿这件大衣起码年轻十岁,价格又不贵,给她买了吧……"谢欢气急败坏地丢下衣服,她知道自己不能怪店主,店主并非有意冒犯,可正因为这种无意的、真实的冒犯,才更伤人。没几天,谢云就给她送来一套护肤品,让她没事捯饬一下自己。谢云轻描淡写地告诉她:"你只管用,用完了和我说,我再给你买。"看着皮肤依旧白嫩没有丝毫岁月痕迹的谢云,谢欢百感交集,她努力想要活成自己想要的样子,却发现自己变成面目不清的中老年女人。

谢云待她很好,衣食住行上对她的补贴不计其数,就连谢欢家里的卫生,谢云都隔三岔五地过来帮她打扫。谢云这个当妹妹的,比已经过世的父母待她还要好。

谢欢盯着浴室那面没有铺设瓷砖的北墙,上面有返潮后留下的经年的污渍,看起来像一块块丑陋的斑癣。这令人作呕的墙!原本她可以把卫生间修葺一下,可还有十五万的借读费没着落,日子过得紧巴巴的,哪有闲钱?高一已经开学快一周了,借读的事必须在这两天落实下来。谢欢洗好澡躺到床上,赵毅已鼾声震天,谢欢没好气地抬腿踹了他一下,赵毅翻了个身,继续打着鼾。谢欢满腹心事,毫无睡意。静夜里,她听到外面楼梯咔咔响的高跟鞋声,那是楼上的女人,她总是在零点以后回来。她很时髦,衣着时尚,她和赵毅在电梯里碰上时,赵毅会不会目光乱瞟……这样的想象让谢欢走神,思绪随着女人的高跟鞋声一直往上,最后在砰的关门声中戛然而止。

早上,外面蒙蒙亮,谢欢在一阵酥痒中醒来,赵毅正趴在她的胸口亲吻她。谢欢没睡好,脾气实在好不起来,刚想挣扎,赵毅有力的胳膊一把按住她,直接掀掉她的衣服扔到地上,无比正经地对她说:"老婆,你天天睡那么晚,我每天都累成狗,实在是亲热不着。男人早上都这样,哪天我早上要是不闹腾你,人大概也不行了。"谢欢的手被他抓着,人也被他箍住,根本反抗不了,听了他的话,心一软,闭着眼睛迎合他……

赵毅搂着她,抬手拨开她额前的碎发,摸了摸她眼睛下的黑眼圈,问:"昨夜没睡好?是为了豆豆读书的事?"见谢欢不吭声,他哼了一声,"我说你这人,就是想不开……"

话说了一半,看到谢欢的脸色赵毅没忍心再说,他坐起来穿衣服:"行!你说怎么样就怎么样,都听你的!我上午去我大姐、二姐、三姐家借钱,不就十五万吗?你至于愁得觉都睡不好?"谢欢怔怔地看着赵毅,赵毅套上T恤,锁骨旁有一道尾指长的疤痕,腹肌藏进T恤里。穿好衣服的赵毅,眉清目秀,睫毛弯弯,真真是个好看的男人,只是常年劳作的他,脸上皮肤粗糙黝黑。谢欢的心一动,她不明白这么多年自己为什么瞧不上他,她为什么没将他真正装进心里?他是个大老粗,可待她却是真心实意,口袋里超过五百块钱他就揣不住,回家就掏出来上交给她。

谢欢撩起眼皮瞧着他,嗓音轻轻,带着几分温柔:"尽力吧,我也去借点。"赵毅一挥手,不耐烦地说:"不用,我三个姐姐都对我很好,问她们借点钱,又不是不还她们。不用你操心。"谢欢怕他不会说话,得罪大姑子们,还想交代他几句,赵毅已经穿好衣服弯腰找鞋子,说,"我虽然没本事,可是不会让我女人和儿子饿着,钱的事你别操心了……"谢欢怕被赵豆豆听到,又想起刚才自己男人的粗鲁,耳尖一热,上前就拿脚踹他。赵毅嘻嘻一笑地让开,冲进卫生间洗漱去了。真是狗改不了吃屎,粗人就是粗人。谢欢悻悻的,想想她又不放心,交代他:"钱的事,别告诉豆豆。"

三

九月的阳光像微微融化的奶糖,黏糊糊地将人罩在其中。谢欢浑身都湿透了,楼上楼下地跑,帮赵豆豆缴费,办理入学手续。无中会计室的音响里理查德·克莱德曼的《秋日私语》如缓缓的溪水在耳边流淌,这是谢欢读书时代常听的曲子,苦读至深夜时,它总是能安抚她疲惫的身心。可此刻,它对刚交出十五万借读费的谢欢毫无作用,谢欢的心在滴血。这点赵毅和她完全不同,赵毅一旦决定出这个钱,十五万在他心里已经被丢得远远的。他将借来的钱转给谢欢,脸上的淡定让她恍惚。夜里,赵毅呼呼大睡,谢欢却辗转反侧,觉得浑身上下没有一处不疼的,每个细胞里都有一只蚂蚁在啃噬。谢欢睁眼到天明,反正睡不着,她干脆起身悄悄关上房门,到厨房从冰箱里取出馄饨皮,调好馅开始包馄饨。等赵毅父子俩起床,谢欢已经包好一堆馄饨,刷锅、烧水、备料,馄饨下锅。谢欢拿出两只海碗,撕两把干紫菜,丢一把虾皮,再倒入一点生抽、醋和麻油,馄饨就煮好了。赵豆豆拿勺子不停地搅和着碗里的馄饨,悄悄瞥了谢欢一眼,说:"妈,瞧你的黑眼圈,没睡好?"谢欢手脚麻利地收拾厨房,嘴里"嗯"了一声,赵豆豆又追问,"你不会是跟我爸吵架了吧?"赵毅到嘴的勺子停下来,瞪赵豆豆一眼,笑骂道:"哪次不是你妈找我麻烦?我哪敢跟她吵架!小兔崽子,还不是为了你!你妈这是肉疼呢,给你出了借读费,手续办得差不多了,你马上就可以去无中读书了。"赵豆豆一下愣住了,表情复杂,拿着勺子的手微微收紧,突然觉得空气很闷,他三下两口便吃完馄饨,进房间开始背单词。谢欢低声埋怨赵毅:"你跟孩子瞎说什么呢?这不是给他造成压力嘛。"赵毅将汤喝得稀里哗啦地响,囫囵着说:"就是让他有压力,不好好读书对不起他娘和老子……"

谢欢只觉得自己是鸡同鸭讲,他永远和自己不在一个频道上。

上午,谢欢将自家卤菜店大门贴的"店主家中有事,停业两天"的通知撕下,一路过来时,街坊邻居们不停地向她打探停业关门的原因,谢欢笑着告诉他们是为了赵豆豆读书的事忙活呢。相邻的老中医陈老头一听事关赵豆豆,格外关心,询问了好久。陈老头静静地抽着烟,看着吐出的烟雾发呆,谢欢趁忙活的空闲瞅了瞅他,对上他的视线时,他表情复杂地看着她,欲言又止。陈老头只有一个女儿,当年老婆和他离婚时带走了,他后来一直未娶。陈老头富有并特别喜欢孩子,赵豆豆小时候,谢欢忙活起来顾不上他,陈老头常常将他喊了去,给他饼干和桃酥吃,赵豆豆常常回家还咂巴着嘴说:真香!

陈老头将赵豆豆当成自家孩子般稀罕。其他人问,谢欢就随便两句话应付过去,面对陈老头,她不想隐瞒,一五一十地倒了出来,她问陈老头:"换成您您交这个钱吗?做父母的,读书我们帮不上他,知识得靠他自己学进去,我们只能给他创造更好的学习环境,您说是不是这个理?"

陈老头撇开目光,露出微妙又尴尬的表情,说:"呃……豆豆有没有跟你说过,他其实是想去农村当老师?"

"不行。"谢欢的声音很平静,陈老头却莫名听出一丝冷厉,嘴里的话又默默咽回肚子里。

谢欢拿起扫帚,开始清理门口的垃圾,心头的烦恼、不快像地面的烟头、塑料袋、落叶般一扫而空。不时有人过来和她喋喋不休一会儿,无非是抱怨她两天不开门,他们只好买了别家的板鸭,味道实在是比不上。谢欢微笑着,轻声好言地向老主顾们保证,下次绝不轻易关门。一回头,她便将自己的保证丢到脑后,街坊邻居的夸奖,当不得真。这世间哪有什么不可替代的事物?更何况只是一门吃食。

门面两旁的道路边,已经有人摆出各类菜蔬,行人骑着电瓶车、自行车出入狭窄的巷中,世人都在为生计奔波。谢欢直起腰,将清水里浸泡几小时的鸭荡去余血拿出来,放进配好卤料的锅中开始烧煮。当她用特制的长筷子翻动老鸭时,口袋里的手机响起来,接通后,电话那头居然传来谢云的哭声:"姐,我阑尾炎发作了……又摔了一跤……我……我的胳膊好像断了……"谢欢急了,熄火后关了门就往外跑,冲电话里的谢云喊:"你躺那里别动啊,我马上就过来……"电话那头,谢云打断她的话,虚弱地说:"别来我家,你直接到医院,救护车已经到楼下了。"

谢欢一边跑,一边给赵毅打电话,让他处理锅中泡在卤水中的鸭。有种羞愧在内心细细灼烧,她的妹妹受了伤,而她却还牢牢惦记锅里的鸭。很羞耻。小城的车,不管大小都不大会礼让行人,在没有红绿灯的斑马线上,谢欢挤过去,插入车缝中,任由车流的气势碾压自己的每一根神经。

谢云从来不喊她"姐",这声"姐"喊得谢欢一脸绝望,仿佛就要生离死别。一路上,谢欢将最坏的可能都想了遍。妹夫曹小天这些年升得很快,在市领导班占有一席之地,现在忙于疫情防控工作,几乎是以单位为家,谢欢拨通他的电话,那边只说了一句"在开会"就挂断了。谢欢只好发条微信过去,告诉他谢云住院的事。医院门口,谢欢扫好健康码,接受体温测量,到了急诊科门口,又是一通扫码、测体温……并且,每个科室门口都设了一道岗,一名护士坐在那里负责盘查,没有问题才给你开门。进科室的家属,必须出示核酸检测结果,阴性的话给你一张陪护证。

谢欢的陪护证还没拿到,曹小天的电话打过来了,告诉她:"你妹正在手术,看到你的信息我立刻联系医院的熟人,她的阑尾手术做完要紧接着做接骨手术,估计得在医院住上一段时间。我让医院的熟人给她找了位护工,你先过去看看她,我这边一忙完就过来。"谢欢整个人放松下来,正想多问他几句,曹小天就挂掉了电话。谢欢苦笑,这要是赵毅,话没让她说完就敢挂电话,她铁定揪光他的头发!

谢欢赶到急诊科,骨科医生正在帮谢云接骨、打石膏,谢云疼得面色惨白,低声哭泣、呻吟,谢欢一看她这样,泪就下来了。谢云的病房是双人间,进门左边就是卫生间,里面洗脸盆、淋浴等都有,病房的大幅落地窗户像面玻璃墙,阳光充足,墙壁上还固定着饮水机。这小城住院部的设施,比很多大医院都强。麻醉还没有过去,谢云沉沉地睡去。请的护工来了,谢欢简单交代她几句,又急匆匆地去谢云家取生活用品,她们两姐妹一直都有对方家里的钥匙,以备不时之需。谢云家住在状元桥边的湖滨花园,这里是别墅区,他们买得早,当时这个地方还很荒凉,二十万就买到手,如今三百万都不止。谢云家是中式装修,极简,打开门入眼的就是被擦得锃亮的白色地砖,空荡荡的客厅令人感觉冷清。谢欢站在门口愣了半天,她好多年都没有来谢云家了,两人虽然离得近,但她为生计所迫,忙乱中很少可以抽出时间串门,倒是谢云隔三岔五地会去帮她打扫卫生,甚至帮她看店……客厅阳台上,有一把老式的摇椅,上面放着一堆毛线。谢欢走过去一看,居然有谢云手工针织的婴儿毛衫、帽子、鞋子等,谢云是在提前给孙子准备小衣服吗?谢欢很惊讶。她又看到阳台拐角还放着老式缝纫机,不知道是谢云从哪儿淘来的老家伙,针头上挂着缝合了一半的半身裙。谢欢仔细瞅瞅,这不是谢云那条连衣裙吗?她自己动手将它改成了半身裙?笑着笑着,谢欢的眼圈红了,一向照顾她和远在大都市弟弟的谢云,她的生活竟然如此孤独。儿子大牛一年多没回来了,今年春节说留在学校做志愿者。那孩子很有上进心,除了学习,还担当几个社团的负责人,是学生会干部,每天忙得不可开交。记得有次谢云开玩笑和谢欢说:"我那儿子,昨天总算和他接上头了,视频没说上几句,他就被导师叫走了……"谢欢当时剥着蒜,头也没抬,说:"能者多劳,你儿子有出息,忙学业,哪有空陪你这位老母亲闲聊天?"谢云没有说话,脸上淡淡地含笑,眼里却是无尽深沉的惘然。那是谢欢很熟悉的表情,每当谢云不高兴时,看起来就是这般淡然无心的样子。当时她觉得谢云矫情,故意在她面前显摆儿子有出息呢。

谢欢无法得知谢云的内心,平日里只看见她的平静自控,上班、下班、清理卫生、料理生活。打量着眼前简约宽敞的客厅,谢欢忽然有种虚无的感觉,谢云的生活如此顺遂,内心却是孤独的。她孤零零地守着这栋房子,独自一人坐在阳台的藤椅上,默默地织着毛衣,仰望着太阳的东升西下……谢云才四十出头,儿子已经不需要她,丈夫工作忙碌,早出晚归,连饭都很少和她一起吃。平日里,谢云经常来帮她打扫卫生,帮她看店,帮她给赵豆豆送饭……她做这些,也许只是想要填装那些寂寞的时间,可是,孤独还是孤独,它始终在那里放着、摆着。反观她自己深陷庸常的生活泥潭之中,有烦恼,有不甘,有愤怒,有悲伤,唯独没有孤独。她的内心被塞得满满的,空暇时,她还有心情读得下去《红楼梦》《瓦尔登湖》。

一个内心孤独,表面还时时保持镇定自若的人,不免让人心生担忧。

再次来到医院,谢云已经醒了,两场手术明显让她变得虚弱,额头上渗出细汗,躺在病床上的她看起来格外单薄瘦小,对上她的眼睛,谢欢心虚了一瞬,不敢再看她。谢欢吩咐护工打盆热水,搓了把热毛巾开始替谢云擦拭身体,又和护工一起换下谢云身上被汗浸湿的衣服。

看着面色如纸的谢云,谢欢气不打一处来,低声埋怨她:"你差点就没命了知道吗?阑尾炎都穿孔了还忍着,难道你之前就没有任何症状吗?又把胳膊摔成这样……"

谢云苦笑,说:"我的阑尾炎是老毛病了,本来准备去年腊月或者年后动手术,我琢磨着儿子寒假回来,在医院有人陪护……曹小天你也知道,他的工作性质让他就没有一天安稳。"

谢欢瞪着眼睛凶她:"咋了?儿子过年没回来,手术都不要做了?命都不要了?你跟我说呀,我把店一关,啥事都没有。我是你姐姐,伺候你一段时间不是天经地义吗?"

谢云抿了抿嘴,忍住泪,说:"我也没料到会这么严重。当时我感觉自己要死了,慌乱中一下滑倒……"

话没说完,谢云的手机响起来,谢欢瞥见是曹小天,冷笑着说:"老婆住院动手术,他到现在连个人影都没有,光打电话能起什么作用?"

电话那头,曹小天听见她的挖苦,更加低声下气地安慰着老婆。挂了电话,看着谢欢气鼓鼓的样子,谢云忍不住笑了,说:"他也没办法,疫情防控的事可大可小,我们这里目前虽然一例没有,但周边几个市都有病例了……我既然找了这样的老公,就得面对现实。书上说,孤独分十个等级:一个人逛超市,一个人吃饭,一个人喝茶喝酒,一个人看电影,一个人吃火锅,一个人旅游……最高的等级是一个人做手术。我要不是有你这个姐姐在身边,我都达到孤独的最高等级了。"

谢云是随口打趣,谢欢听了,心里却一酸,她缓了半响,才终于拾回平静的声音:"你一向比我命好,享福的日子还在后头呢。"

两姐妹相视一笑,仿佛又回到少女时期那条狭窄的弄堂,一起牵着弟弟去买冰棍,弄堂里的孩子们像一只只乱撞的鸟儿,从她们身边经过……一晃已人到中年,要是还没能磨砺出一副硬实的身板来,那可真令人头疼,凡事都和自己过不去,硬挺着去反抗去应对,简直就是十足的自欺欺人。谢云很能看清。

谢欢帮谢云稍微挪动下身体,好让她更加舒适些。这时,一位高大的男性护工连抱带拖地将一位腿部打了石膏的老太太弄上另一张病床,老人在床上弓着腰,慢慢侧转着身体。护工抹了把汗,对她说:"照顾你的护工晚点来,她在排队帮你打晚饭。"

护工走后,老太太大概是嫌弃姿势不舒服,痛苦地想要翻动身体。谢欢见状,忙过去搭把手,老人对她咧了下嘴,算是笑脸。谢欢看看时间,琢磨着出去买点吃的,再给赵毅打个电话,吩咐他要把赵豆豆的生活照顾好,抽空还要去把卤菜店打扫干净并挂出停业的牌子。她叹口气,早上才跟顾客夸下口说再也不随便关店面,没想到这店面立马就给关了,没有十天半个月,估计还开不了。

这时病房门突然打开了,一位矮胖的护工走进来,紧跟在身后的是个戴着口罩的男人,口罩上方的浓眉大眼看着甚是熟悉,他手里拎着一个大保温食盒。谢欢还没反应过来,男人一把扯下口罩,露出黑黝黝却仍俊美的脸,居然是赵毅。赵毅将保温食盒放到床头柜上,有些烦躁地抓了两把头发,说:"老婆,我手艺不太行,就简单弄点肉片汤,炒了个西红柿鸡蛋,还有米饭,你和他小姨就凑合着吃啊。这医院,老子进来就跟做贼似的,不让进!"

谢欢惊讶地看着他,问:"那你怎么进来的?"

"混进来的呗!"

谢欢无语,好气又好笑地对谢云说:"你看,从来不下厨的他,捯饬这几样饭菜来,真不容易啊!"

谢云也笑,赵毅安慰她说:"你好好调养身体,让我老婆陪着你,家里有我呢。"

谢欢白了他一眼,说:"什么你老婆?我是她姐,亲姐!"

谢欢打开食盒,咂着嘴说:"别说,这菜做得还真不错。可惜啊,谢云还没通气,吃不了。"

赵毅一愣,又呵呵笑着说:"他小姨不吃,我老婆吃嘛。"

谢欢瞥了他一眼,这人动不动就老婆老婆的,真粗俗,不过心里还是挺受用的。

赵毅挠了挠胳膊肘,他感觉自己好像被老婆瞪了。

谢欢将他拖到一边去,交代他务必要做好后勤工作,照顾好赵豆豆,又告诉他明日不用送饭,她们在食堂买。赵毅一一应下来。说到赵豆豆时,赵毅含糊其词,顾左右而言他。谢欢狐疑地看着他,赵毅连忙摆摆手:"没事没事,家里一切你放心!你安心在医院陪护。我走了啊,还要回去给赵豆豆做晚饭呢。"

赵毅走了半天,谢欢总感觉哪里不对。

隔壁床上的老人正在护工的帮助下将床头摇起,半坐着准备吃东西。老人似乎饿了,大口吞食着护工帮她买的蛋糕。谢欢看了看赵毅送来的饭菜,谢云不能吃,她一个人反正也吃不光,就问老人:"老人家,我这有家里做的饭菜,不知道合不合您口味,我分您一半?"

老人一听,赶紧端起一次性杯子,喝了口水,咽下嘴里的蛋糕,冲她点点头,说:"谢谢你。"

谢欢将饭菜拨了一半给她,又替她倒了一半汤,递过来说:"老人家,我看您有点眼熟。"

老太太感慨地说:"可不,我退休以前就是这个医院妇产科的医生,没准你以前跟我打过交道。"

谢欢惊讶地瞪大眼睛:"真的呀?难怪您一个人住院呢,敢情太熟了。您有几个孩子呀?"

老太太塞了满口的饭菜,无法讲话,只是冲她竖起两根手指。谢欢又好奇地问她:"您老伴呢?他不来照顾您吗?"

老太太喝了口汤,头也不抬地说:"他呀,脑梗多年了,吃喝拉撒全在床上。"谢欢倒吸一口冷气,同情地说:"那您家两个孩子可辛苦了。"

老太太不以为然地说:"他们辛苦什么?这么多年全是我一个人照顾老伴。"

谢欢和谢云吃惊地对视一眼,不好再问,怕再问下去,就是儿女不孝的事儿,太不堪。老太太大约知道她们的心事,端起汤一口气喝光,然后看着她们,自豪地说:"我大儿子毕业后,全家在美国定居几十年了,大媳妇也是高科技科研人员,收入很高。他们在美国拿了绿卡,买了别墅,生了三个孩子。我二儿子在日本留学时结的婚,就留在日本了,生两个孩子,可聪明了,都在名校读书呢。"

谢欢试探着问她:"那……他们多久回来一次?"

老人沉默片刻,脸上露出微弱的笑容:"年轻人生活压力大,漂洋过海的,全家来回机票几万块,看一眼又能怎么样?待几天还不是走?来回折腾,孩子们也累。"

谢欢安慰道:"现在联系也方便,微信视频什么的,随时都可以看到。"

老太太没吭声,埋头吃饭,谢云看了她一眼,眼里露出怜悯的神色。也许是老太太的儿子们不舍得花机票钱,老人家在善意地替他们掩饰寻求理由吧。这样,安慰了自己,内心会好受点。只是,安慰太过投入,除了骗过自己,别人都知道真相。

老太太放下筷子,浑浊的眼里透出担忧,自言自语地说:"不知道老头子怎么搞,临时让物业帮忙找的阿姨,也不知道能不能伺弄好他……"

谢欢忍不住又打探:"那……你儿子们可以给你找个住家阿姨来照顾你呀,你一个人伺候瘫痪的老伴,也太不容易了。"

老太太的眼神飘忽不定,脸上露出惶恐不安的神色。谢欢有些迷惑,深知自己不知界线,不依不饶地逼问别人的隐私。这认知令她脸红,她忙起身,装作帮谢云掖被角,收起碗筷去水房洗刷,老太太的护工也拿着盆过来洗。

护工一脸不高兴地对谢欢说:"这老太太,还请住家阿姨?生怕人家偷她抢她。去食堂买饭都担心我昧她钱,特地吩咐给她买点蛋糕,指定要6块钱一斤的那种!你说这种人,不顾自己年老体弱,又不舍得麻烦儿女,还不信任保姆,一个人照顾瘫痪多年的老伴,你说她是高尚呢,还是想不开?搞不懂!"

谢欢没想到竟然是这样,她小心地瞥了一眼病房那边,提醒护工小声点。护工无所谓地将手里的盆摔摔打打,嘴里依旧叫嚷着:"这老太太,有钱着呢!自己是退休医生,听说老伴是离休干部,竟然这么抠门……"

谢欢有点尴尬,不愿意再和她多说,洗好碗筷径直回病房去了。

谢云让谢欢回家休息,医院有护工帮忙,但谢欢并不放心留她一人,便领了陪护的椅子和毯子,简单洗漱后躺下闭眼休息。月光照进来,投在墙壁上的阴影一道一道的。有鸟儿从窗前飞过,阴影被揉碎。谢欢睡不着,头脑里一片混杂,她从来没有这么清楚地认识到生活的真实面目。平常里,又有谁能看清自己忙碌的蛛丝马迹究竟是被哪条主线穿连起来的?她很少有意识地去观察反思当天的生活细节,只是凭着感觉过一天算一天。唯一引起感慨的,无非就是脸上出现的皱纹、头上日益增加的白发。人就是菜籽命,落在肥处枝繁叶茂。老太太工作好,儿孙满堂,命算好的吧?可是,那又怎么样呢?她不觉得老太太有什么值得羡慕的。有时候,无趣的生活让她感觉无路可走,所以只能闭眼一再前行。她一直和谢云比,小时候和她比学习成绩,成年后比丈夫,后来比儿子……比,似乎成了她的本能,在攀比中,除了让自己更加郁闷不甘,浪费精力、消耗时间,让她每天过得虚幻又无聊,还让她得到了什么?想想交出去的十五万,她为什么一定要让儿子上无中呢?其实一中每年的一本升学率也有百分之九十啊……可是,现在重新让她选择,她依然要出十五万借读费,让赵豆豆走进无中。

夜深了,隔壁病床的老太太发出低低的呻吟声,迷迷糊糊中谢欢突然睁开眼睛,她总算知道哪里不对劲了:赵毅说急着赶回去给赵豆豆做晚饭。赵豆豆不是在无中上晚自习吗?他应该在无中的食堂里吃晚饭。

四

谢云总算通气,可以吃东西了,谢欢交代完护工,便离开医院去菜市场买了葱、姜、蒜和肉等,掐算着时间,准备好汤料,将馄饨皮擀得绵薄如纸,充分搅打的馅料香嫩咸鲜,做好后她尝了两个,味道真的太好了。她将下好的馄饨装到保温盒里,汤头撒了小葱、香菜,滴几点麻油,清爽又开胃。剩下的馄饨放进托盘里塞入冰箱里冷藏,可以给赵豆豆当消夜。谢欢留了张纸条贴在冰箱上,便拎着保温食盒换鞋出门。临近医院大门的街道,有七八家快餐小吃店。他们的客源主要来自医院病人和陪护家属,路过门口时,招揽生意的店家扯着嗓门喊:"进来吃饭喽!现点现炒的各色菜蔬、鸽子汤、黑鱼汤、排骨汤啊!有蛋炒饭、稀饭、面条、包子、馒头啊!"那些叫卖的字眼以递增之势叠加、摞高,最后轰然坍塌,压得谢欢无比烦躁。哪像她做生意,没有任何叫喊吆喝,一番忙碌卤好板鸭后,抖落一身疲惫,静静地坐在柜台后。柜台下,放着一本《枕草子》,无人斩板鸭时,谢欢便归隐在属于自己的世界中。想想这些店家，他们和她一样忙碌，无非都是为了家庭。

病房门口，从她的角度刚好看见曹小天不耐烦的脸，背对着窗户的他，整张脸隐在光源的阴影中，双眼蹿出的愤怒和不屑被谢欢捉个正着。谢欢一惊，曹小天已经朝门口走过来，差点和她撞上。曹小天看见她，脸上的表情很微妙，蹙着眉冲她点点头，算是打招呼了。望着他的背影，谢欢不满的情绪涌上心头，恨不得将手里的保温食盒砸向他的脑袋。谢欢站在门口，脸色悯然，她吸口气，消毒水的刺激性气味瞬间盈满肺部，直达神经。曹小天在她和赵毅的面前一向姿态很高，所谓拿人手软，他们从来都是接受馈赠的一方，一年到头，衣食住行，哪一样好处没受？包括赵毅的汽车修理店，曹小天给他介绍了不少客户。这个社会，尊重或鄙视一个地位比你高、活得比你好的人容易，但要关爱并尊重一个地位比你低、活得比你差、处处还占着你家便宜的人就不那么容易了。曹小天对他们那么轻慢是不经意间带出来的，这种不经意的流透，是发自内心地轻慢。他很少参加他们的家庭聚会，忙碌是一方面，不屑、感觉无聊懒得参与才是主要原因。家宴时，曹小天总是坐在宾首，赵毅每每敬他酒，他都推辞不胜酒力浅尝辄止。他不是不能喝，只是看喝酒的对象是谁罢了。使唤起赵毅来，曹小天是毫不客气，譬如将他家的旧沙发扛到楼下、将他家堵塞的下水道掏一掏、开车去几十里外的镇子上给他父母送点东西⋯⋯每次使唤完赵毅，他也不会让赵毅空着手，冰柜里吃不掉的鱼肉、不骑的自行车、不穿的羊毛大衣等，都会让赵毅带回去。有次赵毅帮曹小天扛一袋所谓的有机大米上楼，闪了腰，谢欢不满地发着牢骚，赵毅却揉着腰乐呵呵地指着两只羊腿和几条鱼，说："你看，妹夫还给了我这么多肉呢！不是家里的亲妹夫，谁给你啊？"看着满足的赵毅，谢欢想起《法门寺》里的太监贾桂，明武宗让他坐下来说话，贾桂说，"奴才站惯了，不想坐"。当一个人自知不如人，即使别人想要跟你平起平坐，你都不敢把自己当人。谢欢恨铁不成钢地把这个观点说给赵毅听，赵毅对上她的目光，不解地说："你们女人就是敏感，还玻璃心。家里亲戚，说什么使唤不使唤的？就算隔壁邻居喊一声，我也得搭把手帮忙啊。"这话说得大义凛然。谢欢也不禁怀疑起自己，她是否真的玻璃心？只因为她活得不如曾经期待的那般？人一旦怀疑自我，底气便弱了，她再不敢和赵毅说这样的话题，有点无地自容，觉得自身过于狭隘。人家被使唤的人心甘情愿,领着小恩小惠感恩戴德的,她一个没出力气光得好处的人,有啥资格说三道四?所以此刻,面对曹小天的轻慢,她的不快更多来自曹小天对谢云的忽视,妻子病了,他不来照顾就算了,好不容易来一趟,居然还甩脸子跟病人吵架。

谢欢把手里的保温食盒搁在床头柜上,给靠在病床上的谢云胸前垫了条毛巾,打开保温食盒递到她面前,说:"趁热吃。要不要我喂你?"

谢云摇摇头,脸色有些难看,用那只完好的手接过勺子,没滋没味地吃了几口馄饨,又抬眼看看谢欢,微微出神。窗外有风吹进来,将谢欢橙黄色的绵绸裙吹得轻轻扬起,谢欢低垂着头,正在帮她整理生活用品。记得做姑娘时,谢欢就喜欢穿黄色衣服。谢云不明白,这颜色是救过她的命还是怎么着,这么多年过去了,她为何依然爱它?要知道,这颜色对四十出头的女人极其不友好,衬得她气色不好,脸色蜡黄,眼珠子都是黄色一般,加上她不用口红,看不到嘴唇半分血色,人又瘦弱单薄,整个人就像一张黄表纸。谢云觉得嘴里的馄饨难以下咽,曹小天刚才说的那些话还在耳边盘旋。

谢云将手里的勺子放下,担忧地说:"姐,你……没事多和赵豆豆聊聊天,孩子大了,了解一下他的心里想法。"

谢欢听出弦外之音,忙碌的手停下来,直起腰纳闷地看着她:"豆豆怎么了?"

谢云一只手端起保温食盒,把它放到一边,看着谢欢轻声地说:"豆豆他……退学了。"

"不可能!"谢欢断然否定,斩钉截铁地说,"豆豆那么乖,他怎么可能做出这么离经叛道的事!"

离经叛道?谢云觉得好笑,她一个名校毕业的白领,说话从来都是直来直往,而谢欢一个卖卤菜的,讲起话来咬文嚼字,动不动就四个字的大词往外蹦。谢云没接她的话,有的事早说晚说都得说,她斟酌着说:"赵毅应该早就知道这件事,估计他不敢跟你说……别看我,我也是刚刚听曹小天说才知道的。豆豆他……去校长室要求退还他十五万元的借读费。"

谢云没敢告诉谢欢,其实赵豆豆是威胁校长,不退还借读费,省委巡视组来市里开展巡视工作时,他就去举报。现在的孩子,哪怕是小学生、初中生,懂得的门道都很多。老师作业布置多了,打教育局举报电话;学校举行开学考、月考,打举报电话,说违反九年义务教育的减负原则……赵豆豆能拿出向省委巡视组举报的办法威胁校长,实在不足为奇。

这事让曹小天很没面子——都知道赵豆豆是因曹小天的关系进来的。

谢欢呆若木鸡,震惊与绝望掠过心头,眼冒金花,差点晕倒,她伸手一把扶住病床撑住身体才没让发软的腿跪向地面。泪水慢慢地溢出来,她咬紧嘴唇,从嗓子眼里挤出几个字:"他……居然……去退学……"

谢云苦于肚子上的伤口疼,无法动弹,她担忧地看着谢欢,劝她说:"事情已经发生了,你别难过,也别和赵豆豆较劲,你就这么一个孩子啊。"

谢欢稳了稳神,大脑清醒了些,眼睛急得通红,不死心地追问:"校长同意了?他一个孩子,懂什么?校长起码应该经过我们家长同意吧?"

谢云静了半晌,干脆点醒她:"近期有省委巡视组来市里检查……学生要求退学退款,这个节骨眼上,校长能不同意吗?学校是通知赵毅去办的手续。"

望着谢欢煞白的脸,谢云又说:"这几年查得紧,借读的人凤毛麟角,再有钱都进不去,是曹小天找的关系做的担保,结果……曹小天有点情绪很正常,毕竟这件事给他带来不少麻烦……"

谢欢把头缓缓抬起,犹如从沉睡中苏醒的老人,疲惫又茫然,她轻轻地打断谢云的话:"我不信。我们豆豆不会这样做的,他不会这么对我的。我要回家听他亲口对我说。"

路边的树叶仿佛是一瞬间变黄的,风吹过,几片叶子落在谢欢脚下。街边商店橱窗的玻璃映出她纠结在一起的枯发,谢欢仰起头抹了一把泪。她的梦,长满翅膀,不断地冲出视野,飞向辽阔的天空。不是说现在的四五十岁还算年轻人吗?为什么她觉得自己已经很老很老?曾经的豪情壮志,在老旧的箱底折放着,还有那些梦想,翻出来依然像钻石一样,闪闪发亮。

口袋里没有餐巾纸,谢欢冲地面擤了一大把鼻涕,将粘满鼻涕的手在树上擦了一把,无视路人鄙夷的目光。突然明白为什么有的老人可以肆无忌惮,插队、无理取闹、辱骂别人、占便宜……因为他们放弃了自我。在日益衰老中,他们陆续失去了容貌、健康、关注等,没有人关注他们,他们也不再关注任何人,他们变得随心所欲,摒弃一切社会规则。看,地面的那些枯叶,它们和她一样为累而老,因老而落。此刻,谢欢觉得自己就是一个沮丧且消极的老人,只想扑倒在地上不管不顾。

谢欢站在赵毅的汽车修理铺门口,里面有一辆吊起的汽车正在做钣金活,小学徒看见她,热情地问:"修车吗?"

她从没来过赵毅的店,学徒不认识她。

谢欢沉着脸不吭声,浑身脏兮兮的赵毅从车底下钻出来,看见她顿时愣住了,黑乎乎的双手搓着污垢,怯怯地看着她问:"你怎么来了?"

谢欢冷冷地望着他,机灵的小学徒见气氛不对,脚底抹油溜了。

谢欢面无表情地打量着店内,对灰头土脸的赵毅说:"给你个建议,'赵毅汽车修理铺'改名为'赵毅汽车修车行',这个'铺'字啊,一般都是修鞋之类的小作坊使用的字眼,'车行'高端有档次,看上去就正规,这就是知识的作用。你这个破'铺',十万块以上的车都不敢进来,怕你给修废了。"

赵毅心里发虚,点着头唯唯诺诺,不住应声:"对对对,说得对!马上改!马上改!"

谢欢看着赵毅黝黑的脸庞,还有粗糙开裂的双手,他的手臂上不知什么时候蹭破一块皮,正在流着血。这一刻,谢欢脑海里电光石火般想起了婚后多年两个人相处的细节:话不投机讥讽他时,他憨厚一笑;他极少出去应酬喝酒玩乐,挣的每一分钱统统上交给她;她累病了,他发火要去砸了她的卤菜店,再不让她去操劳;她打心眼瞧不上他,他心知肚明并愧疚自己的配不上,委屈了她,对她的冷嘲热讽从不抱怨半个字……所有的种种拼凑在一起,让谢欢胸腔的怒气渐渐消失,却留下满口的苦涩。她失魂落魄的样子让赵毅发慌,他知道她是为儿子退学的事来的,他并非有意欺瞒她,等他接到学校通知,去办理退款手续时,一切都无可挽回。

赵毅无奈地说:"老婆,孩子大了,有他的想法,咱们不要跟孩子置气行吗?跟孩子闹起来,做父母的永远是输家。咱就是赢了,也是输了,可别把孩子逼出个好歹……"

谢欢的泪水一下涌出来,赵毅不知道怎么办才好,过来拉她哄道:"老婆,你可千万要想开,别气出毛病。我知道你对豆豆期望很大,可……唉,我也不知道怎么说。这孩子,这回闷声不吭地干出这么大的事,学校通知我时我脚都软了,一直不敢跟你提。"

谢欢抹了一把眼泪，看着眼圈也红了的赵毅，淡淡地问："你儿子人呢？"

赵毅愣了几秒，赶紧强调："那也是你儿子！"

谢欢气笑了，一瞪眼，赵毅立刻招供："他怕你责怪，去奶奶家了。"

谢欢心里千万匹马奔腾着，面上却似云淡风轻的空旷草原，她面无表情地说："赵毅，你们父子俩都把我当成阻碍的大山，好像翻越过去，就没啥事了。你想过没有，你儿子才16岁，未成年，他思想不稳定，做出来的决定，未必将来他就不后悔。他是舍不得这十五万借读费吗？我不是跟你说过，让你别跟他提钱吗？"

赵毅赶紧摆摆手，发誓不是自己说的。

谢欢无奈地说："即使他不愿意，也用不着这么极端，闹这么一出，再回一中读书，怕是一中校长和班主任都会对他有看法，对他后面三年高中生涯造成恶劣的影响。"

赵毅迟疑着，越发忐忑不安，可有的事不是你不说它就不存在。赵毅一咬牙，如实交代："豆豆他要去读'3+2'农村教师定向培养，今年疫情，录取通知书延迟了，才下来，所以他才去无中退学……"

谢欢仿佛吃东西被噎住似的，这一刻，思维断裂，发出清脆的声音，碎屑溅到她失魂落魄的表情上。内心深处，她其实已经不得不接受赵豆豆即将回到一中去读书的事实，她以为掉入井底的自己向上爬得差不多了，谁想一阵风吹来又坠入悬崖。再也没有说话的力气，她转过身摇摇晃晃地朝外走去。

店门外的马路牙子边停了一辆黑色奔驰，小伙子摇下车窗，大声喊："老板，我的车怕是漏电了，经常点不着火……"

赵毅冲他一挥手，没接他的生意。他没时间理会这位顾客，便焦急又担忧地追在谢欢身后。

谢欢漫无目的地朝前走了一段距离，经过佘家巷口时，她站到巷口青色石板路的台阶上，呆呆地看着夕阳映红天际。赵毅急得嘴唇都起了燎泡，又不敢上前，只敢站在不远处。几个孩子从一家辅导机构走出来，穿着同一种衣服，理着同一种发型，背着重重的书包，像踏入丛林学习法则的猎人。这是赵豆豆在家经常说的一句话，他说他们这帮学生就像踏入丛林的猎人，彼此争夺猎物，必要时还得互相厮杀。赵毅没法理解，为什么所有的家长包括谢欢在内，把读书学习看成天大的事呢?他承认学习很重要,但娃娃实在不想读,也没什么大不了的嘛。他没啥文化,一日三顿也不比别人少吃,累是累了点,但经常干体力活,他身体可棒了,"三高"是啥玩意儿他根本不知道,曹小天不是早就三高了嘛,听说西瓜都不敢吃……当然,能坐办公室干体面活那是最好不过,可赵豆豆也不是成绩不好不肯读书呀,他要上的那个"3+2"的玩意儿,毕业后不是当老师吗?去农村当老师呀,再娶个媳妇种点蔬菜,养点鸡、鸭、鹅,还能不时给他们老两口送点绿色食品,挺好的嘛……谢欢在台阶上坐下来,赵毅一激灵,赶紧刹住脑海里乱七八糟的幻想,悄悄觑了谢欢一眼,也在离她不远处的台阶上坐下来。

"书读得多,最大的用处是不是特别会安慰人?不像自己,一句劝解的话都说不上来。"赵毅忧伤地想。看着谢欢暗淡无光的脸,赵毅心痛却无能为力,他知道谢欢对儿子期望值很高,她总希望赵豆豆和姨侄大牛哥一样突出,考入清华。可人和人是不一样的,希望落空给她带来的失望打击,她只能自己去消解,他毫无办法,他唯一能做的,就是陪在她身边。

黄昏又浓又稠,洒水车从主干道开过来,唱着《明天会更好》,谢欢记得早上它唱的是《世上只有妈妈好》。不远处的花丛里,有一只黄蝶,扑扇着翅膀飞得很低,像一片枯叶随风翻飞,它是迷了路,还是受了伤?它落入谢欢面前的一个水洼里,几番挣扎,再也不动弹。谢欢怔怔地看着那只蝴蝶,仿佛化身为它,便可抛弃整个世界,可一个孩童的笑声轻易将她惊扰,她被针头扎中似的转过头,先是狐疑地看了看赵毅,赵毅赶紧冲她笑,她的目光很快从他的脸上跳开。赵毅的笑没法着落,只得草草收场。就在赵毅以为她会继续沉默静坐时,她忽然开口说:"我们这种人,可能一辈子都搞不懂自己究竟为什么而活……我们是浮萍,是那只飞扬着却最终坠落的蝴蝶,只能这样等着,慢慢老去,回到大地上,化为尘泥。"

赵毅以为她是在和自己说话,可看着又不太像,不管她是不是和他说话,话里"活不活"这类的字眼令他慌张,又令他愤怒,他真想一巴掌扇到她脸上,大声骂她是不是有病,孩子不就想当老师吗?不就没读高中吗?这到底有什么大不了的?可他不敢。他也没有跟老婆动手的习惯。

赵毅接不上谢欢的话,好在谢欢也没指望他能接上,她终于站起来拍拍屁股上的灰,说:"该回去了。"

回去的路上,风一阵一阵地吹过来,什么都没发生似的。温热的风撩动着谢欢的头发,赵毅想上前摸摸她的脑袋,和她说些什么,然而,他什么都没做。他和她表面看上去,论职业、品貌都是极为相配的,可赵毅知道,他们的内里是截然不同、十分不搭的。他是个简单的人,心中毫无负累,饭前的一杯酒、饭后的一杯茶就令他满心欢喜。心里没有事,即便工作再苦再累,也不觉得日子难过。可谢欢的内心是复杂的,心里头整天都是千万根数不清的丝线密密麻麻缠在一起,能轻松得起来吗?他是个粗人,没啥想法。他记得一部电影里开篇就是一句话:一个人,要么庸俗,要么孤独。这话真说到他的心坎里了,他就是个庸俗的人,活得简单轻松,容易满足。谢欢不庸俗,所以她只能孤独。孤独的人是不需要庸俗的人来安慰的,因为那可能会火上浇油,甚至引火上身。想到这里,赵毅心安理得地保持沉默。

　　到了家,赵豆豆居然回来了。谢欢一如既往地钻进厨房,操弄着锅碗瓢盆,端上四菜一汤,面容平静如水,太不真实。她为赵豆豆盛了一碗汤,起初赵豆豆很激动,眼里闪出些兴奋的火花,以为她接受了他的决定,可马上他就察觉到并非如此。母亲的眼神轻飘飘的,拒绝和他对视。赵豆豆眼里那一瞬的亮光旋即沉入无底的深潭,他试图说上几句能够证明自己的话,可那些话就像弹过去的乒乓球,软软地碰在他球拍的海绵上,发过去却没有人接,灰溜溜地滚到一边儿去。赵豆豆有些哀怨地看着赵毅,赵毅低眉顺眼地吃饭、喝汤,发出吧唧吧唧的声音。赵豆豆对他见死不救的行为很是不满,愤愤地将筷子往桌上一拍,不料声音过大,先将他自己吓了一跳,他反射性地扭头看着谢欢,谢欢依旧面无表情。赵毅也被吓到了,当他发现声音来源处并非妻子时,提起的心立刻又安放原处,继续吧唧吧唧地吃着饭。赵豆豆受不了了,有些东西不断地升腾,在本该热气腾腾的饭桌周围氤氲着,他不习惯这种局促,似乎他干了一件伤天害理的事情一般,这种陌生感令他极度不适。

　　赵豆豆坐直身体,放下碗筷,说:"妈,我知道你生气。可是我有我自己的考量,我的目标就是当老师。三年高中读下来,顺利的话,我读个师范类一本,出来还是当老师,还得参加省内的上岗考试。"

　　"所以呢?"谢欢轻飘飘地问。

　　赵豆豆硬着头皮说:"……万一四年大学里,我荒废了学业呢?没准连上岗考试都通过不了。即使考上了,分数要是考得不高,城内的岗位都被别人挑走了,我还得选择农村教师的岗位。"

谢欢神色不悦,冷然地看着他。

赵豆豆和父亲对视一眼,生出几分委屈。他立马意识到此刻不是该委屈的时候,忙撑住脸上的笑,说:"这么一来,我要多读三年高中,让家里多花很多钱,那都是您和我爸的血汗钱啊!可上这个农村教师定向培养,多好,五年出来直接上岗。嫌弃学历低了,我可以自学考试啊。再说了,以后我想去城内当教师,每年不都有选调考试吗?要是我的教学水平高,获得什么全国省内优质课大赛一等奖,有的是好学校等着要我呢!"

赵毅连连点头,深以为然,他差点儿站起来为赵豆豆叫好,这孩子思路多么清晰啊。他刚要开口说话,对上谢欢凉飕飕的眼风,讪讪地把到嘴里的话又吞了回去。

谢欢忍着心底的酸涩,摇摇头,说:"那只是你的以为!你一个男孩子,连高中都没读过,肚子里的墨水能支撑你将来在岗位上应对各种考试竞争吗?选调考试?说得轻巧,让你和那些本科毕业的去竞争同一岗位,你拿什么来跟人争?"

赵豆豆不服气地说:"妈,我不还要读五年书吗?这五年,我难不成什么都不学?我会好好努力的。"

谢欢站了起来,高高地立在他桌前,逆着光的她表情模糊,但赵豆豆竟然看清了她那种看傻子般的眼神:"有些话本来我不想说,你自作主张替自己选择了人生道路,做母亲的连参考的权利都没有。但现在,既然你想和我推心置腹说说心里话,那我就把我心里的话也告诉你。我觉得,人生可以平凡,但不可以平庸。平凡和平庸只有一字之差,却是天壤之别。因为平凡的人有理想,是生活的主导者,永远对未来抱有期望。平庸的人却逃避生活、逃避努力,胸无大志,习惯于碌碌无为,得过且过混日子。你才16岁,便让自己的将来尘埃落定,你都不敢去拼搏一番,实现自己的人生价值。"

一向温和的赵豆豆有些恼火,反驳说:"我即将读的学校就是个屁吗?五年读出来也是大专学历,我后面还可以再考学历!"

谢欢不屑地说:"后面考的学历,能跟人家高考统招大学的学历比吗?你那个五年,学的是专业知识,文化知识根本学不到多少!说来说去,你无非就是不想努力,只想走捷径,捧个饭碗而已!"

赵豆豆的脸一下红到脖子根,推开椅子站起来:"我就想混一碗饭吃又怎么样?我选的这个也是很难考的,人家想上还考不中!非要捧着十五万去重点高中借读,去厮杀三年然后替你争个面子回来?我就是个平庸的人,我没有大牛哥哥那么厉害!我不想成天刷题成为学习的机器,我在无中待了一上午就觉得要窒息,所有人就只知道学习学习学习……"

赵豆豆恨恨地看着谢欢说:"这么想上大学,你自己怎么不去考一个?"

赵毅见状,慌不迭地拉住赵豆豆,他不知道怎么劝解,嘴里只会反复念叨着:"哎呀,人到天下都吃饭,狗到天下都吃屎!这……能混口饭吃就行了,别吵了。"

谢欢以一种奇怪的别扭姿势靠近赵豆豆,她不解地抬起头,看到的是一个陌生的面孔,这是她熟知的那个温和懂事的儿子吗?他站在她面前,高大,桀骜不驯,头上的毛发直硬硬地杵着,她得把头抬得高高的,才能对上他的眼睛。他的眼里有什么?小时候的星光全部消失了,盛入其中的是挣扎、悲伤还有愤恨。当他用这双眼睛和她对视时,她觉得自己像被五花大绑丢在刑场,有一溜黑洞洞的枪口正瞄准着她的五脏六腑。谢欢忍不住又端详一番赵豆豆的脸,赵豆豆的眼里储满了泪水,那些泪发出奇异的光芒投射进她的瞳仁,她惊奇地发现,赵豆豆长得确实跟她很像。不管发生什么,眼前这个孩子永远是这个世界上她最亲的人。这个认知让谢欢内心逐渐变得祥和、平静,她默默地收拾着碗筷和撒在地面的些许饭粒,赵豆豆的那句"这么想上大学,你自己怎么不去考一个"像微风缓缓地在她耳边萦绕,钻入她的脑海,进入她的心脏,像涟漪般渐渐地散开,让她又凄凉又哀伤。骂赵豆豆的那番话,又何尝不是在骂她自己呢?她的理想,她的追求,早被庸常的生活淹没了,她不也是安于平凡,做生活的旁观者和看客吗?不,她更卑鄙,因为她把所有的追求和梦想都转嫁在儿子的身上……谢欢用手背擦了擦泪水,将洗碗池边的水擦拭干净,一转身,对视上在她身后打转的赵毅忧心忡忡的目光,她强颜欢笑说:"吃完以后,记得把锅洗好。不能用清洁球啊,会破坏涂层的。我去医院陪我妹妹。"

走出小区大门,谢欢深吸一口气,决定先去店里收拾一番再绕道去医院。

她现在不想面对谢云,不想面对任何人,只想独自一人消化所有的情绪。

观音巷里原本就不繁忙,这个时间更是少有行人。巷口的路灯发出橘黄色的光,偶有步履匆匆的夜行人打破安静。谢欢用力拉开卷闸门,刺耳的声响令她顿生厌倦,看着稍显凌乱的店内,谢欢一动也不想动,干脆拖出摇椅,摆放到店门口躺坐上去。瞪大眼睛望着夜空,她想起少年时期那把驱赶炎热和蚊子的鹅毛扇,想起半夜苦读时为了躲避蚊虫而将双腿插入盛满水的水桶,想起瓦尔登湖畔的小木屋以及梭罗手中的那把斧头……那把斧头,和她整日挥舞的那把斩板鸭的刀,一样地锋利吧。

借着昏黄的路灯,谢欢打量着自己的掌纹,它们粗糙弯曲又坎坷,这是苦闷的象征,从小她就是个太会胡思乱想的孩子。那时候的她,常常会在学习的时候,对着窗外的樟树着迷,她会想着她的理想、她的未来,可生活最终回馈她的,是深深的无力和迷惘。望着巷子深处,在那最深处的深处,是一片明清时期的老房子,那里也是她少女时期成长的地方。现在,通往那里的巷子黑漆漆的,两旁是破旧不堪的平房和阁楼,它们曾经辉煌过,时至今日还在背负着繁衍生命的重托,你听,那巷子深处传出来的婴儿啼哭声就是证明。但它已经满脸沧桑,无可奈何地衰老了。曾经满脸稚气又不服输的她,从巷子深处走向考场。最后一场结束,她疲惫地独自朝家的方向游荡,凝望着天际一排小如馒头的云峦,热气从状元桥的河里弥漫,大汗淋漓的她想一跃而下去河底凉快个够,彻底解乏。考前,她特地从状元桥桥头走到桥尾,听说在状元桥上走一遭,便能博个好彩头。她试了。她什么都试过了。也真的努力了。她每天五六点起床,晚上十二点多才就寝。她不够努力吗?可在考场上,她什么都想不起来,好像遗忘了这个世界。或许,这个世界早就忘记了她。她对上大学充满了憧憬和好奇,她不知道大学到底有多大,但她知道,这场考试可以让她赢得所有,也能让她输了全部。下面还有弟弟妹妹,父母只是普通工人,挣着微薄的工资,高考这个独木桥她挤不过去的话,她永远乘搭不上电影里的飞机、豪华游轮,她此后的人生将一目了然。

人的命运未必就掌握在自己的手中。她果然落榜了。就像启程的蒲公英种子,她即将落脚的地方是贫瘠的瓦砾,她不服,她还想拼一年。父母眼神复杂地看着她收拾整理准备复读的书籍,寻思着怎样将她说服,他们已经替她找了一份纺织厂女工的活儿,她应该为家里出一份力,因为他们无法供三个孩子读书。父母的想法,谢欢心知肚明。只是他们没想到,外表看起来文静不善言谈的大女儿,骨子里却滋生暗长着叛逆,她和他们长时间冷战,她眼里的冰冷和绝望令他们害怕,从未学会对子女狠心的父母无可奈何。饭桌上,是山雨欲来的压抑,弟弟妹妹谨小慎微地低头吃着饭,不敢发出一丝声响,偶尔悄悄抬头觑她一眼。唯独她,奋力用牙齿咀嚼着食物,发出恶狠狠的咯吱声,将碗里的粥喝得刺溜响。空气黏稠稠的,让人喘不过气来,还是父亲开的口:"下周去厂里,关系都找好了。"

"不去!"她声音大得令弟弟妹妹惊落了手里的筷子,父亲死死盯着她几秒钟,撂下碗筷,坐到门口的竹椅上。

母亲叹着气,低头咕嘟着:"怎么这么不懂事呢?"

或许是父母的漠视和漫不经心的态度激怒了她,她忽地站起来,将自己的碗摔在地上,弟弟妹妹吓得像兔子般缩到拐角。父亲冲过来扬起巴掌要打她,瑟瑟发抖的谢云扑过来一把抱住父亲的胳膊哭喊:"爸,别打姐姐!我不读了……我不读!我进厂里,你让姐姐去复读……"

这个傍晚,她跑到城外的河埂上,抱着自己的双腿号啕大哭。身后的榆树上,有几只乌鸦在她的哭声中聒噪。她想起祖母曾说过,乌鸦催命叫,将有人要去阎王爷那里报到。她害怕起来,好像身后有小鬼在催命似的。她爬起来一转身,看见母亲和妹妹焦虑的脸,谢云满脸的泪痕,害怕又担心地看着她。谢欢若无其事地拍拍裤子上的泥土,对她们说:"走,咱们回家。我明天就去工厂上班。"

那些令她伤心不堪的往事,此刻穿越痛苦,再次来到她面前,却平淡至极。它们再不能给她带来刻骨的疼痛。

谢欢在摇椅上调整了一下姿势,整条巷陌空荡荡、冷清清的,夜色兀自静谧。巷子还是多年前的那个巷子,只不过比昨日的巷子老了一点;她依旧是她,只不过她比昨日的她老了一些。但她再怎么老也老不过巷子。巷子终究要比人老的。那么,她不知道的东西,巷子一定知道,虽然它没有眼睛,但它看到的注定要比她多。她那些煎熬的往昔,巷子都看在眼里。闭上眼睛,她悄悄对巷子说,假设那年她再参加一次高考,她的生活一定和现在截然不同。她会像谢云一样,坐在办公室,喝着普洱茶,聊着明星们的八卦新闻,嗑着瓜子、嚼着花生谈笑风生,不必起早贪黑地给鸭子开肠剖肚……她终究是拗不过老天的安排。现在,她的儿子竟然连走一遭高考独木桥的念头都没有。

谢欢抬头看着天,一轮圆月高高地悬在天边,巷子那么静,远处不知哪家厨房传来炒菜的声音,菜下锅的吱吱声、锅铲翻炒的摩擦声,多么富有烟火气息啊。一个蹒跚的身影踏着月光朝她走来,慢慢地,一瘸一拐地,都是多年的街坊邻居,谢欢一眼认出是老中医陈老头,她忙站起来招呼他:"陈老,这么晚去哪儿啊?您的腿怎么了?"

陈老头摆摆手,喘着气走过来一屁股在她的摇椅上坐下。谢欢见状,进店又拿出一条板凳坐下,有些抱歉地对他说:"这段时间家里有事,店门一直关闭着……我也刚来,开水都没烧,您要喝水吗?我现在烧点?"

陈老头没接她的话,指着巷口垃圾桶说:"你看那个老太太,这两个垃圾桶,她一天过来翻几次。"

谢欢顺着他的手看过去,路灯下,看不清楚老太太身上衣服的颜色,她整个上身都伏在垃圾桶上,身体似乎对折成两半。

陈老头呵呵一笑,说:"你以为她没钱?她的退休金五六千呢。儿子是文化馆的领导。人家爱好捡垃圾,附近好多人都认识她,她以前在事业单位工作。这就叫人各有志,谁劝都没用,她儿子为此可头疼了。"

谢欢也乐了,是呀,老人家整天捡垃圾,儿女们肯定觉得脸上没光。

她又问:"您的腿这是怎么了?"

"年纪大了,毛病就多了,腿上动了一个小手术。丫头,你生了一个好儿子啊!这次,要不是豆豆帮忙,我会遭大罪啊。"陈老头感叹着。

陈老头嘴里的赵豆豆,对谢欢来说,完全是一个陌生的、不被知晓的赵豆豆。陈老头的手术很简单,去医院打个麻醉十几分钟就完事了,可是回家后,孤身一人的冷清就显出来了,年龄大恢复慢,一动就疼痛难忍,陈老头只好躺在床上不敢动弹,望着天花板不禁悲从中来。两天的时间里,陈老头只喝了一顿粥,幸好赵豆豆发现了,不然陈老头更加遭罪,死了都没人知道。陈老头从小就喜欢赵豆豆,他这里是赵豆豆的避风港,赵豆豆一有空就过来,和陈老头聊各种话题,成为忘年交。赵豆豆看见陈老头的凄惨模样时,很是唏嘘难过了一番,埋怨陈老头不通知他。之后,他每天都过来伺候陈老头。陈老头卧床不起的这段日子,赵豆豆每日都过来帮他擦洗身体,洗他换下的衣物。赵豆豆干活的麻利劲随谢欢,他手上洗着衣服,厨房里炖着汤、煮着饭,待衣服晾好,还能给陈老头炒两个菜,每天都把陈老头的生活安排得妥妥当当。这是个善良有主见又甘于承担的少年。

听完,谢欢半天没反应过来,这事没听赵豆豆说呀。

陈老头指着天,感叹:"这月亮啊,跟我小时候的月亮没什么两样!这时间啊,将我变成一个行动不便的老头……年轻那会儿,我和我婆娘针锋相对毫不相让,绝不认错,最终两个人分道扬镳。这么多年,我算明白了,人啊,各有各的命,各有各的想法,不能动不动就站在道德的制高点来指责别人。现在再给我机会,我不会再把我的想法强加给我那婆娘……"

谢欢笑了笑,说:"您是帮赵豆豆说情来了?"

陈老头摇摇头:"我只是想告诉你,有时候我们以为的事实,并不是真的。豆豆和我说:'陈爷爷你真可怜,身边都没个人照顾,我爸妈就生了我一个,将来我要是去了大城市,工作忙还要照顾家庭,我爸妈要是病了,谁来照顾他们呀?'这是你儿子的原话。还有,他得知你们帮他出了十五万的借读费,就一直和我念叨,那么多钱,我妈该卖多少只板鸭、我爸要修多少辆车……这孩子,心真好,懂得心疼父母。"

谢欢的心一颤,一时间诸般情绪像开了闸的洪水汹涌奔腾。她一直以为豆豆是害怕努力,胸无大志,贪图安逸。

陈老头蹒跚离去后,谢欢也起身关了店门,朝医院方向走去。街上行人很少,估计时间不早了,但她丝毫不想知道此时的具体时间,她依然沉浸在陈老头的话中。她想起赵豆豆小时候,用那只边缘磕掉漆的搪瓷盆盛满水,放在阳光下,他蹲在盆前认真地研究着、观察着,想要破解这种透明液体的神秘。他不满足光,用手指戳破水面,看阳光在水底柔软地弯曲变幻,将脸伸进了盆中,然后睁开眼睛,想要看看水底藏着一个怎样的世界。他对她说:"妈妈,大海比这个大吧?我知道,大海就是比我的洗脸盆大很多很多"……可是孩子,你现在就甘心将自己困在洗脸盆一样大的水里吗?

走上状元桥,桥上有几个女孩子正在自拍,不远处零零散散还有几个商贩在坚守着。那轮圆月照得桥下的水面波光粼粼,很是好看,谢欢不由得停下脚步趴到桥栏杆上看风景,河水前方有几只水鸟结伴捕食……这时,谢欢的胳膊被人一把抓住,她惊愕地转过头,赵豆豆噙着满眼泪水,惊恐又可怜兮兮地看着她,哆嗦着嘴唇说不出话。谢欢愣了半晌，正想问他，他却带着哭腔说："妈，你别想不开。我都听你的，我去读高中……"

谢欢愣住了，又好气又好笑："你以为我要跳河？我像是那么极端的人吗？在你心中，你妈就是这样的人啊！"

赵豆豆抹了一把眼泪，怀疑地看着她，问："那你为什么不接我爸电话？我爸到处找你，小姨也在打电话找你，她急得要出院寻你……"

谢欢连忙掏出手机，上面果然有几十个未接电话，她懊恼地拍了拍脑袋："我真不是故意的，手机什么时候设置了静音？我一点没听到。"

谢欢赶紧给丈夫和谢云回复了电话，听到电话那头他们如释重负的呼吸声，她很惭愧，告诉谢云："我正在去往医院的路上……我没事。只是去店里打扫一番，又在街上瞎逛着，没注意时间。"

挂了电话，谢欢看着眼睛红红的赵豆豆，有些头疼地问："我……平时是有多脆弱啊，怎么一个个都担心我想不开？"

赵豆豆埋怨地说："你还说！刚才吓死我了，真以为你要跳河，我还在想我不会游泳呢，你跳下去我怎么救你啊？"

谢欢白了他一眼，又打趣他："你打算怎么救我？"

赵豆豆说："我磕头求人来救你……要是没人救，我就跳下去，我一米八多的身高，没准水只到我胸口，那我就走一圈，将你提上来。"

"提上来？就像小时候掉进粪坑的你被我拎着胳膊提上来吗？"谢欢讥讽他。

赵豆豆听了她的话，表情总算放松了，脸上露出不好意思的笑，他用宽大却依旧柔软的手抓着她的胳膊，说："妈，我们一起去医院看小姨。"

谢欢没有理他，她看着他的眼睛，笑了笑，问："豆豆，知道我为什么宁愿出十五万的借读费，也要让你去无中读书吗？"

看着赵豆豆不解的眼神，谢欢并不等待他的答案，陷入了回忆中。那一年，谢云有事，谢欢便去无中给姨侄大牛送饭。当时，他们正在上大课，有老师在讲题目，一百多人的大教室，却鸦雀无声。谢欢站在走廊边，看着那帮孩子，世界在那一刻很安静，她似乎听到外面麻雀扑腾着翅膀飞过的声音，听到了它们身上有柔软的羽毛落地的声音，还有凉凉的风穿过她的头发和指缝的声音……那种感

129

觉,谢欢不知道怎么表达,短暂的瞬间铸就的一种细节,此后依旧清晰在目,那种学习氛围,让她有种不可言说的冲动和感动,他们让她感觉很神圣,每个孩子都在为自己的人生而奋斗。谢欢拎着食盒默默地退了出来,有种想流泪的感觉,当时她就想,她一定要让儿子来这样的学校读书,这种学习氛围,是她在其他学校没有看到过的。

　　谢欢的眼神很忧郁,她惧怕生活的麻木在将来的某一天淹没赵豆豆,她不想他挣扎在生活的海洋里,只为寻求短暂的呼吸而奋力跃出水面。他应该去更宽阔的天地遨游。

　　赵豆豆望着沉默不语的母亲,咬了咬嘴唇,下定决心似的。他注视着桥下的河水,缓缓地说:"妈,你说我们做人可以平凡,但不可以平庸。难道我去农村当一名小学教师,就是平庸吗？平凡的人就像机器上的一颗小螺丝钉,虽然不起眼,但它在适当的位置上可以发挥着自己的用处,实现着自己的价值。平庸的人只是一颗废弃的螺丝钉,它无法参与机器的运作。我不觉得我是一个平庸的人！我承认,大牛哥哥优秀,将来能为国家做更大的贡献。但我说句心里话,小姨的儿子,是帮国家养的！将来的他,不可能再回我们这座小城,他的世界在更广阔的天空。而我,能力小,但我对我们家庭的贡献会更大！我会在你们身边,等你和我爸老了,小姨他们老了,有什么事我随传随到,大牛哥哥是远水救不了近火。"说到这里,赵豆豆眼圈红了,声音低沉,"我爸整天修车,落下各种病根。你做卤菜经常被烫伤,么么就是被刀切伤……你们就我一个儿子,我将来只想留在你们身边,和亲人互相照应,这有错吗？况且,我要是上大学如你所愿去了大城市,将来你们是不是又要砸锅卖铁、四处借债,替我买房子？我觉得我爸说得话糙理不糙——人到天下都吃饭,狗到天下都吃屎。我有更好的捷径走,又正好是我喜欢的职业,我为什么不可以这样选择呢？留在这个小城,生存的成本低,将来讨个媳妇,一起在乡下当老师,养养鸡,种种菜,没有太大压力,这样的生活有什么不好？"

　　谢欢讶然地看着儿子,像不认识他似的,她使劲拍了赵豆豆肩膀,不敢置信地问:"现在的孩子,想得都这么多、思想这么成熟吗？"

　　赵豆豆眼皮一掀,眼神有些无语地回答:"如果他们也有一对劳累不堪的父母,相信他们也会跟我一样想得多。"

谢欢被他的小表情逗乐了,可笑着笑着,她又难过起来:"说起来,还是我连累了你。当初我要是争点气,像你小姨一样考上大学,就能给你更好的生活条件,你就不会变得这么早熟。"

赵豆豆斜睨了她一眼,撇着嘴说:"你可得了吧！那你就不会嫁给我爸！生的孩子也许是李豆豆、钱豆豆、孙豆豆,反正肯定不会是我赵豆豆。"

这话说得真实在。

谢欢揉着脸笑起来,母子二人打成一片。

去往医院的路上,赵豆豆牵着谢欢的手,一如小时候她牵他那般。过斑马线时,有一条黑白相间的花狗,突然冲他们狂吠,赵豆豆警惕地盯着它,随时准备抬起脚踹它,一位老太太喝止它。谢欢看着她,她干瘪矮小,冒着油光的短发一绺一绺贴在头皮上。谢欢一下认出来,原来是"今晚可不可以同房"的老太太。这种相遇,谢欢觉得很神奇,她不由自主地多看了老太太几眼,老太太感受到她的目光,冲她投来善意的一笑。

可以！怎么不可以？苍穹之下,一切皆有可能。

马路台阶下,几棵野草随风摇晃。这人呢,多像石缝里的野草,被风霜摧逼,不但要坚强地活着,还要青翠繁茂,绵延不绝。谢欢感叹。她的过去,那美丽的和不怎么美丽的翱翔,并没有让她退却停止,她对生活依旧充满着向往与渴望。前半生的她心甘情愿让生活压迫着她,她将自己的梦想和追求卸下放到儿子肩上,可谁规定儿子就一定要背负起它们呢？生活已经安排了她很久很久,现在,她要换一个玩法,把被安排的种种体悟,一股脑地还给生活。

谢欢深吸一口气,她从没有像此刻这般了解自己,原来她一直没有放弃追求梦想,她重新感到内心强烈的冲动,那是一种直透心底的力量。她抬头看着高大英俊的儿子,少年唇红齿白,冲她笑得灿烂。

"现在,我若再参加一次高考的话,"谢欢安静地看着赵豆豆,淡然地说,"我想,我一定会是小城年龄最大的高考生。"

突然有风吹过来,吹鼓起少年的衣衫,就像是谢欢少女时代那场没有捕捉住的梦。

(原文发表于《小说林》2022年第6期,有删改。)

铜 锁

陈巨飞

一

清明节放假第一天,汝生决定再去一趟鹰嘴崖。

汝生买了卤菜、花生米,还有两瓶酒。他心想,死马当活马医,就当是最后一次了。无论怎样,还是要试试。

车子开到村部,汝生找村主任借了辆电动车——去鹰嘴崖的路,只能走两个轮子的车。主任正站在人字梯上摘香椿头,说:"车子电不多了,你到老钟家充一会儿,不然骑不回来!"汝生一边推出电动车一边打趣道:"主任你真抠门,昨晚上我就发微信给你说今天去鹰嘴崖,你是故意不充电的吧?"主任说:"这才一年多,我这辆车都快被你骑报废了,也不晓得丑!"

汝生骑上电动车一溜烟跑了,听见主任远远地喊道:"快去快回,香椿芽拌卤水豆腐,你的最爱!"

骑了一段,汝生的手机响了,是小挽打的。小挽说:"爸爸,都放假了你怎么还不回来?"汝生说:"爸爸有事呢。"小挽说:"那你忙完事情就回来,我新学了一支曲子,吹给你听。"

春天的风,吹在身上凉丝丝的,让人神清气爽。汝生穿过一片茂密的竹林,经过波光粼粼的月牙塘,向大山深处骑去。白鹭和灰鹭在山间飞来飞去,嘴里衔着筑巢的树枝。油菜花开得正欢,田野上到处都是草木新发的味道。

汝生此去鹰嘴崖,是为了再一次或者说最后一次动员老钟搬迁。老钟是汝生结对帮扶的贫困户,也是如今鹰嘴崖唯一的钉子户。老钟是个祖传的铜匠,寡汉条子,整日敲敲打打,除了做铜壶铜盆,还兼带鼓捣铜花铜鸟。本来日子还能过下去,但近些年谁还用这些老物件?机器生产的东西,又好用又便宜。并且,大家的日子渐渐好过了,大多数人家都搬到了城里,鹰嘴崖几乎成了一个空心的庄子。老钟的铜匠铺成了聋人的耳朵,老钟的日子过得也越来越紧。好在老钟喂了不少鸡,还可以补贴家用。村里想让他扩大规模搞养殖,他拿着小锤子叮叮当当地锤击着铜丝,头都没有抬一下,聋了一样。村里又让他种贡菊,或者栽桑养蚕,他都断然拒绝。

汝生当初选择最困难的一户进行帮扶,虽然有些草率,有些意气用事,但根本问题其实是主任误会了他的意思。汝生的意思是要选一家经济条件最差的贫困户,主任理解为,汝生要选择一个工作难度最大的来锻炼自己。年轻人嘛,都有一股使不完的劲儿,专拣硬的磕,最终脾气最倔、行事最古怪的老钟便落到了汝生身上。汝生第一次去鹰嘴崖就碰了钉子。他带着几份材料,兴冲冲地找到老钟,让他填表。老钟问:"填什么表?"汝生说:"钟师傅,我仔细研究了你的条件,完全符合'五保'户和低保户的要求,材料都帮你打印好了,你签个字就行。"老钟啪嗒一锤子砸在铁砧子上,把汝生吓了一跳。"我不识字!"老钟没好气地说。汝生说:"不识字没关系,我读给你听,你摁个手印就行。"老钟没接他的茬,说:"我有手有脚有手艺,养得活自己,不要你瞎操心。"碰了一鼻子灰后,汝生骑着主任崭新的电动车回到了村部,心想,这是个什么人呢?狗咬吕洞宾。

主任留汝生吃个便饭再回去,一盘香椿拌卤水豆腐被汝生吃个精光。汝生只顾低着头扒饭,不好意思看主任,生怕主任看出什么。主任却嘿嘿笑了,说:"出师不利啊。"汝生停下筷子,抬头问:"主任你怎么知道的?"主任不紧不慢,从电动车的后座上取出文件袋,放在桌子上。汝生的脸唰地红了。

"老钟这个人,死要面子,不愿给人添麻烦。我们做过多少次工作了,他都不肯向政府伸手。"主任接着说,"老钟是好人,也不懒,只是有自己的活法。想要改变,怕是也难。"汝生说:"累点、苦点我都不怕,我就怕这种又臭又硬的。"主任说:"你才跑一趟,受点委屈,有啥苦、有啥累的?你是重点大学的高才生,大学时就入了党,这点挫折算什么?我相信你有本事,让石头开花,让老钟改变主意!"

后来,汝生又跑过几趟鹰嘴崖,不是吃个闭门羹,就是没个好脸色。一来二去,汝生多少有点意见。打生下来起,汝生就没有受过什么委屈。汝生想,老钟真是不识好歹,谁也不欠他的,都是为他好,这么不配合工作,这不是故意嘛,存心和国家的好政策过不去。

不过有一次,汝生让老钟的态度有了改变,当然还不能算根本的转变。那一次,汝生刚到老钟家的铜匠铺,就感觉不大对劲。一群鸡在院子里觅食,看到人来,一哄而散,留下了一院子的溏鸡屎。汝生尽管很小心,还是难免踩上几坨。铜匠铺里静悄悄的,既没有火苗的呼呼声,也没有敲打铜器的叮当声。搁在往常,鸡应该在后山坡散放着,另外每次汝生还没到院子,打铜器的响动就会很悦耳地传来。汝生心存疑惑,在一块石头上蹭了蹭鞋底上的鸡屎,然后一推门,发现铺子的门是从里面闩上的,这说明老钟应该还在铺子里。这都几点了,老钟该不会还在睡觉吧?汝生敲了几下门,也没人答应。他搬来一根毛竹,顺着毛竹爬上木格子窗户,看到老钟躺在床上,眼睛睁着,豆大的汗滴颗颗滚落。

汝生飞快地从窗户爬下来,下了门闩钻进铜匠铺。有那么一瞬,他感觉自己是个身手不凡的高手,甚至可以飞檐走壁。他一摸老钟的脑袋,像是触到了盛开水的铜壶。汝生想,糟了,发这么高的烧,得赶紧弄到医院。他拧了块凉毛巾敷在老钟的额头上,掏出手机打120急救电话。由于山高路远、交通闭塞,扔块石头都打不到人,鹰嘴崖这一块儿几乎没有网络信号,汝生的电话打是打通了,可是汝生能听见对方说话,对方却听不见汝生说话。汝生就在院子里移动着找信号强一点的地方,都不行。屋后有一条小路,一直通向鹰嘴崖,汝生想,鹰嘴崖那么高的地方,肯定有信号。于是他循着小路往山上跑,路上的鸡吃了惊,扑腾着翅膀乱飞。到了半山坡,总算把电话打通了。汝生让120救护车马上到村部,他想办法把老钟弄过去。正待离开,汝生这才发现自己站在一座坟茔的坟头上。他不禁打了一个激灵,跳下坟头,朝墓碑作了个揖,说:"冒犯冒犯。"他扫了一眼墓碑上的字,上面写着"故先考钟公大民之墓"。

回到铜匠铺,老钟的眼睛睁得更大了,一对眼珠子像是要跳出来似的。他双手紧紧地捂住自己的腹部,全身已经汗湿透了,连盖的被子也在滴水。汝生想扶起老钟,但老钟根本站不起来。汝生心一横,那就背吧。他抓住老钟的胳膊,背起老钟往屋外冲,可没出院子,老钟就滑了下来,蹭了一身的鸡屎。看来使蛮力是不行的,更何况离村部还有五里路呢。看着老钟痛苦的样子,汝生又累又急,一筹莫展之际,他环视一周,瞅见柴房里有一辆板车——有救了!他把老钟放到板车上,给老钟擦了一把汗,正待拉起板车,又想起老钟的身份证和医保卡没带,就问老钟。老钟艰难地吐出几个字,汝生跑进屋内,找到靠床的抽屉,用力一拉,哗啦一声,里面的东西全撒落在地上。好在东西不多,汝生找出身份证和医保卡,把剩下的东西又放回抽屉里。抽屉里有一个铜锁,小孩子戴的那种,一根红绳子穿着。红绳子是新的,铜锁看起来有些年头了。汝生看这个铜锁有点面熟,但时间紧急,也没多在意。这种铜锁在皖南很是常见,也不是什么稀罕之物。

老钟得的是胆结石,发炎感染,情况危急。医生说:"迟两个小时送来,老钟命就没了。"做了手术,取了结石,老钟对病床边两天两夜没合眼的汝生说:"小夏,你受累了。"

汝生心头一热,说:"钟师傅,我不累!"

二

还记得那一天,杜鹃打开门,看到门口齐刷刷地站着一队人,可吓得不轻。那天天还没亮,杜鹃的大大钟老三就生了炉子,屋里渐渐暖和了起来。大大的嘀咕声传来——"杜鹃,起床啦"。

可杜鹃不想起来。寒冬腊月的,天太冷啦,风穿过屋顶的茅草和土墙的缝隙直往屋里钻。皖南的冬天真冷,山沟里更冷。一家四口蜷缩在仅有的两床被絮下,尽管铺了厚厚的一层稻草,还是冷。

不过相对于别人家,钟家的冬天算是好过的了。钟家有祖传的铜匠手艺,村头的那间铜匠铺子,以前开在江宁府,算到如今,至少已经经营了一百年。大大闲聊时,说自己小时候听老人讲,钟家的铜器,清朝的皇上都用过呢。后来钟家为避战乱,逃到了皖南的山沟里。到了这一代,除了钟老二在南京城有一爿小门面,就只剩钟老三这一间小小的作坊了。小有小的难处,也有小的好处。打铜器就要烧焦煤,炉子伸出蓝色的火焰,不一会儿就把铜丝烧得通红。每到热天,杜鹃就感觉自己住在密不透风的灶膛里。姆妈挑来沁凉的井水,杜鹃抓来葫芦瓢,先给弟弟大民舀一口,然后自己灌了满满一肚子。这是难处。好处是冬天,冬天家里要温暖得多。可没生炉子的时候,杜鹃还是恋着热被窝——稻草铺还是不顶寒啊。

大大又喊了声:"杜鹃,起床啦。"

杜鹃应了一下。她闻到姆妈熬的玉米糊糊的香味,听见铜水壶开始吱吱冒出热气的声音。天刚刚泛亮,也该起床了。家里的几只鸡还等着杜鹃放出去呢,那可是家里的油盐罐子。按照杜鹃的想法,姆妈把这几只鸡看得比她和大民还金贵。它们生了蛋,被姆妈小心地收了,攒在坛子里。攒些日子,姆妈就去镇上换点钱。姆妈胆大,"逢赌"的时候,还去山窝里的赌场卖过煮熟的鸡蛋。听姆妈说,赌场的鸡蛋比平常贵多了,赢钱的人不把钱当钱。但姆妈也有赔了老本的时候。前一段时间,有人说晚上"逢赌",还是个大场子。这些年,兵荒马乱的,好久没有"逢赌"了。于是姆妈就把家里所有的鸡蛋都煮了,准备用赚来的钱给杜鹃和大民各添一件棉袄。煮鸡蛋的时候,大民在锅灶边转来转去,眼巴巴地想吃一颗,口水流得比青弋江还长。要知道,杜鹃和大民一年只有两次机会吃鸡蛋。过年是一次,还有就是过生日那天,姆妈会下一小碗长寿面,碗里会埋一颗白灿灿、香喷喷的鸡蛋。为此,今年大民过生日那天吃了鸡蛋后,咂巴着小嘴巴说:"好想每天都过生日,每天都过年啊。"姆妈说:"大民真是个好吃佬。"

杜鹃在灶下添火。她看见大民趿拉着一双旧草鞋围着锅灶,仰着头,张着嘴,由于瘦,一双黑黑的大眼睛更黑更大了,一动不动地看着姆妈。杜鹃对姆妈说:"姆妈我的棉袄不要了,我家冬天那么暖和,都穿不上棉袄。你给大民买双布鞋吧。"

姆妈没有回答她,让杜鹃的心里一阵失落。鸡蛋煮熟后,姆妈用凉水浇了,让杜鹃拿来竹篮把鸡蛋一颗颗放进去。放最后一颗鸡蛋时,杜鹃看了一眼大民,手一滑,鸡蛋落到地上,摔裂了。姆妈骂道:"毛手毛脚的,冒失鬼!"摔烂的鸡蛋品相不好,不好卖,姆妈就把鸡蛋塞给大民。大民一把抢过鸡蛋,欢天喜地地跑了。

傍晚的时候,姆妈挎着一篮鸡蛋正准备出门,突然来了一队当兵的,有好几十人,端着枪闯进来了。进了钟老三的铜匠铺,一个鼻子旁边长个大瘩子的军官说:"我们奉命抓土匪、抓汉奸。"他的瘩子像是遗落在鼻孔边的一粒大鼻屎。大瘩子手一挥,一伙士兵马上开始翻箱倒柜。大大战战兢兢地上前道:"老总,我们这没有土匪,也没有汉奸。再说,人也没法藏在抽屉里啊。"

大瘩子一巴掌打在大大脸上,耳光响亮,大大的嘴角流出了殷红的血。杜鹃和大民大气不敢出,紧挨在姆妈的身后。

"话真多!"大瘩子气咻咻地撤回手,把皮带松了松,吼道,"查!"

能查出啥呢?不一会儿,家里被抖了个底朝天。大瘩子鄙夷地望了大大一眼,对手下说:"又是个穷鬼,撤!"他一转身,发现姆妈脚边有个竹篮,就朝手下努努嘴。杜鹃赶紧把篮子抱在怀里,但一切都是徒劳的。一个士兵一把夺过篮子,篮子里的鸡蛋滚出来几颗,落在大痦子的脚边。

大痦子一脚把一颗鸡蛋踩破,咧着嘴笑道:"我当什么宝贝呢,原来是一篮破鸡蛋。带走吧,总不能空着手。"

手下提着鸡蛋就要走。姆妈冲上去,想要夺回篮子。大痦子上去,一巴掌把姆妈打倒在地,姆妈的嘴角也流了血。姆妈喊道:"你们这是动抢啊,你们才是……"话没说完,大大立马捂住了她的嘴。

大痦子走到门口,装模作样地直摇头。他对左右说:"你们看看这些穷鬼,老子替他们打日本鬼子,他们就是这样对待老子的,连颗破鸡蛋都不给我们!真是穷山恶水出刁民!"左右连连称是。

大痦子一伙走了后,姆妈边哭边收拾铜匠铺子。姆妈说:"一篮子鸡蛋啊,就这么被抢了,还打人,这不是土匪是什么呢?"

大大说:"幸亏鸡还没回笼,要是回笼了,估计只有鸡屎是我们的了。眼前这个景况,我留了个心眼还是对的吧,把家里的千把斤玉米偷偷藏在鹰嘴崖的山洞里,不然啊,我们一家得饿死!"

姆妈说:"早知道,还不如把鸡蛋给两个伢子吃呢。大民那么馋,我只给了他一颗摔裂的。杜鹃还没有吃到呢。她上次吃鸡蛋,还是大半年前的事了。"说完,姆妈又哭了。

杜鹃的生日是在春天,她生下来的时候,整个鹰嘴崖的映山红全开了,像是绯红的云彩。钟老三就给女儿起了个名字叫杜鹃。杜鹃今年十岁,已经是家里的半个劳力了,能帮大大和姆妈做很多事。连大民也帮着干活,穷人家的孩子嘛,又不是少爷、小姐要享清福。所以,杜鹃成了大大和姆妈的小帮手,大民成了杜鹃的小帮手。

杜鹃在屋后喂鸡,大民跑过来对杜鹃说:"姐姐,给你。"说完伸出小手,手心里攥着一颗鸡蛋。杜鹃问:"哪来的?"大民说:"姆妈给我的我没吃。我知道,姐姐是故意摔的,姐姐对我好。"杜鹃眼睛一红,抽着鼻子说:"大民自己吃,我不吃。"大民舔了舔嘴巴,说:"我吃过啦,臭鼻屎踩碎的那个鸡蛋,我捡起来吃啦。"杜鹃破涕为笑地说:"大民你真是好吃佬,臭鼻屎踩过的鸡蛋你都吃。"

最后,杜鹃决定和大民一起吃鸡蛋。大民吃一口,杜鹃吃一口。他们舍不得大口吃,于是一颗小小的鸡蛋,他们吃了很久很久。直吃到鸡儿回到笼中,大地披上暮霭,鹰嘴崖旁边的松树上挂了一瓣弯弯的月牙,他们才回到铜匠铺。

大民问:"姐姐,你说会不会有一天,鸡蛋能敞开了吃,想吃多少就吃多少?"

姆妈说:"好吃佬,快睡觉!"

三

汝生发现电动车的速度慢了下来,表盘上显示电量已接近于零。好在高高的鹰嘴崖就在前方。越是到大山深处,路越是不好走,坑坑洼洼,有几段还要涉过深浅不一的山溪。主任不止一次地说:"汝生你把我的车子当坦克了,逢山过山,逢河过河。"

一不小心,前面的车轮轧上一块小石子,方向一偏,汝生摔倒在路旁的刺梨子中。爬起后,衬衫抽了线,左胳膊上还挂了彩,两道印子渗出血迹。汝生把电动车扶正,加大电油门,但车子纹丝不动——好了,车子彻底趴火了。汝生有些懊恼,索性就坐在石头上歇会儿。唉,这个老钟,偏要住在这个鸟不生蛋的地方,真不知道他是怎么想的!

鹰嘴崖现在只剩下老钟一户了。由于这里山险路陡,铺路架桥的成本高,又容易发生滑坡、泥石流等地质灾害。最主要的是,这几年来,鹰嘴崖已经没几户人家了,去年县上决定对鹰嘴崖的村民实施整体搬迁。消息传来,另外几户欢呼雀跃,很快搬到镇上,在新房子里过了年。唯有老钟死活不肯,主任和汝生轮番来劝,也没有任何效果。镇领导把主任和汝生都叫去,还给他俩泡了茶——坊间都知道,镇领导笑嘻嘻地请喝茶,就是严肃的批评,就好比背个处分。主任和汝生互递了眼色,都不敢碰茶杯。镇领导说:"嫌茶不好?我这可是正宗的'汀溪兰香',鹰嘴崖的手工野茶!"说到鹰嘴崖,主任和汝生恨不得把头低进裤裆里。镇领导又问:"是不是政策没讲透?"汝生没吱声。主任回答道:"该说的都说了,老钟就一句话,他死都要死在鹰嘴崖。"汝生对这句话太熟悉了,至少听老钟说过几十遍。汝生想来就生气,叫你去镇里,是享福,老钟咋就这么不识抬举呢?害得自己和主任还要"喝茶"。汝生说:"老古话说得真对,穷山恶水出刁民!"镇领导怀疑自己可能听错了,就问汝生:"你说啥?"汝生说:"我看这个老钟就是刁民!"

镇领导一拍桌子,两只茶杯跟着跳跃了一下,茶水洒了出来。汝生和主任吓一跳——他俩从没有看过镇领导发这么大的火,一时不知道该如何是好。汝生自知说了错话,低着头不敢看镇领导。镇领导指着汝生说:"好你个夏汝生,你说谁是刁民?就你这心态还能搞好工作?"

挨了一顿臭骂,还被上了半天课。镇领导把前几天党课上的内容又讲了一遍——"当年新四军在我们皖南,靠的是什么?人民群众!还有人说群众是刁民!"

出来后,汝生委屈得眼泪都要流下来了。主任说:"甭理他,你让他去会会老钟,一个样!"汝生说:"他骂得对,我是活该被骂。"

车没电了,汝生只好推着车子往鹰嘴崖走去。岭上岭下,到处开着映山红,好似绯红的云朵生在山坡上。汝生想,虽然这里交通不便,但风景优美;如果发展旅游,徒步旅行那种,搞野营拓展,倒是个好地方。月牙塘可以开发休闲垂钓场所;到时候再发展生态养殖,弄几个民宿,说不定真能火起来呢。可一想到自己连一个老钟都搞不定,汝生就很懊恼。

终于把车子推到了老钟的院子,汝生已是汗流浃背。他喊了一声"钟师傅",没人答应。汝生看到铜匠铺子大门开着,料想老钟肯定在不远处。他顺着院子四下张望,并没有看见老钟,却听到一阵鞭炮声。汝生这才想起今天是清明,刚才路上还遇到几个人背着纸钱和烟花筒子去扫墓呢。汝生心想,老钟一定扫墓去了,就绕到屋后,朝鹰嘴崖走去。

小路上蝴蝶翩飞,马兰头、灰灰菜和野蕨连绵地铺起绿毯,显得生机勃勃。远远地,汝生看到老钟蹲在那里,就喊了声:"钟师傅,我来啦。"老钟应着说:"来了。"汝生来到坟前,朝坟鞠了一躬。汝生对老钟说:"这个地方真是风水宝地,上次你胆结石发作我打电话给120,就在这里找到了信号!"老钟在一旁割草,没有停下手中的活,说:"你这个干部说话不负责呢,前几天你不还说这个地方不好吗?"汝生说:"我的意思是这个地方不适合人住,不是……"老钟说:"适合鬼住?"汝生不好意思地说:"钟师傅,你真会开玩笑。"

老钟没说什么,专心割草,两个人没话说,气氛就有点尴尬。汝生发现墓前摆着好几个包子和一小堆鸡蛋,像小山丘一样,有些惊讶,就找点话题说:"钟师傅,你是大孝子,放这么多东西,都是实实在在的真家伙。"老钟依旧在割草,草丛里有几根野竹笋,他收拾出来,放在一边,汝生只好继续说,"不过城里现在提倡文明祭扫,大多只送点鲜花。"老钟搭话了,说:"我们鹰嘴崖啥都缺,就是不缺花,山樱桃花、油菜花、苦李花、打碗花,什么花没有呢?需要送花?"汝生见老钟接话了,兴奋起来,打趣说:"钟师傅,现在条件好了,讲究养生。你送这么多鸡蛋,容易引发胆囊炎呢。你记得吧,医生让你少吃蛋黄。"

老钟停下活,抓一把青草垫在屁股下面,坐在坟边,自言自语说:"现在条件是好了,我的病啊,就是条件好了,吃出来的。以前真穷,姆妈对我说,我大大想吃个鸡蛋都吃不上,到死也没尝过肉包子的滋味,叫我以后上坟,一定要带上鸡蛋和包子。"汝生说:"那也不至于吧!改革开放这么多年,哪有人还没吃过包子?"老钟说:"我大大没吃过,他没过上好日子,八岁时就被日本鬼子炸死了。"汝生没听清,问:"多大来着?十八岁?那时也该解放了啊。"老钟说:"八岁。"汝生说:"钟师傅你真会开玩笑,你是抗日神剧看多了吧?"老钟说:"我没看过什么神剧,我也不是开玩笑,你看——"

老钟指着墓碑,在"故先考钟公大民之墓"的旁边有一行小字,上面刻着"生于民国二十一年,卒于民国二十八年",在墓碑的左下角,则留有老钟的名字——"孝子:钟承,立"。汝生疑惑地看着老钟,不明白这是什么情况。

老钟站起身来,面向群山,微驼着背。六十多岁的人了,头发也已经有点花白。也许是一辈子打铜器在炉火旁烘烤的缘故,他的皮肤是古铜色的,和他的职业十分搭配。老钟缓缓地说:"我大大其实是我舅舅,我跟姆妈姓钟,就这么一个亲舅舅,八岁就死了,姆妈把我过继到舅舅名下,他就成了我的大大。姆妈说,你姓钟,就是钟家的人,无论什么时候,你都不能扔了你舅舅、你的大大,逢年过节,上坟的东西一样也不能少。我的手艺是跟我家公学的。20世纪八九十年代,村里的年轻人都出去打工赚钱,我没去。我答应我姆妈的,就要说到做到,我就是要守着我大大,守着家公家婆,守着鹰嘴崖,守着铜匠铺子。小夏啊,你们的政策是好,我也不是不识好歹。但我跪在姆妈的病床前发的誓,你说我能不能到镇里享清福,扔下他们不管?"

汝生的眼睛湿润了,不知该说什么好。一朵云从鹰嘴崖飘过,汝生看见一滴雨水从墓碑上滑落下来。下雨了。

四

  北风呼啸。杜鹃起床后,还没顾得上擦把脸,姆妈就叫她开门把鸡赶到后山去。杜鹃应着,拔开门闩,刚把门打开,却又猛地关上。杜鹃的脸本来是黑红黑红的,这会儿吓得煞白。大大停下手中的活计,问:"怎么了?"杜鹃压着声音说:"外面……外面好多兵!"姆妈一听,赶紧抱起还在熟睡的大民,朝后门跑去。

  这时,外面传来了声音:"老乡不要怕,我们是新四军!"

  听说是新四军,杜鹃心里紧绷的弦松了一点。姆妈也在后门口停了下来,没有急于往外跑。大民惊醒了,被姆妈搂在怀里,睁大眼睛不敢作声。一切好像都静止了下来,杜鹃甚至听到了鹰嘴崖上麻雀叽叽喳喳的叫声。

  大大还是有些不放心,透过门缝瞄一眼,立马吃了一惊,连忙打开门。站在门口的,是一支穿着破烂的队伍,刚打过仗的样子,大概二十人,他们的帽子、衣角结了一层薄薄的寒霜。北风吹过来,他们抖得像小河边的荻花。队伍的最边上还有一名女战士,她抱着一个六七岁的小女孩。她俩的头上、身上还沾有几根稻草,估计刚从杜鹃家的草堆里钻出来。

  大大向他们招手道:"老总们,快进来,烤烤火!"一个人跨出队列,朝大大敬了一个军礼。这个人的军装少了一只袖子,左胳膊打着绷带,血从里面渗出来,看上去像是戴了一个红臂章。他说:"谢谢老乡!我们是新四军,不兴叫什么'老总',喊'同志'吧。"大大尴尬地笑了,说:"好、好,同志们来烤火,瞧你们冻的。"红臂章说:"老乡,给我们搞点吃的吧。另外这里有几个伤员,要到你家去处理一下伤口。这是我们预支的伙食费。"大大没接钱,说:"都知道你们新四军前几天在县城打鬼子,还打了大胜仗,我怎能收你们的钱呢?"说完,大大吩咐姆妈和杜鹃把藏在柴草堆底下的大米取出来几升。红臂章说:"别、别,就和你们一样吃玉米糊糊,我都闻到香啦。"

  杜鹃知道,这几升米,是家里准备过年打糍粑的糯米,又甜又香。买这几升米的钱,是茶春的时候,姆妈带着杜鹃爬了几座山,采了十几天的野茶换来的。有一次遇到了野物,搞不清是狼还是啥,龇着牙,身上的毛直竖,杜鹃腿都吓软了,幸亏姆妈手里拎着柴刀。遇见野物其实不算什么,前几年还有更吓人的呢。那时杜鹃还小,也跟着姆妈采茶,采茶的时候,总能吃上红红的树莓和拳头大的油茶桃。那一次,杜鹃发现一大丛羊奶子树,红通通的羊奶子挂满了枝丫,真像一串串小鞭炮啊。杜鹃饱餐一顿后,看到山崖下有几棵茶树长得惹人喜爱,就上前去摘了几片。摘着摘着,杜鹃忽然发觉手上沾满了血。难道被蚂蟥叮了?皖南的蚂蟥,又长又狠,每次采茶,杜鹃的腿上都免不了被咬几口。吸饱了血的蚂蟥圆滚滚的,咬过的伤口得好一阵子才能痊愈。杜鹃正要察看是不是胳膊上有蚂蟥,蓦地看见茶棵底下躺着一个血肉模糊的人,杜鹃差点叫出声。姆妈赶过来,发现人还没死。就在这时,远处隐约响起了一声枪响。那个人吃力地睁开眼睛,干裂的嘴唇翕动着,断断续续地说:"我是游击队的……把这封信送给……镇上卖豆腐的老冯……"他摸索着,从口袋里掏出一个折叠的小纸条。姆妈接过纸条,放进盛茶叶的筐篮里,接着从里面抓出一把茶叶,把纸条埋了进去。姆妈还把随身携带的锅巴塞进他的口袋,压低声音说:"那边有很多羊奶子,树根和树叶都可以治病。"那人说:"有人搜山……快走……"

姆妈和杜鹃刚下山梁,就遇到几个腰上插枪的人。有人大喝一声:"站住!"姆妈和杜鹃就立住不动了。为首的问:"干什么的?"姆妈小声说:"摘野茶的。"为首的端着盒子枪朝杜鹃走来,杜鹃的心都要从嗓子眼里跳出来。为首的在杜鹃的筐篮里抓了一把,的确是茶叶。他乜斜了姆妈一眼,对姆妈说:"现在你不要说话,我有事问小孩。"他弯下腰对杜鹃说:"你家在哪?"杜鹃说:"翻过两座山,鹰嘴崖下面。"他又问:"你们从山上过来,有没有看见什么人?"杜鹃说:"有。"

四下宁谧,只有风吹着树林,地上的一片枯叶打着旋儿,还有一只布谷鸟在叫:"茶春好过!茶春好过!"杜鹃用余光看见姆妈惊恐地张着嘴巴。为首的和另几人对视一眼,问道:"人在哪?"杜鹃说:"在这啊,就看见你们。"

为首的一愣,随即哈哈大笑,露出两颗龅牙,说:"你们看这个小孩,说话好玩。"他用枪指了指山下,说,"快走吧,莫误了我们的事,老子的枪可不长眼睛。"姆妈拉着杜鹃就走,还没走出几步,后面就喊道,"慢着!小孩,你的手上怎么有血?"杜鹃转过身,伸出小手说:"山上有好多蚂蟥,吸人血,你们千万要小心!"为首的又是哈哈大笑,说:"我过山风还怕蚂蟥不成!"

下山后,姆妈说:"我的伢子,你可吓死我了,小小年纪的,可真行!"杜鹃还小,听不懂姆妈的话,搞不清姆妈到底是骂她还是夸她。第二天一早姆妈去镇上卖茶,带了杜鹃一起去。卖了茶后,她们找到"冯记豆腐店",把信送给了老冯。老冯给了姆妈一升豆腐,还给了杜鹃一个香喷喷的肉包子。肉包子可是个稀罕物,杜鹃还没吃过呢。她暗暗地想,一定要带回去和大民一起吃,给大民也尝尝。刚刚出了镇子,杜鹃就惦记起肉包子了,她说:"姆妈,老冯说肉包子要趁热吃才好吃呢。"姆妈说:"那你吃吧,给大民留一口就行。"杜鹃从蒲包里拿出肉包子,掀开油纸,咬了一口。"真好吃!"杜鹃从没吃过比肉包子还好吃的东西,这个肉包子可是她和姆妈冒着掉命的风险换来的呢。杜鹃想着昨天的事,还是有点后怕,但是吃着这个肉包子,她觉得都是值得的。想到这里,杜鹃又吃了一口。等回到铜匠铺子,肉包子只剩下指甲盖大的一坨了。

大大问大民:"肉包子好不好吃?"大民说:"没有什么味道,像纸一样。"大民吃的是裹包子的油纸。

这件事,杜鹃一直很内疚,觉得自己当姐姐的,不该这么不顾弟弟,哪怕留一小半包子给大民尝一下也行嘛。她暗自发誓,不管以后如何,一定要让着大民,一定要让大民尝尝肉包子的滋味……

"杜鹃,愣啥呢?快去抱点柴给你大大。"姆妈的一声招呼打断了杜鹃的回忆。杜鹃看到炉子的四周围着几个伤员,那个小女孩也在烤火,小手通红。大民捧着一个玉米饼子,掰了一半给她,小女孩怯怯地不敢接。那个女战士正在给一名伤员包扎,看到了,说:"拿着吧。"小女孩于是接了,低着头慢慢地啃。屋外的院子,几块石头支起了一口炒茶叶的大锅,大大正在和红臂章说:"火要这样架,才没有烟……"杜鹃抱来一小堆干柴,大大把它们放在最下面,上面架一些刚捡回的湿柴。红臂章说:"我们以前在山上打游击,生火怕冒烟,怕暴露了目标,所以经常喝生水、吃冷饭,有了你这一招,今后就不用当野人啦。"

五

回到铜匠铺子,汝生要给电动车充电。老钟说:"充不了,停电了。"汝生问:"那什么时候来电呢?"老钟一边给竹笋剥皮,一边说:"谁知道呢?你等雨停,到鹰嘴崖打个电话问问。"汝生说:"倒也不急,这次来,我没别的事,就是想陪你喝一杯。"说完,汝生把车上的酒和菜拿到屋里。老钟说:"我去年刚开过刀,胆囊也不太好,不能喝酒。"汝生说:"都快一年了,今天多少喝一点儿。"

不一会儿,老钟就把一盆腊肉烧笋子端上桌子,香气四溢。汝生说:"钟师傅,这么长时间,第一次在你家吃饭,看来手艺不错嘛。"汝生看到桌上还有一碟红红的果子,红玛瑙似的,看起来煞是可爱,就问:"这是什么菜?没见过呢。"老钟说:"这是羊奶子,山上摘的,又甜又有营养,以前,它可是游击队的粮食呢。"汝生尝了一粒,感觉有点酸。

老钟取出一对酒杯,黄铜的,细腰阔口,形状像一朵玫瑰花。汝生说:"这杯子是钟师傅的作品吧?完全是一件工艺品嘛。"老钟说:"自己打着玩,也没用过。"汝生把两个杯子都斟满酒,说:"那我可就既有口福,又有眼福了。来,钟师傅,我敬你一杯。"老钟一口喝干杯中酒,抓了一把羊奶子嚼着,他吐出籽,把汝生的酒倒满,说:"小夏,上次你救了我的命,也一直没谢你。早知道你今天来,我炖只老母鸡。"汝生说:"哪敢喝鸡汤?刚刚体检查出血脂偏高!"

酒过三巡,雨停了,电还是没来。汝生拿起铜酒杯仔细端详,说:"钟师傅的手艺这么好,有没有带徒弟?"老钟说:"我们钟家打铜器,是祖传的,一直是传男不传女。我十二岁时跟着家公钟老三学手艺,如今五十年了。十几年前收过一个徒弟,我想传他手艺,让他吃住都在我家,不要一分钱,可他吃不下苦,最后还是跟人打工去了。干这个活,烟熏火烤的,还挣不到什么钱——谁还用铜器呢?现在都用陶瓷的、塑料的。钟家这个铺子,到我这代算是走到头了。"老钟说完直摇头,径自喝了一杯酒。

一瓶酒快见底了。汝生问:"钟师傅,现在还有人来打铜器吗?"他指着一旁的操作间说,"我看你这炉子都没开火呢。"老钟头也没回,说:"没了。前几年还偶尔有人来,现在你们把鹰嘴崖的人都弄走了,这里交通又不方便,还有谁来!"汝生说:"这可不能怪我,你自己也讲过,以前方圆几十里的人都用你打的铜器。主要还是因为时代变了,现在的人都用新材料了!"老钟感叹道:"说得是呢!几十年前,家家户户的小家伙都挂着老钟家打的长命铜锁,现在不是金的就是银的。如今我打铜器,就是打着玩儿,解闷。"

说到铜锁,汝生想起来了,说:"上次帮你拿身份证的时候,我看到一只铜锁,我家也有一个一模一样的呢,恐怕也是你打的。"老钟说:"那个铜锁是我家公用子弹壳打的,黄铜的,下面挂着三个铜铃铛。你家的是白铜打的吧?没有铃铛,不一样。"老钟打的长命锁都是白铜的。因为怕小孩子把铃铛咬掉吃进肚子,所以锁下面也没有挂小铃铛。汝生想了想,说:"不对,我家的也有铃铛呢。钟师傅,你把铜锁再拿给我看看。"老钟放下酒杯,打开抽屉,把铜锁递给汝生。汝生捧着铜锁,看到锁上印着"长命百岁"的字样,繁体字,从右往左读的。看上去年代有点久远,铃铛生了一些铜绿,但摇一摇,还能发出清脆的响声。翻过来一看,上面赫然印着一个名字,"华英子"! 汝生问:"你这个铜锁哪来的?"老钟说:"我家公打的,刚才说的。"汝生说:"这只锁不是华英子的吗? 怎么在你家? 你认识华英子?"老钟说:"我怎么不认识? 算起来,华英子还是我阿姑呢。我还没记事的时候她就不在了,在新安江水库的工地上累坏了身子。"汝生的眼睛红了,他望着老钟,喊了声:"钟师傅!"老钟问:"怎么了?"汝生说:"华英子是我外婆!"

老钟一怔,然后走向前去,紧紧地握住汝生的手。他的嘴角颤抖着,问道:"你家的锁上刻的名字是不是'钟大民'?"汝生说:"前几年,决定工作去向的时候,我妈叫我到这一片来,说我外婆是这一块的老百姓养大的,然后拿出铜锁给我看过一眼,说是外婆的东西。我当时也没细看。"老钟说:"你外婆叫华英子,一切就不会错。你可知道为什么你家留的是我大大的锁,而我家的这只锁是你外婆的?"汝生摇了摇头。老钟说:"我大大钟大民,就是因为你手里的那只铜锁,被日本鬼子的飞机炸死了。"

就在这时,电灯闪了两下,来电了。老钟的一台老式电视机之前忘了关,现在正在播放当地新闻:清明祭英烈,鲜花慰忠魂。今年是新四军进驻云岭80周年,4月4日上午,我县广大干部群众在新四军抗日殉国烈士纪念碑前举行敬献花篮仪式,深切缅怀革命先烈的丰功伟绩,激励广大党员干部不忘初心、牢记使命、奋勇争先,为我县高质量赶超发展凝聚强大精神力量。

和汝生一起看完这条新闻后,老钟关上电视,叫汝生去给电动车充电。一群鸡待在廊檐上,安静地小憩,偶尔发出咕咕声。汝生回到桌前,把剩下的一瓶酒也打开了。老钟说:"不能喝了,再喝就醉了。"汝生说:"钟师傅,我知道你酒量好,我好几次看到你一个人在喝酒。我啊,还真没想到,你竟然是我表舅!"汝生给老钟又倒满了酒,自己也喝干满上。汝生接着说:"铜锁的故事还没讲完呢。"老钟索性深深喝了一口,说:"好! 今天就陪你这个外甥喝个痛快!"

汝生的头有点晕。他用手撑着头,听老钟讲起了遥远的往事。老钟说:"这些事情有的是我家公家婆讲的,有的是我姆妈讲的。我大大和你外婆是结拜的兄妹,我家公给他俩各打了一把长命锁,就是希望他俩平平安安,长命百岁,真没想到,唉……日本鬼子的飞机在鹰嘴崖一带扔炸弹,乡亲们都往山里跑。你外婆华英子正在洗澡呢,我家婆一把抱起她,裹了件衣裳就往外冲去。我姆妈拉着我大大也往外跑,大家刚跑出院子,华英子说:'糟了,把铜锁落下了。'我大大说:'我去给你拿。'说完就往回跑,我姆妈都没拉住他。他刚钻进屋子没一会儿,日本鬼子的炸弹就掉了下来,草屋一下子变成一片火海。我家婆眼前一黑,顿时晕了过去。后来大家在土堆里找到了我大大,早就没气了。他的小手沾满了血迹,还紧紧地攥着一把长命锁……"

话没讲完,老钟已是泣不成声。汝生的眼泪也止不住了,模糊了镜片,他掏出纸巾擦眼镜,然后把锁捧在手心,说:"就是这只锁吧。"

汝生把铜锁还给老钟,他站起身,双手举起满满的一杯酒,对老钟说:"钟师傅,这杯酒,我敬您!我终于明白,为什么我妈没去大城市,而是留在皖南,为什么我妈又让我来这里扶贫。以前只是听我妈说过,外婆寄养在山里的人家,只是外婆死得早,没来得及报答。待我妈回来工作时,这户老人,就是你的家公家婆吧,也不在人世了。这个恩,一直没报呢。"老钟说:"都是一家人,还报什么恩?"说完老钟也站起来,与汝生把杯中酒一饮而尽。

六

大大在院子里的大锅前一边熬稀饭,一边和红臂章聊天。红臂章对大大说:"老乡,看到你打的铜器,手艺真不赖!平时还种田吗?"大大回答:"也种呢,鹰嘴崖山多地少,只租了老吴家坡上几块旱地,坡下一块水田。山场倒是租了不少,但没什么出产。主要还是靠手艺吃饭。四邻八乡的,很多人都用我们钟家的铜器。"红臂章说:"那你就是钟师傅吧?"大大说:"我姓钟,在家排行老三,别人都叫我钟老三。同志,你贵姓呢?"红臂章说:"我是家里的老四,姓华,就叫华四。"大大原先蹲在地上看火,一听到这个名字,就连忙站了起来,问:"你就是那个值一百块大洋的华四队长?"红臂章哈哈大笑,说:"那是以前,现在国共合作,一起打日本鬼子,我这颗头是一块钱也不值了。"大大说:"你是大英雄、神枪手,我听过你的很多故事呢,都是来我这打铜器的人讲的!"

杜鹃偶尔也听人说过华四队长，还以为他有三头六臂呢。她朝华四看了看，并没有发现他有什么不同。

大锅里腾腾地冒出热气，米香飘满了院子。华四揭开锅盖，用长长的铜勺搅了搅锅底。他盖锅盖的时候，左手明显有点颤抖。大大说："华四队长，你的胳膊受伤了，快去检查检查。"华四把勺子搁在锅盖上，说："不碍事，昨天打进一颗子弹，一会儿取出来就没事了。你也不要叫我队长，就喊我老四吧，我叫你三哥。这一仗一打，鬼子肯定要老实几个月。上面要求我们战斗过后就来鹰嘴崖，在这里修整一段时间，今后还要经常麻烦三哥呢。"大大高兴得直搓手，连声说"好"。大大说："我早就知道新四军是一支真正打鬼子的部队，华四队长是我们老百姓的人。我家老大死得早，老二在南京城也开铜匠铺子，闹鬼子之前，我带信给他，叫他来鹰嘴崖躲一躲。我们这里很穷、很偏僻，所以连土匪都没来过。打我记事起，就来了几个当兵的，也就抢了几个鸡蛋。可老二一家都没跑出南京城。后来，他家隔壁邻居逃荒到我这儿，说老二死得好惨啊，我那个二嫂和侄女……"大大捂住脸，呜呜地哭出声来。杜鹃看到华四的泪水在眼眶里打旋，牙齿咬得咯咯响。华四说："三哥，你放心，这个仇我们一定会报！"大大擦去泪水说："老四，我相信你们。就凭你们在外面冻着也不敲门，我就知道你们肯定能打败鬼子！"华四说："不惊扰乡亲们，是我们的纪律。这一仗打了好几天，昨晚首长亲自指挥我们伏击鬼子，把鬼子一顿好揍；结束战斗后，为了不留痕迹，我们从小河蹚水来的鹰嘴崖，当时河水开始结冰了，我们踩在水里，像掉进炭火盆一样难受。多亏你家的院子和草堆，不然我们可就冻死了！"

稀饭终于煮好，姆妈还端来满满一碟香咸菜。战士们排成一列，每个人都拿着竹筒盛饭。大大说："我家有碗，用碗吃吧。"杜鹃赶紧去拿碗，华四手一挥，说："不用碗，就用竹筒，又结实，又不烫手。"

其他战士喝稀饭的间隙，华四到屋里做手术。听华四介绍后，大大和姆妈才知道那个女战士是军部的军医，姓郭，他俩是一对夫妻。烤火的小女孩是他们的女儿，叫华英子。昨天晚上，郭医生接到通知，连夜带着孩子从军部赶到鹰嘴崖与华四会合，给战士们治伤。华四臂上的子弹有点深，一时取不出来。郭医生的钳子上沾满了血，但华四一直咬着牙，没有哼一声。杜鹃几乎不敢看，感觉太疼了。后来，华四让大大帮忙把他绑到柱子上，胳膊也被固定起来。郭医生从沸水中取出手术刀,划开伤口,华四终于忍不住叫出声,但他被捆住,动弹不得。杜鹃看英子闭着眼睛,大民也惊呆了。接着,大家听到咚的一声,华四的子弹取了出来,落到铜盆里,一缕血丝随即溶化在水中。

华四包扎完毕,连喝了两碗稀饭。大大说:"老四,你真是条汉子。"华四说:"这不算啥,在这一带打游击的时候,我身中两枪,差点死在大山里,幸亏遇到采茶的老乡,叫我用羊奶子树叶、果子疗伤,总算捡了一条命!"杜鹃一下子想起了几年前的事。姆妈也说:"老四,你当时是不是要送信给卖豆腐的老冯?"华四放下竹筒,看着姆妈和杜鹃,说:"原来遇到救命恩人了呀!你们不但救了我,还把信送给了老冯,救了我们一支队伍!"华四朝姆妈缓缓地敬了一个军礼。姆妈不知道怎么回敬,有点不好意思地说:"下山后看到有人在搜你,杜鹃很聪明,把他们支走了。"华四朝杜鹃竖了大拇指,说:"好样的!"杜鹃低下头,高兴得像又吃了一个肉包子。

华四的队伍在鹰嘴崖边驻扎了下来。他们的营房是用竹子扎成的,大大去帮忙,小半天的时间,房子就盖好了。几排碗口粗的毛竹撑起墙壁;橡子和檩条用的是厚竹片,用葛藤或篾子编织在一起;最后铺上稻草当作顶棚。华四负了伤,英子也有点受凉,在大大的一再请求下,华四一家住在铜匠铺。姆妈和杜鹃把一间放农具的偏房收拾出来给自己家住,把暖和的大房间让给华四一家。

第二天一早,华四和郭医生到营房去了。姆妈招呼杜鹃、大民和英子吃早饭。英子的脸红扑扑的,咳了几声,姆妈用手背摸了摸英子的额头,又摸了摸大民的,说:"英子有点发烧。"吃过早饭,姆妈叫杜鹃去邻村称二两红糖,路上再捡几个火石头。大民和英子也要去。姆妈说:"英子,你不在床上躺一会儿吗?还发烧呢。"英子说:"我没事。"姆妈交代杜鹃道:"千万不要到月牙塘玩,跌下去可不得了!"回来的路上,杜鹃在河边捡石头,大民和英子要帮忙。杜鹃说:"英子不要捡,火石头都在水里,冷得很。"火石头泛白,是最硬的一种石头,两块火石头撞击在一起,能看到火花,能闻到焦煳的味道。英子问:"捡石头干吗?"大民说:"姆妈给你治咳嗽,把火石头烧红,倒上红糖,用开水一冲,你等糖水凉下来一口气喝完,包好!"英子咳了一下说:"石头还能治病?我都没听说过。"杜鹃问:"英子,你几岁?"英子回答道:"八岁。"大民说:"我也八岁,你得叫我'哥'。"英子说:"指不定谁大呢,我是七月初七晚上生的,新四军来到这里的那天,正好是我生日。"大民说:"哈哈,我是七月初七早上生的,那天是七夕节,牛郎织女相会,不信你问我姐。"杜鹃说:"英子、大民,你俩同一天过生日,真赶巧呀。"大民说:"怎么样?你得叫我'哥'。"英子说:"好吧,大民哥。"杜鹃笑着说:"大民,做哥哥的可要护着妹妹。"大民从水里挖出一个火石头,说:"英子你放心,谁要是欺负你,我就用火石头砸他的头。"

捡了几块石头后,杜鹃拎起红糖,喊大民和英子回家。大民看包红糖的油纸有点散,对杜鹃说:"这次买的红糖不知道甜不甜,当时也没尝一下。"杜鹃说:"好吃佬!你不要打红糖的主意。路边这么多刺梨子,也很甜,你去摘一把给我们都尝尝。"大民就去摘刺梨子。刺梨子刺多,大民手被扎了几下,咧着嘴喊疼。杜鹃说:"这算什么?你看人家华四叔!"

三个孩子嚼着刺梨子走在回家的路上,正午的阳光又暖又明亮,屋顶上的霜全化了。

除夕那天,大大和华四把战士们都叫来,和钟家一起过年。听华四说,鬼子连吃了好几个败仗,已经很久没有动静了。前几天,华四他们打到一只野猪、两只野兔;大大带着几个战士,还挖了一百多斤野葛根,又杀了几只鸡。这个年过得比以往热闹。吃年饭的时候,大大对华四说:"老四,你家英子和我家大民是同一天生的,这是缘分,是天意,我想高攀一下,让这两个孩子认个兄妹吧。"华四和郭医生都说"好"。大大让姆妈拿出一对铜锁,给英子和大民分别戴上。姆妈对大民说:"英子现在就是你的亲妹妹了,你要让着她。"大民摩挲着铜锁没有说话。铜锁系着细细的红绳,油灯下泛着光芒;锁上分别刻着"钟大民"和"华英子"的名字。华四说:"三哥三嫂你们也不说一声,我啥都没准备呢。"大大说:"我们是一家人,不说两家话,这两只铜锁是我用你们捡的子弹壳子打的,不值钱。"华四说:"三嫂和杜鹃还救过我的命,我们驻扎在鹰嘴崖,全依仗着你们帮衬,这份恩情我们都不知道怎么报答。"大大说:"你们帮我们打鬼子,替我二哥一家报仇,让我们好好过日子,就是最大的报答!"

七

老钟的"非遗"大师工作室挂牌那天,镇领导来揭牌。见到汝生,镇领导说:"我就知道你小子有办法,看来你是属毛驴的,不激不行!"镇领导离开时,塞给汝生和主任一人一小盒茶叶，说："上次在我那，你俩一口茶都没喝，这次带给你们尝尝。"

主任看镇领导走远了，对汝生说："你看领导，觉悟就是比你高。你真不够意思，白骑我的车，白吃我家的饭，也不知道报答一下。你给老钟申报的时候，怎么不给我家祖传的豆腐工艺弄个'非遗'呢？"汝生笑道："拉倒吧你，你家就是磨豆腐的，有啥子工艺？"主任说："怎么不是工艺？'冯记豆腐'曾经获过巴拿马万国博览会的金奖！"汝生哈哈大笑，说："谁不知道这是你爷爷骗日本人的话。你家豆腐运到巴拿马，不就变成臭豆腐了吗？还巴拿马，白拿给马都不吃！"主任气鼓鼓地说："好你小子，以后不要吃我家的豆腐。"

老钟走过来，胸前别着一朵小红花。他着急地对汝生说："一会儿几个孩子搞拜师礼，我没问题，弄什么直播，看我怎么打铜器的，我也没问题，就是那个采访，我哪说得好呢？"主任替汝生回答说："钟师傅，现在要喊你'钟大师'了，以后采访多着呢，你正好操练操练！"老钟说："什么大师？我就是老钟。这个事情，真要好好感谢你俩，要不是汝生想出这个办法，我家祖传的手艺就要断在我手上了！"汝生说："自家人，谢个啥？你就按照刚才说的，想说什么就说什么，不要紧的。"老钟说："好呢好呢，只要你们不笑话我。"

一晃几个月过去，"钟承铜工艺品大师工作室"几乎成了一个网红打卡地。镇上很多中小学生周末到工作室跟老钟学习制作铜艺品，工作室里坐得满满当当。老钟挑了几个有灵气的孩子，经常给他们开开小灶，其中一个孩子的作品还在省里获了奖。有一次，汝生去看看，老钟说："现在的铜器不愁卖了，每天都有人在直播间下单。"汝生还听说，网上有不少人通过直播跟老钟学手艺呢。

汝生对老钟说："当初让你搬出鹰嘴崖，你还不愿意。"说得老钟不好意思地挠挠头，说："是我的错，是我的错！小夏，等哪天你有空，来喝一杯，我心里念你的恩呢。"汝生说："可别，去年清明陪你喝酒，你看我都醉成啥样了。你也不用谢我，没有你家公家婆的养育——还有你母亲，为了保护我外婆，差点把命丢在月牙塘！没有外婆哪有我呢？所以，是你家对我家恩重如山啊。"老钟说："这都是过往的事情了，一家人不说两家话！"

八月的一天，电闪雷鸣，暴雨如注。天气预报里说，这次强台风"利奇马"强势登陆，破坏性极强。虽然之前做了很多预案来防范，但雨势太大，造成全镇多处山体塌方、道路中断。汝生和同事一起把敬老院的二十多个老人转移到镇中心小学,又帮低洼处的商户搬东西到二楼,回到办公室时,已是全身湿透。微信响了,是小挽的语音留言,她说:"爸爸,我今天考长笛五级,考过了你给我什么奖励?"汝生没想出奖励什么好,索性就没回。小挽的语音下面有小挽妈妈的信息:"老公,七夕节快乐!台风来了,注意安全!"汝生坐在凳子上想休息一下再换套干净衣服,猛然想起今天是七夕节。顾不上换衣服了,他马上拨通了主任的电话。汝生问:"主任,你有没有空去趟鹰嘴崖?老钟在那!"主任那边有点嘈杂,说:"我在下面转移群众,现在没空,等忙完再去……老钟不是搬镇上了吗?怎么又回了鹰嘴崖?"汝生说:"今天是钟大民的生日,他肯定上坟去了,鹰嘴崖那地形,太危险!"

汝生匆匆往鹰嘴崖赶,这个天气和路况,肯定不能开车。他找出一辆自行车,骑上就跑。一路上,不是滑坡就是倒伏的大树挡住了去路,汝生就扛着自行车绕过去,他心想,幸亏骑的是自行车,要是骑主任的电驴子,还扛不动呢。

经过月牙塘时,汝生发现塘里早就溢满了水,塘埂已经多处渗水,随时有破坝的危险。真是糟糕,得赶紧找到老钟,离开这儿。等汝生蹚过浊黄的小河来到鹰嘴崖下时,他已彻底变成一个落汤鸡。这时,风和雨都小了一些,乌云散开,天空也亮了起来。他抹了一把眼镜,终于看到了坟前的老钟。汝生喊道:"钟师傅,快走,这里危险!"老钟听见汝生的声音,扭头一看,说:"小夏,你怎么来了?"老钟给汝生打伞,汝生说:"不用了,趁雨小了点,我们快走吧。"老钟:"我们到家躲一会儿?我那还有旧衣服,你换身干的。"汝生说:"月牙塘的坝子快破了,我们走!"老钟说:"好!"

推着车子,刚走了一里多路,老钟突然想起来什么,对汝生说:"我得回屋一趟。"汝生急了,问:"现在还回去干吗?"老钟说:"不行,我要取个东西。"汝生拉住老钟,说:"以后再取。"老钟说:"就是那个铜锁。"汝生说:"我知道在哪,我去拿吧。"汝生说完就把自行车放倒在路旁,拔腿向铜匠铺子跑去。过了一会儿,老钟听到不远处发出咔嚓一声巨响,不好,是月牙塘的坝子破了!老钟大声喊道:"小夏……"他拼命地朝老屋跑去。

老钟在坍塌的乱石堆里找到了汝生。汝生的头上全是血,胸口起伏着。老钟推走汝生身上的大石块,哭着喊:"小夏,小夏!"汝生慢慢睁开了眼睛,看到老钟,他艰难地松开手——他的手心里躺着一只铜锁,沾满血迹。汝生吃力地说:"铜锁,铜锁,拿到了……"

八

腊月初八,鹰嘴崖飘下了今冬的第一场雪。风卷着雪花呜呜地吹,吹得天地彻寒,四野苍茫,远处的山峰已然白了头。大大和姆妈带着杜鹃来到大民小小的坟前,给大民送腊八粥。姆妈说:"大民啊,喝了腊八粥就不冷了,喝了腊八粥,就快过年了。"杜鹃觉得自己很不争气,泪水怎么也忍不住。泪水落在脸颊上,很冰凉。

华四的队伍穿戴和步伐都很整齐,迎着风雪,正经过大民的坟墓。华四喊道:"敬礼!"一队士兵齐刷刷地向钟老三一家行标准的军礼。大大和姆妈转过身,望着行礼的队伍,一时哽咽。许久,大大说:"走了?"华四说:"三哥,我们走了,北上抗日,替大民报仇,替二哥一家报仇,替千千万万中国人报仇!"大大上前,握住华四的手,眼泪止不住地流出来。大大抽噎道:"老四啊,大民死得好惨。"华四扶住大大,强忍泪滴,说:"三哥你放心,这个仇,我们一定要报!"华四和郭医生叫出队伍后面的英子,对大大和姆妈说:"这次去前线抗敌,生死不能预料,英子就交给你们了。"姆妈说:"都是一家人,英子就是我家姑娘。"杜鹃走过去,把英子的小手紧紧地拉住。姆妈又说:"老四,今天是腊八节,喝口粥吧。喝了腊八粥就不冷了,喝了腊八粥,好好打鬼子!"

喝了粥,华四说:"三哥,三嫂,我们走了!"说完转身离去,头也不回。英子追上去,哭着喊道:"爸,妈!"郭医生回头看了一眼英子,眼里噙满泪花。这时,风雪更大了。华四的队伍越走越远,直至消失不见。

过了段时间,邻村有个人来补铜壶,告诉大大一个消息。那个人说,新四军还没走多远,就中了国民党军队的埋伏,死了不少人呢。听说,华四队长和他的队伍,一个人都不剩了! 大大一惊,问:"中国人怎么打中国人呢?"那个人说:"谁知道呢?现在到处搜新四军,胡乱杀人。老百姓又要遭殃了!"

等补铜壶的人走后,大大关上门,把家里人叫到一起,对英子说:"今后,别人问你姓啥,你要说姓钟,叫钟英子,你以后要像杜鹃一样,喊我们'大大''姆妈'。今后,我们就是你亲大大、亲姆妈,千万不能说漏了嘴。"英子点点头。大大又看了看杜鹃,杜鹃也点点头。

大家紧张了好几天,也没遇到什么危险情况。但是大大和姆妈很警觉,一旦有不认识的人进了院子,就让杜鹃带着英子从后门跑出去,躲到鹰嘴崖后面的山洞里。

过了年,搜新四军的没来,春荒来了。去年日本飞机带着炸弹到处乱炸,田也没法种。世道这么乱,来打铜器的人也越来越少。杜鹃家的日子一天比一天难过了。年前把仅剩的几只鸡卖了,换了点糙米和玉米面,才勉强过个年。大大带着一家人上山挖葛根,两天下来,只挖到一小篮子,不够吃一顿的。晚上,大大对姆妈说:"照这样下去,我们都得饿死。要不,就答应老吴家吧。杜鹃到老吴家,好歹能吃饱饭,我们也能找他们借点吃的。"大大租了老吴家的田地和山场,老吴家对钟老三一家也一直很关照。可惜吴家少爷十几岁了,是个瘸子。前天,老吴喊去大大,想把杜鹃要去吴家,做吴家少爷的童养媳。大大和姆妈当时说,杜鹃还小呢,要不过几年再说。老吴留大大吃过饭再走,大大没有留。

屋外有寒风吹进来,所有人都缩了缩脖子,油灯下,人影贴着墙壁,像一张薄薄的饼摊在墙上。姆妈一直在补杜鹃被刺划烂的衣服,没有搭话。补着补着,姆妈放声大哭,她把杜鹃搂在怀里,哭喊道:"我的杜鹃呀。"杜鹃被姆妈勒得生疼,感觉喘不过气。

天一亮,杜鹃穿上姆妈昨晚上补好的衣服,把玉米面掺上野菜,倒进沸腾的水里面。英子走到杜鹃跟前,搂了一下杜鹃的衣角。杜鹃叫了声:"英子!"英子摘下自己的铜锁,踮着脚给杜鹃戴上。英子说:"杜鹃姐,你戴上锁吧,保你平平安安。"杜鹃把英子搂在怀里,眼泪落在英子的肩膀上。杜鹃想了想,从抽屉里拿出大民的锁戴在了英子的脖子上。

吃过野菜玉米糊,大大带着杜鹃出门了。等走出院子,姆妈追上来,说:"杜鹃,到吴家要听婆婆的话,不要顶嘴,要是他们打你,你就跑回来!"杜鹃瘪着嘴说:"姆妈,我听话。"英子在后面跟着,跟了一里多地,大大说:"英子你回去。"英子站住不动了。杜鹃走了很远转身看,英子还没有回去,旷野中,一个小人儿像一棵苦菜贴在小路上。

到了吴家后,杜鹃每天起得更早了。起来后,要先给水缸挑满满一缸水。杜鹃才十二岁,比水桶也高不了多少,她只能半桶半桶地挑,就这样,肩膀都磨破了。挑完水后,烧开水、烧早饭。每次,杜鹃都等吴家人吃完才吃。吴家人吃早饭的当儿,杜鹃到青弋江边洗衣裳。倒春寒的时候,江水冷得刺骨。杜鹃的手生了冻疮,她一边舞动棒槌,一边流眼泪。杜鹃真想念铜匠铺子啊,一天到晚都暖烘烘的。她也想大大、想姆妈,也想英子。但她不敢向婆婆提出回家,怕婆婆生气。

吴家少年吃完早饭一瘸一拐地上学去了。杜鹃晾了衣裳,将吴家人用过的碗筷收拾好,盛了半碗红薯稀饭在锅灶后面吃。婆婆喊她,她放下碗来到了堂屋。老吴坐在椅子上,吧嗒吧嗒地抽烟。抽两口,他停下来说:"杜鹃,你今天回娘家看看,还没回去过呢。"杜鹃仰起头,又朝婆婆看去。婆婆朝她点点头,说:"早去早回。"杜鹃饭都顾不上吃,就去收拾东西。她偷偷攒了一小袋锅巴,正好这次带回去。临走时,婆婆喊住了杜鹃。杜鹃心想,不是锅巴被婆婆发现了吧?婆婆拿出一个小口袋,对杜鹃说:"这两升大米和一升黄豆带给你姆妈。你早上没吃饭,拿块年糕路上吃!"

杜鹃高高兴兴地踏上了回家的路。她是一路跑回家的。跑着好,跑就不冷了。杜鹃还出了汗,回家的路怎么就这样远呢?她背着口袋,把年糕放在怀里,年糕还热着呢,等回了家要和英子一起吃。

杜鹃终于看到了鹰嘴崖。她一口气跑进院子,喊道:"我回来啦。"杜鹃来不及喘口气,就被眼前的一幕惊呆了。院子里站满了人,都是当兵的。大大和姆妈以及英子站在一旁,两杆枪对着他们。杜鹃从姆妈的眼里看出了担心,大大还向杜鹃使了个眼色。这个眼色,是要让杜鹃赶紧走吗?就在杜鹃犹豫的时候,大大喊道:"哪来的小叫花子?快滚!"杜鹃总算听懂了,转身往院子外面跑。但是迟了,两个当兵的冲上来,把杜鹃一把扔进院子。杜鹃摔在地上,口袋里的豆子一颗颗地滚落出来。一个人走过来,拎起袋子倒了出来,雪白的大米、焦黄的锅巴和滚圆的黄豆都撒到了地上。杜鹃看这个人的鼻子边,有一个鼻屎一样的大瘩子。大瘩子问大大:"这个小孩是谁?"大大说:"是来要饭的叫花子。"大瘩子恶狠狠地说:"我看她是来搞粮食的!"说完,他朝杜鹃踢了一脚,一边吼道,"快说,粮食是不是送到山上去的!"杜鹃被踢得眼冒金星,舌尖感觉咸咸的,一摸鼻子,全是血。大瘩子拔出手枪,说:"嘴硬是不是?老子崩了你!"

杜鹃的脑袋嗡嗡的,听到人说:"慢着!"说话的人走到大大的面前,不怀好意地笑了笑,露出了两颗龅牙。他阴阳怪气地说:"钟老三,你只有一个女儿。"他指了指英子,英子往姆妈的身后躲得更紧了。他突然又指向地上的杜鹃,对大大说:"我咋看这个小孩和你有点像呢?你不认识是吧?那好办,给我打!我看你认不认识!"

两个人架起杜鹃,抄起枪托子就往杜鹃身上打。杜鹃的鼻子和嘴巴全流了血,哭着喊:"大大,姆妈,快来救我啊……"但大大和姆妈什么都没说,只是把英子搂得紧紧的。英子也在哭。杜鹃听她不停地说:"我怕,我怕。"大大和姆妈怎么不认自己呢?杜鹃正想问问姆妈到底为什么,头上被什么重击了一下,她疼得晕了过去。

迷迷糊糊中,杜鹃听人说:"都快打死了……肯定不是他家的……高,实在是高!不愧是过山风……锁上有名字……弄不好就是华四家的兔崽子……"

一阵山风吹过,杜鹃清醒了许多,头像炸裂一样。她睁开眼睛,发现自己正被两个人扛着,夹在队伍中间。杜鹃看自己离鹰嘴崖越来越远了,此时,正走在陡峭的悬崖上,下面就是月牙塘!她用力一挣,滚落在深深的月牙塘里,溅起巨大的水花。大瘩子回头一看,喊道:"不要让她跑了!"啪地朝水里放了一枪。杜鹃的耳朵感到钻心地疼,就什么也不知道了。

月亮升起来了。杜鹃艰难地睁开眼睛,发现自己躺在塘边的灌木丛里。山崖挡住了月光,树影黑黢黢的,猫头鹰在叫,一声接着一声。不过,月牙塘却映着明亮的天空;水底,有一颗发光的夜明珠。杜鹃感觉胸口有什么东西粘着,一摸,是那只铜锁,上面粘着变形的年糕。她咬了一口年糕,但咽不下去,她的胸腔翻滚着,哇的一声吐出了血。远远地,杜鹃依稀听见谁在唱一首歌:栀子花,乒乓乓;茉莉花,上刀心;做双花鞋看娘亲。娘亲怀我十个月,月月辛苦到如今。一只鸟,绿茵茵;买花线,穿花针;做双花鞋看娘亲。娘亲怀我十个月,日日月月都担心。

后记

在大家自发组织的夏汝生同志追悼会上,老钟和汝生的母亲一起把分别印有钟大民和华英子名字的两只铜锁捐给了县革命历史纪念馆。馆长说:"两只铜锁,是新四军和皖南人民的同心锁,也是共产党和老百姓的同心锁;我们要将这两只铜锁永远保留下去。"老钟几乎三天三夜没合眼,打了一支铜笛子,送给汝生的女儿小挽。小挽接过笛子,轻轻地说:"爸,我的长笛五级考试通过了,现在演奏给你听。"

小挽拿出铜笛,吹了一支曲子,汝生的妻子断断续续地和着:

长亭外,古道边,芳草碧连天。晚风拂柳笛声残,夕阳山外山。天之涯,地之角,知交半零落。一壶浊酒尽余欢,今宵别梦寒。

老钟想,这是什么歌?真好听,以前还没听过呢。

老钟一阵恍惚,脑海里浮现了很多人。华四队长挎着手枪,家公拿着钢錾,姆妈、大大和英子手挽着手……最后出现的是小夏,他换上了一副新眼镜,朝老钟轻轻挥手。他们在高高的鹰嘴崖上站成一排,像一面旗帜迎风展开。

人生难得是欢聚,唯有别离多……

小挽的笛声停了,汝生妻子的歌声也停了。老钟朝照片上的小夏挥了挥手,两股热泪流了出来。

(原文发表于《中国作家》2021年第10期,有删改。)

匡冲志·理发

陈巨飞

一

我使,都要使在匡冲!说话时,父亲花白的胡子一翘一翘的。一阵风吹来,他花白的头发也乱了——他该理发了。

中风后,除了走路跌跌撞撞的,父亲说话也不太利索了,总把"死"说成"使"。显然,说这句话之前,他已下定了决心,死活不肯再去养老院。他一手拄着拐棍,一手紧紧地拽住门把手,生怕我把他给强行拉走。这让人很头疼,但我深知他的脾气——父亲属牛,年轻时就是一头犟牛,现在是一头老犟牛。

本来,我是带父亲回来扫墓的。春分那天,我接到父亲的电话,他说,今年清明早点回去,多买些纸钱,给杨疯子也烧点。我不敢怠慢,一切照办。去接他时,他大包小包地收拾了一堆东西带着,我以为他要把换洗衣物带回来洗晒一番,就没多问。回来后,他把张军叫来吃过一次饭,还多次叫我给张军敬酒。原来,父亲把后路都安排妥当了。

父亲摸出老人机,努力地让自己的手不要太抖,终于拨通了电话。他对着那头大声说,张军,你现在过来,把卡也带着。对方没怎么听清楚,父亲只好将一句话精简为三个字:来,带卡!

张军很快来了,朝我点点头,又凑着父亲说,老叔,都讲好了吧?

父亲对着张军喊道,没什么要讲的,你把卡号给张政。说罢,他声音小了一些,对我说,从四月份开始,钱不要打给养老院,打给张军就行了。有张军服侍我,你安心回城吧。

父亲的语气容不得反对,我也只好听他的,但走之前我得找人帮他理一下头发,就说,王驼子现在还上门吗?

张军说,你是说王驼子吗?

我对着张军的耳朵说,是呢,王驼子现在还上门理发吗?

张军连连点头,他的意思应该是他听懂了,王驼子还上门。他说,前段时间王驼子还来了呢。李老奶奶过世,他来给孝子贤孙剃头。王驼子现在更驼了,头都低到了膝盖,给人理发,要站在板凳上。

父亲高兴地说,王驼子七十好几了,还在理发啊。我真想和王驼子叙叙呢。

于是张军对我说,我有王驼子的号码,你打电话给他,叫他来给老叔理个发!

但王驼子不能来了。他在电话中说半个月前摔了一跤,坐骨骨折。现在刚出院没几天,只能躺在床上静养,以后能不能走路还不好说。王驼子虽然不能来,但他说他女儿可以来,手艺比他好。半小时后,当王娟骑着电动车出现在匡冲时,我俩一见面,都大吃了一惊,几乎异口同声地说,怎么是你?

二

很多年后,面对漫长的失眠的夜晚,我都会想起刘梅那一头乌黑亮丽的头发。我曾无数次想过,那些洗发水厂家没有找刘梅代言做广告,真是有眼无珠。头发好,花在头发上的精力和金钱也就多。一开始我也没觉得什么,但时间长了,特别是她在各种理发店办的会员卡没用完时,我偶尔也会抱怨几句。

刘梅心软,经不住理发店总监或店长的软磨硬泡,更经不住发艺师、造型师的糖衣炮弹。只要他们夸刘梅的头发漂亮,发质好,那就代表店里即将售出一张级别最高的会员卡。直到现在,家中的抽屉里还藏有一沓卡片。

卡没用完有多种原因,绝大多数是因为理发店的生存周期不长。周期最短的那家,刘梅只做过一次头发,洗过一次头,第三次去的时候,早已人去楼空。玻璃门上张贴着"旺铺招租"的信息,扎着彩带的灯柱不再旋转,站在角落里发呆。我一度怀疑那家理发店就是骗子,专门骗人办卡,打一枪就跑,做一榔头买卖。而刘梅第一次到店里的时候,他们先是鞠躬欢迎,又是倒果汁、发零食,临走时还夹道欢送。

自从那一次上当后,我和刘梅约法三章:她多花点钱做头发没关系,但不准再办卡。刘梅说到做到,至少有一年没办卡了,但是后来,她还是办了一张卡。

那天,我的手机收到一则短信,我以为是公司的派修信息,打开一看内容却是:尊敬的张先生,祝贺您成为如月发艺的白金会员!如月发艺专注于您的形象设计,还您美丽自信人生!持有本卡您将享受首单免费、洗吹免费,其他项目六折服务,还有更多惊喜等着您!

我没在意这则短信。凭直觉,我认为这是理发店群发的广告,是招揽顾客的一种宣传方式。下班后我像往常一样去送外卖,那天晚上接了不少单,但有一单送错了,被人投诉,一晚上白忙乎了。到楼下时,我没有直接上楼,而是坐在路牙子上抽一根烟,放空一下自己。我闭着眼睛,又累又恼,真想趴在自己的膝盖上睡一觉。这时我的眼前有光扫过,接着听到电动车的声音,原来是刘梅接小丽下自习回来了。我赶紧把抽了半截的香烟掐灭,然后扔到身后。

小丽说,爸爸在抽烟!

刘梅把车停好,拉着小丽来到我身边,说,你是不是忘带钥匙了?瞧你这记性——你怎么又抽烟了?你不是戒了一年多了吗?

我说,你别说我了,三块钱一包买的。

刘梅顿了顿,大概是一时不知说什么好。她转过身,吸了一下鼻子,说,你下次买好点的,不要抽这么孬的烟。

到家后,刘梅叫我以后下班就回来,不要再送外卖了。她说,你是家里的顶梁柱,你身体不行了,小丽上学,你爸住养老院,我做头发,还能指靠谁?

今天,刘梅在商场找了一个卖衣服的工作,每月保底两千五,有提成,听店长说好的时候甚至能拿到四千。上班时间与照顾小丽不冲突,明天就要去。刘梅说我兼职跑外卖快一年了,钱没多挣,身体却大不如以前,风里来雨里去的,骑车也不安全。

刘梅掏出我的烟盒,扔在垃圾桶里。她说,张政,你没看出我有什么变化吗?

我抬头看了看,没看出什么异样。刘梅说,你真是个直男!张军是耳朵不好,你是眼神不好。我做了新发型,小丽一眼就看到了,说妈妈真好看!这你都没看出来吗?真是服了你。我把头发烫了,好久没上班,明天重返职场,我呀,要有个新形象!

我说,你经常换发型,我都麻木了——哦对了,我收到一个短信——你不是又办卡了吧?

刘梅说,我没办卡,哈哈,是你办的,不然你手机怎么收到了办卡信息呢?

我有点不高兴,说,刘梅你做头发可以,但你都答应我不办卡了,怎么能说话不算数呢?理发店办卡都是骗人的,家里那么多卡没用完,算算都有好几千块呢。

刘梅说,所以留的号码是你的,算你办的嘛。你放心,这次我一定用完,不用完我以后就不理发啦,留个世界上最长的头发去申请吉尼斯纪录。这次这个老板娘手艺好,人也面善,店就在我们小区门口,我们一家人都可以去剪头发,能省不少钱呢。

小丽从洗手间出来,把我的手机拿去翻了翻,刘梅一把夺了过去,说,不要玩手机,去把桌子上的牛奶喝掉。小丽悻悻地走开了,末了还嘟哝一句,我不是玩手机,我想看看新闻,听同学说有个明星发布新造型了。

三

王驼子叫王礼发,不过,王礼发成为理发师和他的名字没有关系。

以前的时候,我们那儿理发不叫理发,叫剃头,理发师叫剃头匠。理发是近些年才有的说法。现在年轻人嫌剃头土,都说理发,渐渐地,男女老少都称剃头为理发了。王驼子成为剃头匠,主要原因是他是个天生的驼子。驼子干农活是不行的,只能从事一些不需要下大气力的工作,比如补鞋、补锅、当地理先生等等。听父亲说,王驼子不想闻别人的臭鞋,也不想被人嘲笑——罗锅子补锅锅对锅。做地理先生倒是挺体面,但王驼子找不到人教他,另外地理先生越老越值钱,王驼子等不了那么久——他家都快揭不开锅了。学剃头最快,灵活的最多半个月就可以出师。

不是实在没有办法,我们那边的人是不愿意当剃头匠的。匡冲有这样的传说:谁都要剃头,包括皇上;谁见了剃头匠都要低头,也包括皇上,而皇上是不能向人低头的,剃头匠犯了这个冲,玉皇大帝就罚剃头匠永远低人一等,他们的后代就出不了人物。

不过,匡冲少不了剃头匠,不但匡冲,世界也少不了剃头匠。在匡冲,除了日常的剃头,按照习俗,至少有两个重要的场合少不了剃头匠。一是小孩满月要喝满月酒,满月酒中最重要的仪式就是请剃头匠给小孩剃胎毛,不但要把小孩的头发剃掉,连眉毛都要刮光。胎毛剃得干净,预示着小孩子一辈子没灾没病,没有烦恼。剃过的胎毛,剃头匠会用一张红纸包好后送给孩子的父母,东家则要回赠给剃头匠一个红包。这个时候,鞭炮响起,知客招呼亲朋好友入席坐定,满月酒就喝起来了。另一个重要的场合是在葬礼上。当死者埋葬在高高的山坡上,亲人们放了鞭炮、烧了纸钱从山上下来,剃头匠开始给他们逐一剃头。这代表死者已经入土为安,到极乐世界享清福去了,亲人们不要沉迷于悲伤之中,生活总得继续,一切还得从头开始。

我们匡冲小孩的胎毛,几乎都是王驼子剃的,但近些年除外。近些年生活在变好,匡冲的人越来越少,都搬到城里了。父亲说,连匡冲山上的兰草花和映山红都知道享福,听说城里好,长了脚似的,都往城里跑。

我说,那是被人偷挖掉的,卖到城里去了。你别看它们在匡冲长得好好的,一到城里就水土不服,不是残了,就是死了。

父亲说,是啊,你看张军,多么好的孩子,出去一年,就弄成残疾人了。

毫无疑问,张军、刘梅和我的胎毛都是王驼子剃的。我们这一帮匡冲的七五后,童年和少年都是在农村度过的。那时候的匡冲,每到二月底,映山红就像绯红的云朵,飘荡在崇山峻岭之间。大别山的兰草花有独特的幽香,一阵风刮来,都能让人醉倒。

很多次,远远地,我和张军看见一个人朝匡冲的大路上走来,他的背比他的头还高,是王驼子来剃头了。王驼子背着一个小木箱子,不用猜,我们都知道他的箱子里装着剪刀、手推子、刮胡刀、滑石粉、荡刀布等工具。他每隔半个月都会来一趟匡冲,给匡冲人剃头。那时候,像王驼子这样的上门剃头匠都实行包年包片制,一个剃头匠负责几个村子,工钱一年一结算,主家每年还要供两顿饭。一个头一年两块钱,小孩子不要钱。过年前那几天,剃头匠会挨家挨户上门,剃年头,收年费,还要谈好下一年的生意。到了第二年,过完正月,剃头匠就会奔波在乡村的路上,剪去人世间的烦恼丝。而正月是没人剃头的,老一辈说,"正月剃头死舅舅"。

有一次,张军突发奇想,想剃一个光葫芦,也就是光头。他不知道听谁说邻村通了电,电灯泡就像光溜溜的葫芦,到了晚上就会发光,比煤油灯亮堂多了。张军想看看光头有没有这样的功能。

我们看见王驼子穿过一块青青的麦地来到张军家,和他爸也就是我的大伯交谈一会儿后,就搬出一条长板凳放在廊檐下,把工具箱搁在大门前的石墩上。王驼子从里面取出荡刀布挂在门闩儿上,将围布抖开就准备工作了。

张军跑过去对大伯说,爸,天马上就要热了,我想剃光头。

天热还早呢,你可想好了,剃了光头后,头上一根毛都没有了,就像葫芦瓢一样!大伯一边剃头一边向张军瞅了一眼。

张军正想变成葫芦瓢呢,大伯剃完头后,他便迫不及待地跳上了长板凳。王驼子问,想好了?张军直点头。张军剃头时是有名的不老实,不哭闹一番是不肯就范的,难得今天太阳打西边出来,于是王驼子三下五除二,咔嚓咔嚓几剪子,又呜呜地推了几刀,张军的头就变成了光葫芦。张军摸了摸光乎乎的脑袋,感觉不太对劲。他到大衣柜镜子前一看,哗啦一下流出眼泪来。他拽住王驼子的袖子,死活不松手。他边哭边说,死驼子,你把我的头剃得这么丑,你得赔我头发,这么丑,刘梅就不喜欢我了!

张军的光头到夜里并没有发光,白天也没有,因为他搞了一个帽子戴着遮了丑。从那时起,我就知道张军也喜欢刘梅,于是我和他也就不怎么在一起玩了。刘梅后来嫁给我而不是嫁给张军,和张军的光头没什么关系。剃了的头发可以很快长起来,但砸坏的手却没办法治好。初中毕业后,张军出去打工,进了一家制作假冒宣纸的作坊,负责锤制树皮。一柄巨大的铁锤按照节奏砸着一个铁墩子,发出啪的一声轰响,时间一长,张军的左耳就不灵敏了。黑心作坊工作时间长,张军有点困,注意力没集中,添树皮时手忘了及时抽回来,左手就被大铁锤砸了个稀巴烂。

张军背着几捆黑心作坊赔偿的假宣纸回到了匡冲,再也没有出去打工。是啊,谁又会要一个手有残疾的半拉聋子呢?没过几年,大伯死了,张军一把火把自己左手换来的假宣纸当纸钱烧了。埋了大伯,张军让王驼子再给他剃一次光头,王驼子没说什么,手起刀落,就帮张军剃了个滴溜精光。剃完后,王驼子用热毛巾擦了擦张军的光头,也顺手帮他拭去了脸上的泪痕。张军到大衣柜镜子前看了看,摸了摸光滑的头颅,看着自己的滑稽样儿,他对镜子里的自己笑了。

四

如月发艺离我家近,自从刘梅办卡后,我也去剪过几次。大多是老板娘帮我剪。一个男人,应该是老板吧,每次去,都在柜台上用手机玩斗地主。店里有三四个学徒帮老板娘打下手,有时候老板娘忙不过来,他们也会尝试着给顾客理发。一个四五岁的小女孩,有时帮忙扫地,有时拿一个手机看《小猪佩奇》。

老板娘看起来比我小好几岁,说不上漂亮,但见到谁都微微一笑,让人心里觉得舒服。她的手艺也正如刘梅所言,的确不错,每次剪过头,我都感觉一身轻松,年轻了几岁似的。其实我的头发并不好理,我的头上有两个旋,怎么分都别扭,有几撮头发总是桀骜不驯。小时候,每每王驼子给我理发,都说我以后肯定很聪明,说双旋的男孩是绝顶聪明。我的头发,也只有在王驼子手里才能服服帖帖。

期中考试后,小丽的班主任通知我去参加家长会。那几天物业公司整修管道,我每天忙得不可开交,头发蓬乱,胡子都没有剃。看时间还够,我准备去如月发艺捯饬一下头发。走到理发店门口,我发现老板娘抱着女儿坐在一旁,里面几个人进进出出,好像发生了什么事。我问,在营业吗?

老板娘见有人来,擦了擦眼泪说,今天不营业,以后也不营业了,你到别处去剪吧。

我一听急了,说,那怎么行?我还办了卡呢。

老板娘说,我把卡转到一个朋友的店了,今天会发信息到各个会员的手机上。

我感觉又上了一次当,就问,那你朋友的店在哪呢?

老板娘说了一个位置,我用导航一查,在东城那边,有十几公里,打的要二十多块。我说,这太远了吧,谁到那鬼地方去理发呢!不行的话,你查查还有多少钱,退给我。

她说,钱都打发这几个学徒了,晚上吃饭的钱我都没有,哪有钱退给你呢?这样吧,你看店里还有什么东西,你拿回去用,抵卡里剩下的钱行不行?不过你到得有点迟,洗发精和电吹风都被人拿完了,也没啥能用的东西了。她把女儿放在地上,眼光四处搜寻了一下,像是在帮我找值钱的东西。

我随着她的目光转了一圈,并没有发现家里能用的东西。理发店的东西,一般家里也用不上。看来,我只能自认倒霉。家长会的时间快到了,我没工夫和她纠缠。临走时,她勉强地朝我笑了笑,说,大哥真是对不起,我俩加个微信,等有钱,我就给你转过去。我通过了她的加好友请求,她的微信名就叫"如月"。

晚上我对刘梅说了这件事,她很懊恼,说,怎么又遇到了骗子?以后我死也不会办卡了。

不过,随着时间的推移,偶尔看到老板娘的朋友圈,我觉得这个"如月"不像个骗子,她应该真是遇到什么难处了。有一天,她还发语音给我,说,大哥,暂时还是没钱退给你,我最近在人民公园旁的大槐树下露天理发,十块钱一次,你和家人要是愿意剪,可以来。

我没有回复。我知道那种露天理发店,只需要一个理发师、一把梳子、一个剪刀、一只电动推子,比王驼子的设备还简单。大多是一些老大爷老大妈去剪,年轻人一般不好意思去,比如刘梅和小丽,倒贴她们钱都不会去的。后来,我看到老板娘发的小视频——她的确在帮人剪头发,露天的。天气已经开始变凉了,视频中,有几个老太太排队等她理发。她的女儿衣着单薄,抱着一个比自己还高的扫帚,清扫落叶和落发。

再后来,冬去春来,刘梅在住院,我忙着卖房子、打零工、借钱,没空也没心思看朋友圈,也就渐渐地忘了"如月"的存在。有一天我突然接到老板娘的电话,她说,大哥你信息也不回,我把店又盘回来了,还在以前的位置,你的卡可以继续用,你老婆的头发那么好,让她快来做保养啊。

我对她说,刘梅现在来不了,在住院呢。她也不用做头发,化疗化得一根头发都不剩了。

那边停顿了一下,接着我听她说,大哥,不要紧,你老婆很快会好的,头发落了马上就能长起来,就像我的店一样,不又盘回来了吗?你们卡里还有几百块呢,我等你们来,用完再办一张!

而后一直没去——房子卖了,我也走不到那边去。再次经过如月发艺,是到以前的信箱取一张按照以前地址寄来的单据。经过理发店门口时,回想起过往的点点滴滴,我不由得放慢脚步,鼻子一酸。我朝店内看了一眼,看到曾经的老板娘正在指导学徒剪头发。我生怕她发现我,赶紧低着头离开。还没迈出步,我的身后就传来了她的声音——大哥是你啊,快进来!我只好转过身,尴尬地朝她笑了一下。她上下打量了我一番,说,大哥你咋瘦成这样了?你老婆呢?也不来做头发,你们卡里还有钱呢。

我说,她不来了,永远也不来了,她不在了。说完,我完全顾不上自己在大街上,掩面哭泣起来。

老板娘把我拉进店里,按住我坐在洗头池旁,打开水龙头,给我洗头。我任她摆布,不知是眼泪还是温水,模糊了我的双眼。洗好后,她用干毛巾擦干了我的头发,在不经意间拭去了我脸上的泪痕。剪了头发,刮了胡子,待头发吹干后,她熟练地将我的新发型喷上定型啫喱水。

大哥,你看看,帅不?她朝镜中的我微微一笑。

我不好意思地说,帅什么啊?都四十好几的人了。

大哥,你不知道,现在的小美女们都喜欢年龄大的,你就是大叔。男人四十一枝花嘛。

我看了下镜中的自己,不像一枝花,倒像一截树皮,但发型换了,人的确精神了很多。我说,老板娘,钱从卡里扣。

她扑哧笑了,说,叫什么老板娘?我叫王娟。三横一竖王,如月娟。

五

王娟一边给父亲理发,一边和我聊天。她说,如月发艺交给徒弟打理,生意就那样,挣不到什么钱,但有不少以前办卡的顾客,至少要让他们把卡里的钱消费完。

父亲说,姑娘啊,你这手艺,是你爸教的吧?刮胡子一点都不疼——你爸还好吧?

王娟说,不行了,老说自己不中用了,不知道什么时候才能见好。这几天我在家照顾他,发现好多老主顾走不动路,叫他去理发呢。现在我爸也走不了路,躺在床上干着急。这不,我今天都跑好几个地方了,实在不想来的。我爸说,你一定要去,这个张老头人很好,那一年杨疯子死,张老头非亲非故,把我喊去给他剃了头——我哪知道什么杨疯子……

我的思绪飘到了几十年前。杨疯子并不是匡冲人,他是从哪来的,叫什么名字,匡冲没有人知道,只是大家都喊他杨疯子。人们只知道他来了匡冲后就没走了,最后死在匡冲。按照父亲的说法,杨疯子生不是匡冲的人,死后做了匡冲的鬼。

杨疯子永远挑着两个破筐,走走停停。有一次王驼子在我家剃头,忙完后,看到杨疯子在一边要饭,就说,杨疯子,我来给你剃头。杨疯子剃了头,就不太像疯子了。王驼子拿一个小镜子让杨疯子看看自己，杨疯子看到镜中的自己，高兴得不停地挠头，龇着牙笑。而后，他从筐里翻了半天，找出二毛钱，递给了王驼子。

杨疯子是在一个暴风雨之夜被山坡上的落石砸死的。父亲是生产队队长，说杨疯子虽然不是匡冲人，但死在匡冲，他一个疯子，不偷不抢，剃头还知道付钱，要好好葬了他。父亲找来王驼子，让王驼子给死了的杨疯子剃头，王驼子有些为难，但还是来了。我那时还小，不敢看，后来听父亲说，王驼子把杨疯子拾掇得干干净净，然后葬了。

父亲以前说过，杨疯子死后第二年，王驼子捡到一个老婆。王驼子有一次剃头回家，路上遇到一个英山蛮子。英山是邻省的一个山区，因为交通闭塞，有很多近亲结婚的，就生了不少脑袋不太灵光的蛮子。王驼子看蛮子脏兮兮的，又饿又累的样子，很可怜，于是给了蛮子一个梨子。蛮子吃了梨子就跟了王驼子，和王驼子成了家，生了一个女儿。后来，蛮子不见了，王驼子带着女儿去英山一带寻了好几次也没有音信。

好了！王娟帮父亲理好发，用毛巾擦去父亲脖子上的头毛楂子，就要找扫帚。她的声音打断了我的回忆——真没想到王娟就是王驼子的女儿，如果刘梅泉下有知，她一定会觉得这是个稀奇的事情，我以后一定要到她坟前跟她说道说道。

你帮我也剃个头吧。说话的是张军，父亲理发的时候，他一直把左手插在裤兜里站着，看王娟忙乎。我偶尔瞟一眼张军，发现他看王娟的时候，眼神有一些迷离和入神，就像那些年，我看刘梅的神情。

张军把话说完，就搬来一张椅子，背朝王娟坐下了。

王娟给张军理发的时候，我问王娟准备什么时候回城。

王娟一边小心地给张军剪去耳朵边的鬓发，一边说，我爸叫我不要回城了，我还真的动了心。就像我爸一样，当个上门的理发师不也很好吗？女儿可以在村里上小学，这样既照顾了我爸，又解决了老主顾们的理发难题，挣的也不会比城里少，一举三得。

我说，你这么好的手艺，如果到城里大型美发中心去上班，工资肯定不会低。

王娟说，我要是一个人当然可以，但我带着女儿，上学要送，放学要接，周末还要带在身边,哪家理发店能要我呢?她微微一笑说,我这个命啊,只能自己当老板。

我说,那次你出了什么事——你老公呢?

王娟说,都过去了,就像剪去的头发,提这些干吗呢?过日子还是要朝前看。

我说,是呢。帮张军剪完,你帮我也剪一下吧。你要是真的不回城了,我就给我爸从你这里办张卡。

王娟说,不用办,你的卡上还有钱呢!

后记

张军和王娟结婚前一天,我带着小丽从城里回到匡冲。

因为带了不少东西,所以我租了一辆车,这辆车还兼带一个重任,明天,它将作为婚车,把新娘子王娟接到匡冲。

而小丽此行也有一个重要任务——为她的毕业设计拍摄素材。作为广告传播学的大四学生,她的选题得到了指导老师的充分肯定。

来之前,我找出刘梅所有没用完的美发卡,装了满满一信封。我准备找个时间到刘梅的坟前烧掉它们,顺便告诉她张军和王娟的喜事。虽然刘梅的父母早就跟着刘梅哥哥搬到了镇上,但遵从刘梅的遗愿,我还是把她的骨灰葬在了匡冲——她说过,她要看盛开的映山红,闻兰草花的香味。

我一直在犹豫,烧卡的事情要不要回避小丽?这个小事有没有必要留在小丽的纪录短片《匡冲志·理发》中?

汽车在山路上奔驰着。

为了给录制的视频加入背景原声,小丽打开了汽车收音机。主持人用富有磁性的声音说,欢迎大家收听 FM96.4,新安交通音乐频道,听完了音乐,让我们再来欣赏张枣的一首诗歌《镜中》:一面镜子永远等候她/让她坐到镜中常坐的地方/望着窗外,只要想起一生中后悔的事/梅花便落满了南山……

(原文发表于《西湖》2021年第8期,并转载于《小说月报·大字版》2021年第11期,有删改。)

有　客

赵丰超

　　确实有毛病。他快速地把标识灯扳倒，扶起，再扳倒，又扶起来，反复摆弄了好几遍，依然不顶用。他仰躺到座椅上，下意识地朝后视镜看了一眼。后座上空空荡荡，出来半个钟头，他还没拉到一个客人。他的另一只臂膀横担在车窗上，手里夹着烟。只一会儿工夫没抽，丝丝的青烟就氤氲到了车顶的广告灯上。一样的毛病，广告灯跟标识灯早就串通好了——它们只显示"有客"，不显示"空车"了。

　　到底是什么时候坏的，他已经记不起来了。可能是昨晚，也可能是今晨。昨晚刚杀黑，天上就下起了小雨，密集到让人发毛的小雨。那会儿，他正驱车从老家往市里赶，在经过一处刚刚动工的墓园时，车轮窝在了泥坑里——现在的老家，正在改头换面，到处都是这样那样的泥坑，像他这种油改气的车子，不窝坑才是怪事呢。他试了很多法子，低挡前行，后倒，又往泥坑里垫了些干草、泥块，他还试图凭借蛮力将车子推出来，可惜努力了好几次，终究不济事。最后还是一辆过路车将他的车拖了上来。那是一辆挂着南方牌照的豪车，底盘高，功率大，略略给他带上一把，就拱上来了。事后，他给人家递烟、道谢，人家没接，也没多留一分钟。出于安全考虑，他想跟着那辆车一块进城，可惜一上县道他就跟丢了。或许标识灯就是那会儿坏掉的，只是他没注意。

　　也或许是今晨。凌晨三点多回到小区，知道妻儿正在熟睡，他就没上楼，凑合着在车后座歪了三个小时。天快亮时，他做了一个以往从未做过的梦，之后不久，他就接到了妻子的电话。她要确认一下他是否已经赶到市区。在他们家，每天早晨有个必走的程序，就是带儿子吃早餐，送儿子去上学。他是司机，这事儿自然包在他身上。早晨，就那么一丁点时间，他还要洗漱、换衣服，还有很多很多事等着他去做，当然没空去注意车灯的问题。不过，上楼之前，他把车窗摇了下来。夜路太长，走得太久，连他自己都不记得抽了多少根烟。在这狭小的密闭空间里，充斥着一股隔夜的烟草味，以及雨水和汗水混到一起正在发酵的味道。他不想让儿子闻到这种味儿。

"拆得咋样了?"刚上楼,妻子就问开了。

他往牙刷上挤了一坨牙膏,漱口水,开始重复某种略显暧昧的动作。

"还能咋样?全拆了。"满嘴的泡沫混进本就沙哑的声音里,使这句话听起来像呓语。刷完牙,他洗了一遍脸。闭上眼,他又想起那些大大小小的坑,遍地都是坑,那是一个由坑拼成的地方,早就不完整了。

"赔了多少?够交首付吗?"妻子又问。她化了淡妆,已经收拾完毕。她在一家酒店做服务员,熬了四年,终于熬成了领班。每天早晨,她都会穿上那套带有金色工号牌的制服,第一个赶到酒店。他送过她,知道她们有一段鸡血味十足的晨训——她们列成队伍,经理站在中间,那个能把裤腰提到胸口的女人双手打着拍子,鼓励她们在众人面前喊出自己的梦想。同一个梦想,同一个地方,妻子已经喊了四年,她说,她想拥有一套自己的房子。

"够买一块墓地的。"

他一边擦脸,一边看镜子里的自己。再过半年,他就四十岁了。他的头发越来越少,牙齿也被烟熏成了焦黄色,还有一颗大牙微微松动,每当他要说话,都会感到一丝来自嗓子眼深处的酸,或者隐痛。也不知是从哪儿听来的,说梦见掉牙是一种不祥之兆。昨晚在车里睡着的那会儿,他就梦到自己的牙掉了。他不是故意这么说的,但是他看到自己焦黄的牙齿,还是想到了死亡。然后,这句话就像自来水一样淌了出来。

"大清早的,你说这话,饯谁呢?"

妻子的嗓门明显提高了一截,要不是儿子刚好从卧室里出来,这个早晨恐怕会过得很慢很慢。尽管如此,妻子还是说:"你不睁眼看看,这房子能比棺材大多少?"这还不算,说这话时,她把两手拢成一个方格,认真比画了一下,好像真能把一个人框进去似的。

他不再吱声,趁儿子洗漱的空隙,他给自己灌了一大瓶开水。开出租在城市转悠的时候,他会时不时地感到口渴,为此他给自己备了一个容量五升的大瓶子。他常常会有一种奇怪的感觉——如果瓶子空着,他心里就不踏实。所以他把瓶子灌到了顶满。

这时候,儿子的闹钟响了。妻子拍停布谷鸟的叫声,又朝他瞪了一眼。早晨已经不早了,妻子开始往外走,他不自觉地长出了一口气。但是,她还是撂下了一个让他无法回答的问题:"什么时候能有个可以下蛋的窝啊?"

而后是摔门的声音、电梯报楼层的声音,以及从远处传来的难以名状的窸窣声。再之后,是清晨的莫名的清寂。

下蛋——自打国家放开二孩政策,她总会隔三岔五地提到这个词。他不是不懂她的意思,他知道,她这么说是有所指涉的——在这个家里,卧室只有一间,床也只有一张。晚上,他睡一头,妻子跟儿子睡另一头。很多时候,如果回去晚了,他宁愿在车里凑合,为此,他在后备厢里塞了一床被子,还有一个也用作靠垫的枕头。他们都记得,有一年暑假学校组织了夏令营,儿子要去外地游学半个月。送走儿子的那天晚上,他没有跑车,也没有做别的事情,而是早早地回了家。他像疯了一样,没等她收拾好碗筷,就把她抱到了床上。他们在床上来回滚了好几遍,就像庆祝什么似的,一直做到他们都觉得有一点尴尬时,才算停下来。她问他,他们多久没做了,他回答不上来。事实上,他已经不记得多久没跟她做了。他想,似乎在房子这件事上,女人总比男人要执着。他记不清是谁说过,这是作为动物的天性,由生理决定的。就拿妻子来说,自从妻弟结婚之后,她便很少再回娘家。她说那是她弟媳的家,而不是她的家。她认为只有女人才能成为一个家的主人。尽管她说得挺复杂的,但他对这句话的理解是,她们在那儿能够拥有更为自由的交配权。他虽没有读过多少书,却知道古人管那个叫房事,也就是说,那是跟房子有关的事。

儿子是先刷牙再洗脸,但他刷得很慢,像没睡醒似的。他把儿子的书包挎在胳膊上,也不催儿子,转身在屋里踅摸了两遍。

的确,在房子这件事上,他自知是亏欠她的。结婚之前,她就跟他提过,一定要有自己的房子,即便婚前没有,婚后一定要有。他当时觉得她还是很爱他的,毕竟在时间上没作具体限制,就给她献上戒指,顺便画了一个大大的饼子,说,很快会有,一定会有。可是,时至今日十多年过去了,他从装修工人做到了出租车司机,她从普通的服务员做到了领班,饼子依然是饼子,至于房子嘛——他们现在住的是一套四十多平方米的公租房,一室一厅,外加一个小厨房和一间集淋浴、洗衣、厕所于一体的卫生间。当然,阳台也是有的,只是小一些,而且常年挂着尚未晾干的衣服。

"真是太小了,"连读小学的儿子都这么说,"想藏个什么东西都藏不住。"

大概是三年级下学期,儿子瞒着他们买了一沓全套的奥特曼卡片。为了防止他们发现,他把卡片分成大小不等的五份,分别藏到床底下、书桌下、厨房、卫生间,以及阳台上那盆枯死的栀子花下面。一个星期之后,妻子在收拾房间时先发现了床底下那份,撕了。又一个星期之后,发现了书桌下的那份,扔了。再之后就是卫生间和阳台,因洗澡水和雨水的浸泡,两沓卡片都霉变了,黑黢黢的,带着一股经年的酸腐味。最后是厨房。厨房那份所以能撑到最后,属于灯下黑——儿子把卡片塞进了两个退居二线的泡菜坛子里,可妻子没有闲心再伺弄泡菜了,为了腾出一点切菜的地儿,她把两个泡菜坛子推给他,叫他扔到楼下去。那些卡片,连同两个泡菜坛子都落到了他手里……

事后,妻子还不放心,教他从儿子的心理出发,检查房间的每一个角落,床肚、柜脚、门后,以及抽水马桶的水箱——不能怪儿子抱怨,在这个家里,实在找不出一个可以藏东西的地方来。他把自己想象成儿子,可他发现,在藏东西这件事上,他并不比儿子高明多少。毕竟,他不做儿子已有二十多个年头了。

闹钟响了第二遍。儿子洗漱完,又进了卫生间。他拍停闹钟,问他是大的还是小的,儿子没回答,但他能感觉到儿子在用力。于是,他走到阳台上,给自己点了一根烟。儿子在家的时候,他想抽烟,只能去阳台。阳台上,那株栀子花还在,只是早就枯死了。就在昨晚,他还想重新栽一株——据说有一种天然的有机肥料,只要处理得当,可使栀子花开出血色,非常漂亮,而他刚好拥有两坛那样的肥料……可现在,他觉得,把那个小小的紫砂盆拿来当烟灰缸,或许更合适一些。

要说毛病吧,其实是小毛病。弹落一截烟灰,他又长长地吸了一口,直到确认那股柔软的东西抵达了身体的最深处,他才缓缓地嘘出来。按他跑车多年的经验来判断,无非是电路老化,或插接口受热粘连,不然还能是什么呢?他只想了一点点,就懒得去想了。好多事他都懒得去想,就跟老化的电路差不多,想多了会粘连。他把将熄的烟头掉过来,又接了一根。

空车标识打不开,对于以载客为生的出租车司机来说,就是自断客源,没法跑了。要么修车,要么休息,他看看时间,现在是上午八点多,就是说,这一天才刚刚开始。不知道为什么,他已经感到口渴了。他将车速放慢,很慢很慢的那种,类似于滑行,就像一条不受支配的小船,随波逐流地朝前漂着。这期间,他单手拧开杯子,灌了几口水。再后来,车子就"漂"到了滨河路上。

他很清楚自己的位置。事实上,以往拉不到客人的时候,他也会转到这条路上来。这是一条空落落的柏油路,因为少有人走,所以显得格外干净——在这座城市,有一条贯穿东西的河流,把城市切成了两半。就着天然的地势,人们把河堤改成了沿河风景带。滨河路是顺着风景带修的,几乎全被树荫和花影遮住了,很适合偷工或者补觉。特别是夏天的午后,出行的人少,很多拉不到客人的出租车司机都会把车停到这儿来,成排地睡觉。在这个到处装有"电子眼"的城市里,能找到这么一个停车歇脚的地方,哪怕只是临时性的,他们也是欣慰的。

车子最后停在了一家紧贴河堤的汽车修理厂前。似乎是车子将他带来的,而不是他自己开来的——到了门跟前,他才发现老板根本不在。整个场子里,除了那条拴着铁链的大黑狗吠叫了几声,别无活物。下了车,他又点了一根烟,既没掉头的意思,也不急着给老板打电话。也不知为什么,他为自己吃了闭门羹而感到一点点窃喜。他安慰自己,既然这里不巧,别处也未必就巧。再说,这是他定点的修理厂,老板与他早就认识,他这辆二手老捷达就是从这儿接手的。

修理厂很小,说是修理厂,其实是由几间平房改造成的车间,既无院子,也无招牌。但平房门口的场地很大,场上停放的车辆也不少。都是越野车,车屁股上挂着备胎,备胎上各横着一把看起来极顺手的短铲。这大概跟老板的爱好有关。虽然他在这儿铺了个摊子,其实不指望修车挣钱,他更喜欢改车,确切地说,他是个越野发烧友。紧靠车间大门的那辆黑色牧马人就是他的。每年秋天,他们会组织一个车队,往西藏或新疆跑一趟。当然,他们也叫过他,还叫他加入他们的车友会,被他拒绝了。他掂量过自己,一来车跟不上,人家聊到动力、扭矩之类的东西,他插不上嘴;二来他就是个跑出租的,这辈子压根没想过会去西藏、新疆那么远的地方。他能认识汽车修理厂老板这样的人,已算意外——老板是本地人,那时候家里刚刚拆迁,正想着转行,就碰到了他。车虽是二手车,却有七成新,老板跟他解释,说是卖车,其实投资主要在营运证上,车子是半卖半送的。那会儿,他刚拿驾照,见车亲,听人说得挺真诚,就带妻子去看了。妻子从没做过生意,听老板说行情似乎不错,就同意了。其实呢,他门儿清,她哪懂什么行情呢?不过是下雨天接孩子时看人家都有车,虚荣心作祟罢了。要不,第二年也不会赶上如火如荼的滴滴打车。

场子里还是静悄悄的。他扔掉烟头,想找个地方小便。但他刚一动步,大黑狗立即警觉起来,又吠了几声。他盯着它的眼睛,对峙了几秒,那狗似乎厌了,不再冲着他,转而冲着他的车叫起来。他回头看一眼,的确,他的车糊满了已经风干的泥巴,实在不像一辆车,或者说,更像是从地下开出来的一辆车。从乡下回来之后他还没来得及去洗车。

在大黑狗的提示下,他转身朝后备厢上拍了几下,泥屑开始簌啦啦地往下落。见此情景,他又拍了两下,这两下比前次要轻,像是拍一匹与他相依为命的老马,安慰它,叫它相信他。而后,他发动车子,朝河边开去。河堤的另一边有个用石子砌成的小型码头,他之前去过许多次,为了省下洗车的钱,他用装防冻液的塑料桶做了一个简易的水桶。此刻,水桶就塞在后备厢里。

河堤比地面高出很多,站在上面往四下里看,映入眼帘的是清澈的水面、草地,以及成排的水杉树,若不看远处的高楼,仿佛不在城市里。河叫泉河,水面不宽,水流也不急。河面上泛着细光,放眼过去,能看到等距排列着的橘红色的泡沫浮标,那是有人承包了固定水域用作网箱养鱼。他把车停在码头上,先找地方小便了一下。这是他从昨晚以来第一次小便,虽然尿量不多,却让他放松不少。

如果老板不回来,他就给自己放半天假,反正他是不会主动打电话的,他这么跟自己说。他喜欢在河边洗车,夏天的午后,当别的司机成排地睡觉时,他也会到河边来洗一洗,有时候洗车,有时候也洗一洗自己——在他老家的村子外,也有一条河,比这条要宽,要清澈,给他的记忆也更多,他的先人以及他本人都是吃那条河里的水长大的。他还能记得父亲带他去河里洗澡的情景,那个身形壮硕的男人一捧一捧地朝他身上淋水,然后帮他搓洗。他很痒,但他一直忍着……

现在,他也一样,一桶一桶地朝车身上淋水,然后用刷子刷,用抹布擦。它更像一匹老马了,温驯地停在那儿,一动不动。洗完后,他在河边上蹲下来,等车晾干,或等别的什么,总之,他希望天能黑得快一点。也不知蹲了多久,直到一艘小船划了过来,他才意识到他又抽掉了两根烟。

船上有两个人,一人站在船尾,负责划船,一人蹲在船头,负责喂鱼。小船穿过那些橘红色的浮标,船头上的那个人手揽一个塑料桶,正成把地往河里撒着——那是一种由麸皮与饲料拌而成的粉末,灰白色,在老家时他见过,那东西会散发出一种淡淡的蛋白质的腥味。小船轻轻划过,他能看到船尾处翻动的鱼苗,有半斤重的鲢鱼,也有一拃多长的鲤鱼,它们争抢着、吞咽着,不时发出噗噗的搅尾声。它们太饥饿了。一桶鱼食撒下去,它们仍尾随着小船,直到下一排浮标到来,它们才被网箱的边沿挡住。这让他想起有关食人鱼的电影,以及早餐时吃下的豆腐脑。

他又口渴起来,他觉得,有一种来自身体深处的干燥感正在袭来,如果不及时喝点水,他可能会吐。

爬上车,他举起那个容量足足五升的水瓶,狠狠灌了几口,又往脸上浇了一些。然后,他又回到了修理厂。他在那儿等了一个小时,老板依然没有出现。其间,他两次找出了老板的号码,可他还是忍住了,没有拨出去。

快近中午时,他躲在一处正在萎缩的阴影里,渐渐蹲不住了。他觉得连太阳都在驱赶他,白烘烘的光斑一处连着一处,一点一点地朝他逼近——他突然想起那些大大小小的泥坑来——如果有一把铲子的话,昨晚应该不致在泥坑里撅半天吧。于是,他跑到老板的那辆牧马人后面,把那柄看起来极顺手的短铲拆了下来。那是一把木柄铁铲,他拿在手里掂了掂,确实挺称手的。

他得动一动了,他想。这次他开得很快。身后,那条大黑狗像是受了某种刺激,拼命地叫起来。

再次接到妻子的电话时,已是下午四点多。妻子提醒他,快到接儿子的时间了。他慌乱地收拾好被子,又往脸上淋了一些水,以为错过了什么。等他把车子启动,再点上一根烟,才发现这个世界一点变化也没有。

车是洗了,车灯却没修。他在滨河路上的某株合欢树下睡了四个小时,午饭也没吃。倒是那瓶水,已被他喝去了三分之二。

接儿子也是每天的程序。儿子就读的是一家私立小学。这家学校的好处是它自主招生,不分学区;负面问题是学费高,而且离家远——他们住在城南郊区,学校在城北郊区,穿过整座城市的过程中,他们要转三次弯,还要穿过一座泉河桥。

泉河桥不长,却是全城最拥挤的路段之一。他计算过,每次穿过泉河桥,他都会消耗五六根烟,而且他还会想起老家的那座桥。他带儿子回过老家,他们一起走过那座大桥。那座桥真是太长了,一头搭在村子的出口处,一头搭在去往县城的公路上。记得有一年清明,他带儿子回去上坟时,儿子一见到那座桥就兴奋得不得了,喊着彩虹,彩虹。儿子觉得它像彩虹,还问他像什么。他想了一会儿,说像脐带。他不是乱比的,事实上,他的确梦见过那座桥,肉做的,上面有血管,也有脉络、神经,他战战兢兢地走在上面,每走一步都会疼好一会儿。儿子被吓着了,伸手去摸自己的肚脐眼。儿子还不知道脐带为何物。他告诉儿子,人刚长成一个人的时候,就是靠脐带提供营养的,但是,一个人的真正成长却是从剪断脐带的那一刻开始的。儿子不懂,也没想到爸爸能说出这么难懂的话,但他不太愿意回老家去了。

"怎么是'有客'?"儿子坐上车,似乎很讶异。往常,哪怕是接送儿子的路上,他也会打出空车标识,顺道拉客。妻子跟他说过很多遍,放空一趟都是损失。

"坏了。"他指指标识灯跟儿子解释说,"等会儿把你送回家,我再出来修。"儿子哦了一声,拿眼睛的余光去看他,觉得他像另一个人。回家的路上,他想用手抚一抚儿子的后脑勺,可儿子怕痒似的,一偏头,躲开了。

再次从家里出来时,已是晚上七点多了。他没给修理厂老板打电话,而是直接朝滨河路开去。滨河路上要安静一些,路灯也只亮了一排。路边的风景带里,有塞着耳机跑步的年轻人,也有逮住一棵树死磕的老年人,还有人踢着散碎的步子在遛狗。他继续往前开,人渐渐少了,最后他在离修理厂还有几百米的地方停了下来。那是一片树林,背靠河堤,离马路还有一段距离,从外面看过去,黑压压一片,什么都看不到。他从树林的最外沿分辨着那些树,但他认识的不多。不过这并不重要。而后,他从后备厢里拿出短铲,朝林中走去。他只想找一棵最大的、特征明显的、容易被记住的树,至于是什么树,真的不重要。可是,正当他四处打量,想要寻找一棵中意的树时,却突然听到一阵窸窸窣窣的声音。他惊了一下,赶紧稳住脚步,掏出手机,打开手电筒朝前照。这一照,果然照到一个人,一个与他年龄相仿的人。那人也拿着一把短铲,此刻正躬身在一棵大树下忙活着。那棵树很大,正是他在寻找的那种。可他还看到,那人的脚边摆着一团毛茸茸的东西,黑色,体积颇大,像一堆揉破了的毯子。他又凑近了一些,终于看清楚了,那是一条死狗,一条体积硕大的死狗。大概那狗是被药死的,他还看到,它的嘴角糊满了白色的沫液。它死前一定很痛苦。

他停住了，没再往前走，不是怕惊扰了那人，而是他自己感到恐惧，他能感觉到自己的头发竖了起来。他跑了，像一个被人当街唾面的贼，跑得慌不择路。

回到车跟前，他迅速打开后备厢，把铲子放了进去。后备厢里，除了被子、水桶、铲子，还有两个圆鼓鼓的泡菜坛子。坛子密封着，一个上面画着加号，代表父亲，一个上面画着圆圈，代表母亲。那是他昨晚从老家带回来的。

坐回车里，他想给自己点根烟，可他太急了，连按了几次打火机，也没打出一个火星来。他没再按下去，而是趴在方向盘上哭了起来——双肩颤抖着，就像小时候受了委屈一样，小声地啜泣。他知道，那两个坛子会一直留在他的后备厢里，明早，他会带着它们穿过整座城市，赶往学校，明晚，他会带着它们去接儿子，再从城市的另一头穿行到这一头。这中间，也许他们会在某座商场的地下车库里稍作停留，也可能从某段繁华的闹市里穿过，也或许一直都在路上。

他没再往修理厂去，也没急着回家。半个小时之后，他掉转车头，朝市区开去。城市的夜才刚开始，商业区灯火通明，他用眼角的余光看向四周，嘈杂的人群、高大的楼宇，还有亮着各色灯光的广告牌。他能听到他们的声音，却不知道他们在忙些什么。他穿过它们，却从未真正了解它们——他能记住每个小区的名字，也能摸清每座商场的位置，他的脑海里有一张关于这座城市的地图。跑出租的，每个司机都是"活地图"。但是，也只是一张地图，很多时候，他穿过这座城市，跟穿过一张标有各式地名的图纸并无两样。

他的车顶上，仍亮着"有客"二字……

（原文发表于《青年文学》2022年第1期，并转载于《小说月报·大字版》2022年第3期，有删改。）

桃花开了

赵丰超

一

桃花村在大山深处,早些年没通公路,去一趟县城来回要花三天。那时候桃花村虽以桃花为名,却不种桃树,因为种了也卖不出去。乡人倒想往外走,可惜没门路。末了,还是我大哥,也就是陶大根,打破了桃花村的纪录,成为全村第一个真正意义上的大学生。人们说他山鸡变成金凤凰,算是走出去了。这事儿在当时很轰动,再加上山里人本就好排场,于是,我爸举全家之力张罗了一场颇为盛大的升学宴。

本来呢,以大哥自己的性子,是不想办的。按他的意思,刚刚挂上本科线,说是考上了,其实跟专科没啥区别,办升学宴反叫人笑话。我爸却不这么认为。他把大哥的录取通知书捧在手上,拿他那只未眇的眼睛看了又看,尽管看不懂,也一个字一个字地过了好几遍。他那个年代的山里人几乎没读过什么书。我能看得出,他对字是天生敬畏的,就跟看山墙上那幅辟邪用的猛虎图差不多,虽然弄不懂啥意思,却隐隐觉得它有一种神秘力量,任谁都不敢侵犯。他还叫我给他念了一遍,而没叫大哥自己念——我爸虽然不识字,心里却有数,他一方面要考考我的识字能力,顺便激励激励我;另一方面也求个实证。确定是本科之后他才对大哥说,不要去计较多一分或是少一分,没多大意思,反正是考上了。再说,咱还是全村第一个本科生,有些人才考个专科,不也摆了几大桌吗?所以说,咱必须办,咋排场咋办。

他说的是"咱",而不是"你"。"咱"这个字给人的感觉很模糊,我觉得他多少有点沾大哥的光,升学宴不只是给大哥办的,也是给他自己办的。

桃花村人管升学宴叫"烀书包",这是根据新屋落成后举办的"烀墙根"来叫的。早几年的时候,村里确实办过两回,不过他们考的都是专科,酒席也很普通,拢共四个凉菜、六个热菜。我爸认为,学校的级别上去了,酒席自然要跟上,所以他要上六个凉菜、十个热菜。他还说，酒也要好的，这玩意儿就跟说亲差不多，讲究门当户对，有好菜没好酒，就不般配。大哥点头称是。末了，我爸又交代他说，老少爷们儿吱一声就成了，算作报喜，只有你大姑轻慢不得，你得上门去接。

大哥哦了一声，然后郑重地点点头，算是表态。我们都觉得，这是一种信号，说不定我爸会以升学宴为口子，闹个顺坡下——

村里人都知道，我爸年轻时眇了一目，身体上有缺陷。虽然爷爷奶奶央人说了几回亲，却没一个相成的。在我们那儿还是讲究门当户对的，人家好好的姑娘，怎会相中只有一只眼的我爸呢？正如我爸所说，好菜得配好酒才是。眼看我爸也不小了，奶奶愁得发慌，不到五十岁头发就全白了。后来有个说媒的就点我奶奶，说村东头的朱某某也不小了，一样没相着媳妇，但是呢，他有个妹妹，怪水灵。奶奶无师自通，瞬间领会了媒人的意思——回去后，她就做我大姑的思想工作，意思是换亲。这样一来，大姑就成了那个做出牺牲的人，嫁给了我的姑父，也就是我的舅舅。说牺牲，其实有一点夸张。关于这门亲事，起先大姑还是挺称意的，姑父除了人黑一点，家里穷一些，并没大毛病，最起码跟我爸相比还是占优势的。这种牺牲主要表现在姑父去世之后——姑父四十多岁就死了，死于车祸。之后村里就开始流传一种闲话，说大姑若不是为了我爸，就不会选择换亲，不换亲就不会嫁给姑父，更不会早早地做了寡妇。

那些人身在事外，自然不嫌事大，自作主张地做了一个超现实的假设，好像我爸明知道姑父会出意外，还硬要大姑为他做出牺牲似的。闲话传开，把两家人搞得都不爽利。我爸是个认死理的人，不爱言语，也不可能去分辩，别人说别人的，他做他自己的。先前时候，我妈跟大姑之间好像有个不成文的约定，我们管姑父叫舅舅，大姑家的儿子朱非，也就是那个比我大三个月的表哥也管我爸叫舅舅。她们说这样喊显得亲，舅舅意味着血缘，姑父则更像个外人，做女人的不就图个娘家有人吗？可是，那些闲话传出来之后情况就变了，我爸开始给我们定规矩，不许我们再喊舅舅，而改成了姑父。若我们喊溜了嘴，他就会发脾气，甚至揍人。这就给我们留下一种错觉，好像他在刻意回避换亲这件事，想把双线亲戚改成单线，而且他想保留的这条线相对较轻。

在那之后，虽然两家还来回走动，却总觉得少了一点什么，至于少了什么，谁也不肯说。

二

　　幸好院子够大,不然酒席就摆到门外去了。我爸把酒席安排停当,就扮起了"知客"一角。这个活往常都是同村陶冶做的,也不知我爸咋想的,非要亲自上阵。快近晌午时,老少爷们儿陆陆续续地来了,我爸站在大门口,一面捏着大哥的录取通知书,一面跟他们打招呼。他怕人看不见,就拿录取通知书当扇子,在胸前轻轻地摇着。那天确实热,他的两鬓都在往下流汗,经太阳一照,明晃晃的。大概快要开席的时候,大姑终于现身了。我爸先瞧见了,但他没动,而是拿手推推大哥,意思是叫他往前迎迎。大哥领会我爸的意思,小跑过去把大姑的手拉住了。我爸也是真心高兴,很快跟了上去。大姑问他手里捏的啥,我爸原本灰扑扑的,经大姑一问才突然羞赧起来,黢黑的脸膛上泛出酱紫色的油光。他咧嘴笑着说,大根不争气,考了个赖的,这是他的录取通知书。话还没说完,他就把录取通知书摊开了。可惜大姑跟他一样,不识字。

　　大姑一到,席就开了。我妈本来在帮厨子打下手,一见大姑进门就凑了过来。她先挑大姑的理,说,侄子的大喜事,当大姑的早该过来帮忙,哪有到了饭点才来的?莫不是专来赚吃的?大姑朝她手背上拍一下,说,就你嘴刁,等你侄子办酒席,看你可提前来。她说的自然是朱非,跟我在同一所学校,都读高一。我妈把大姑让到上座,拍着胸脯打包票,不用你招呼,我头几天就去了。我爸哈哈笑起来,声音洪亮地喊了一声开席。

　　我爸酒量本来一般,但爱喝,那天更是没少喝,而且没人端杯的时候,他自己也喝。喝到二八盅,他站了起来,开始领着大哥给大家敬酒。大哥不好意思,推说自己不会喝。我爸端着杯子,自己先喝了一个,连说带笑地抹了一把脸,说,这个没出息的,三棍打不出来一个屁,不知道咋考上大学的!好像大哥能考上,连他这当爹的都不相信。

　　就是在这个时候,陶冶开口了。

　　陶冶是个闲人,按辈分我们管他叫叔。不光我们这个村子,方圆几十里的人都知道,他从不做农事,专以择日、选地、知客、说媒为生,说他能掐会算也好,说他装神弄鬼也罢,那年月,乡人偏偏信他的。

　　咋考上的?这里面可有道道呢。陶冶故意把声调提高,尾音拉长,说了句神神道道的话。还别说,他就有这一套本事,一说话,大家都把筷子放下了。

瞧见没?陶冶拿筷子指点着。大家顺他手指的方向去看,只见院墙边上有一棵小桃树,树上结了几个毛桃,还不如杏子大。大家嘘了一声,几个狗尿桃子有啥看头?再说,现在的桃花村正在推广蟠桃栽植,很多农户包了山头,一种就是上百亩,在桃花村讲桃树,那是一抓一大把,谁稀罕这个?

陶冶含笑点头,以他一贯的神秘口气说,要是我没记错,今年春上这树开了一季好花吧?

花?第一个注上意的就是我爸,在我们村,就数他跟陶冶关系好,而且树是我家的,他当然上心。只见他把酒杯放下,吧嗒一会儿嘴,啧啧,还别说,是有这么回事儿——春上的时候,陶小毛爬到院墙上掐过花。陶小毛是邻居家的孩子,这会儿正趴在酒席上海吃呢。我爸好像真记得一样,继续说,那花开得正经好,当时我还骂这孩子不成器,乖乖,墙头上都是瓶碴子,咋不怕割着蛋喽。大伙哄笑了一回,陶小毛嘴里嚼着菜,尚不知道我爸说的就是他。

我爸没再接着往下桌敬,而是挨着陶冶坐下来,拿酒瓶给他满了一杯,意思是要他往下说。陶冶端起杯子,不慌也不忙,咕叽干了一个带响的,然后才说,这花可不是乱开的,你们想想,头几年哪开过这么好的花?

我爸怕是被他唬住了,闭眼回想了半天,然后摇摇头,像是真不记得了。估计陶冶也只能唬住我爸,就他那套模棱两可的话——别说几年前的事儿,是个正常人都记不住,就算记住了,什么叫开得好?什么叫开得不好?有个标准吗?陶冶又呷了一口酒,慢吞吞地说,桃花一开,就出人才,大根是托了这棵树的福啊。说完这句话,他把酒杯重重地放在桌子上,这一放,与人恍然大悟时拿手去拍大腿简直有异曲同工之妙。桃花一开,就出人才。我爸把这话放嘴里咂巴咂巴,乖乖,这个陶冶就是不简单,说出话来还顺嘴儿还深奥,让人既摸不着头脑又心生佩服。他给陶冶又满了一杯。

为了证明考大学和桃花之间有着必然的联系,陶冶还说,树也是生命,灵着呢。不信的话,你们可以问问陶花是谁救了她的命。

陶花就是我大姑,我看得出,她这会儿也是真心高兴,喝得脸上红扑扑的。听了陶冶的话,她微微一愣,好像陷入了回忆——有一年发山洪,水势特别大,不但摧毁了好些村庄,还冲走了不少人,大姑就是其中之一。她被洪水卷走,很多身强力壮的男人都没逃过那一劫,她却活了下来。后来,这件事被传为奇谈,听者都以为必有神助,山洪滔天,那是自然的力量,一个姑娘家怎么抗争?大姑说,好像确有神助,我揪住一棵大柳树,在上面趴了两天两夜,才被人救下来。好多人都见过,每逢初一、十五,她都要去那棵大柳树下拜一拜。

可是呢,大姑多少还存有一些疑虑。她说,大水里面树最高,拽住树能活命,这是常理。要说考大学跟树开花有啥关系,这个……她不便明说,但显然不能全信。她还举了例子,说,隔壁那个孩子跟大根一起考的试,咋没考上?

大姑说得颇有道理,我也不信陶冶的话,我们都在等着他出丑。却听陶冶慢悠悠地说,这你就不懂了,北京、上海也有人考不上,关这棵树什么事?要说这树一开花,全天下的学生都考上大学,岂不是扯?这树啊,跟牛犊子一样,长谁家里,劲儿往谁家使,要是长在你家,朱非比大根还出息哩。

三

高二下学期刚开学不久,有天晚上我妈给学校打来电话,说完生活费的事,有意无意地提到了那棵桃树,说树根被猪拱过,怕是活不成了。我们还聊了很多别的事,比如大哥的生活费高了一些,许是谈了女朋友,我爸脾气大不如前,现在经常喝酒之类。能说到那棵树,有点意外,毕竟我跟我妈都不信陶冶的话,从没把那棵树上升到需要打电话去谈的地步。但是,话题一开我就听出了问题,原来拱树的那头母猪偏是大姑家的。这就应了那句老话,不是冤家不聚头。不用说我也能猜到,刚刚缓和下来的兄妹关系,恐怕又要紧张起来了。

因为关系到大姑家,我妈就继续往下讲,说当时我爸正在屋里听评书,大概是单田芳讲的《白眉大侠》,听到要紧处,忽然听到院子里有动静,他就跑出去看了一眼。这一眼不当紧,再回来时他就像变了一个人。我妈说,他回身提了一根粪叉就往外面跑,谁能想到他这个年纪还能撵上一头撂槽的猪呢?我差一点笑出声来,从某种意义上说,我爸是有任侠精神的,这一点在喝酒上也有体现——母猪虽然没死,却被他戳了三个窟窿。我妈是事后才知道的,那时大姑已经在村口嚷开了,大意无非是我爸如何凉薄,如何小题大做,如何不讲情面。事实上,我爸也是在捅过之后才知道那是大姑家的猪。虽然他没说,大家却能看出来,连他自己也觉得这事弄过头了。

我妈就劝我爸,说这事儿确实赖他,该去给妹子投个诚,道个歉,要不然亲戚就没法走了。我爸那个人,天生有股子犟劲儿,怪得很,你越是证明他的错误,他就越不承认错误,说不定还给你来个恼羞成怒。我妈知道他的脾气,要是不讲他的错,说不准他偷偷摸摸地就去把歉道了,现在劝也无用,只好自己去找大姑说道。而我爸呢,只顾去扶那棵树,一气不透。我能感受到我妈的不易,其实赔礼道歉甚至赔钱都不是问题,关键是夹在我爸和大姑之间,既要扮演嫂子,又要扮演大姑子,这样一来,只要一张嘴,说什么都是错的,岂不叫人别扭?临走时,我妈朝我爸狠狠叨咕,上辈子欠你们家的,咋就摊上你这么个人?我爸没有吭声,倒是从兜里掏了几百块钱递给她。

大姑没有要钱。事情怎么聊完的我不知道,我妈也没有细说,反正钝刀子切肉慢慢磨叽就是了。等她回到家,天已经黑透了。我爸既没吃饭,也没睡觉,而是蹲在院子里抽纸烟,烟头一明一灭,孤峭峭的。我妈还看到那棵多灾多难的桃树,此时已被我爸扶正,母猪撕咬过的树皮也被他用淤泥糊了一层,整个树干就像骨折的人打上了石膏,胖了一圈。这似乎应了某些事——大哥报志愿的时候,他说报医生吧,医生好,治病救人积大德。他不知道大学里没有医生这个专业,大概指的是临床医学。我隐隐觉得,他的想法与姑父有一点点关系,却不敢向他求证,现在看来,或许他自己也有相关的志业呢。最后,我妈把钱丢给他,他没进屋,接着又给自己点了一根烟。

事情就是这样,那株桃树惨遭横祸,看来是不会开花了,虽是那头母猪挑的事儿,我爸跟大姑之间却多了一点什么,而到底多了什么,大家都知道,但谁也不说。

四

那株桃树又开花了。

消息本身没有长腿,却比兔子跑得还快,一会儿工夫就传遍了桃花村。这当然要归功在陶小毛身上,我妈说过,一般大的小孩都玩不过他。这话不是夸他,爬高上低,掏蜂窝、逮知了,确实是他的拿手活。就拿这天早晨来说,天刚麻麻亮,他就爬到了我家院墙上。那架土墙已经很有些年头了,墙顶上披着一头青草,草丛里被我爸撒了酒瓶碴子,说是防贼来着,其实连陶小毛都防不住。

陶小毛在我家土墙上拢共掏了五只蜜蜂,全都装在一个经过改造的酒瓶里。他把酒瓶子拢到耳朵跟前晃一晃,蜜蜂嗡嗡叫着……就是这个时候,他一打眼,就看到了那株桃树——现在它特别不成气候,低矮、丑陋,根茎焦干,就像一个被岁月抽空了的干瘪的小老头。说实话,若是换作别的树,恐怕早就受了刀斧之刑,成了灶膛里的柴火。可是,就是这样的一棵树,现在竟然开花了。从高二下学期到高三下学期,它熬过一个寒冷的冬天,愣是没变成柴火,反而在这个不甚温暖的春天开花了。

陶小毛是第一个看见花的人,他骑在院墙上没动,随即把瓶子掖进裤腰,双手拢在嘴前,朝四下里咋呼起来。

我爸是第一个听到咋呼声的人。他披了件袄子就往院里跑,正好看见陶小毛从院墙上哧溜一声滑了下来。但他顾不上呵斥这个"窜天猴",一边扣扣子,一边往树上瞅——是,是,确实开花了。

一朵,两朵,三朵……我爸仔细数了一遍,但没数清楚,他本来就眇了一目,看东西不真切,再说,一些半开半苞的,算还是不算呢?他又数一遍,还是不清楚。算了,反正是开花了,至于开出多少朵已经不重要了。

我爸见过的桃树多如牛毛。近几年政府搞乡村建设,认为桃花村应该名副其实,鼓励大伙儿都种桃树——我们家是最先响应的,在后山包了一百多亩坡地,种了近十万棵。作为果农代表,我爸还曾应邀参加县里举办的专业培训会。但是呢,栽了那么多桃树,看了那么多桃花,卖过那么多桃子,他却没像今天这么正经地去看,去数,甚至去闻。那花确实漂亮,粉里透红,艳艳的,一朵一个样,特别是那些没放苞的,好像芯里憋了虫,正努着劲儿往外拱。他踮起脚尖,像大鹅一样把脖子伸了又伸,鼻头终于挨着了最低的一朵花。几口气闻下来,他发现一朵比一朵好闻。那个味儿哟,说不上香,也不是甜,就是巴巴的好闻,硬往人脑子里钻。

没过一会儿,我家院子就挤满了人。他们都是听过陶冶闲扯的人,也知道这棵树被母猪拱过的事实。我觉得他们并非真心想看那些花。这时候,我爸已经找来稻草,湿了水,一根根搓成草绳,围着树干绕圈圈——他怕年后倒春寒,冻着喽。

噫嘻——看来又要出大学生呀。有人挤在最前面,高声地说。也不知是羡慕还是不屑,他故意加了"嘻嘻"俩字,而且把"嘻"字的尾音拉得特长。我爸抿嘴不说话,只顾干活,他给桃树绑好草绳,又在树根周围打了一圈护栏。那人看他不接腔,起意要捉弄一回,就伸手折了一根长枝,那根枝上有三朵花,全是半开未开的。我爸正往栏杆上掌钉呢,一见他手上的花枝就急了,起身朝他肩膀上狠狠推一把,把那人推了个趔趄。显见地,我爸想找他弄事情。看热闹的人赶紧把他们拉开了,又有人冲那人说,这棵树就是他的心尖子,别说你,就算他亲妹妹养的猪,还不是照样给捅了?看似在批评那人,其实在奚落我爸。但我爸不管那么多,涨着脸只管掌钉,谁都看得出来,他正跟自己拧着呢。

这时候又有人说,今年小根算稳当了,管考个"211"哟。一听这话,我爸不拧了,而是眉眼挤作一团,咧嘴笑了。他怕那人把话说冒了,赶紧出来辟谣,说啥"211"不"211"的,考大学跟开花不开花一毛钱的关系也没有,考大学这个事儿啊,还是得靠自己。

那人听得腻烦,又撑我爸,假牙,没有一毛钱关系,你还给它扎草绳、打栏杆?我爸不接他的话,起身给那个说好话的人散了一根纸烟,自己也点一根,然后往树底下一蹲,龇起黄牙喷烟玩儿,反倒置身事外了。

五

大姑是下午来的,来的时候她还提了一箱酒、一条烟。

那会儿我爸泡了一缸子浓茶,正眯着眼睛在房檐下听评书,一见大姑进门,倒蒙住了,反是大姑先说的话。她打客气说,朱非没来得及给他舅拜年,我替他拜年来了。我爸脸猛地一红,起了身,竟不知道说什么。还是我妈迎了出来,把大姑往屋里让,说,大根、小根也没去给你拜年。

关于拜年这件事,其实我跟大哥都很愿意,只是我爸不许,说大姑比他年纪小,就是拜,也得朱非先给他拜。这就拗住了,大姑是一个人过活,本就没有主心骨,再加上那些闲话吹的,她多少觉得自己确是牺牲最大的那一个,孤儿寡母的,怎会差朱非先来拜年呢?所以说,我爸这个人就是太好面子。

大姑把烟、酒放屋里,没坐,转身又回了院子。我爸和我妈都很没意思,站也不是,坐也不是。按理说,捅了人家的猪,至今也没有什么实质性的表示,该去给她拜年才是。现在呢,偏偏是她先来了。我妈磨不开脸,就给大姑倒了一缸子热水,顺便拿胳膊肘顶了我爸一下。我爸自知理亏,把头低下去了。

大姑也怪,突然走起亲戚来不说,还顺着墙根转了一圈,眼睛直盯着那棵桃树。

神了,神了,她嘴里念叨着,时不时地"嘻嘻"几声,像是感慨,也像吸溜口水的声音。这花真排场。她把那棵树夸了一番,虽然用不好什么新鲜词儿,却是真心赞叹。我爸就更纳闷了,两家走僵的事儿,虽说是那头母猪挑的先,毕竟源头还在这棵树上,她怎么非但不杀气,还净夸它呢?他往院里搬了两把凳子,示意大姑坐下说,自己却靠墙蹲着。

大姑还在夸,只是夸着夸着就改了口,开始夸大根哥。大姑似乎很会夸人,且善用比方,说小时候大根后脑上就有个包,像天眼,怕不是睡着的时候也能学习,怪不得能考上大学。夸完大根,她又夸我,说我脑子聪明,学习起来像喝书。这种说法,我还是头一次听到,我的成绩中等偏上,没她说的那么好,更当不起这个"喝"字,但我能感觉到——大概在没读过书的人眼里,知识就像一种食物,且属于液态,差不多跟牛奶一样,能解来自灵魂深处的渴。

小根今年算稳当了。大姑也像村里人那么说。她还说,恐怕要比大根强,大根也就走到省城,我看小根能走到北京、上海去。要是换作别人这么说,我爸肯定笑眯眯地受用,可这话是大姑说的,他多少要存疑一点,况且他还在五里雾中,没弄清大姑今天是怎么了。所以他尽量把话往小收,说,北京、上海就别指望了,能到省城就是他的福分。

要是朱非能挂上小根一半就好了,大姑突然转了话头,说起朱非来。朱非跟我在同一所学校,他的情况我知道,除了化学略好,其他科目都不行,要说考本科确实难了点。而且,最近他的心思不在读书上,老想着挣钱,据说他琢磨出一种以桃子为主要成分的饮料来,比"水蜜桃"还好喝。我到他租住的房子里看过,那间屋里摆着大大小小的罐子,还有几包捣碎的桃渣。见面后,他端出一杯淡黄色液体叫我尝尝,我没敢。他跟我介绍说,他已经在申请专利了,下一步就是退学,然后开工厂,把老家的桃子做成饮料,卖到全国去。说到饮料,他连名字都想好了,就叫"淘气",又有桃子的味道,又带可乐的气儿……这些事儿我不好跟大姑说,又怕她问起来,就借着给他们添水的工夫,进屋去了。

也不知是从哪说起的,等我再出来时,大姑已经在说姑父了。

姑父的事我是知道的。十几年前吧,他买了全村第一台拖拉机,本想靠它发家致富的。但他没料着,偏偏是那台拖拉机害了他——要知道山地本就不好伺候,拖拉机又不比黄牛灵活,在翻耕一块贴山的坡地时,拖拉机顺坡滚了下去。大概姑父舍不得撒手,就跟拖拉机一道栽进了山沟里。按道理说,他的伤不算致命,但我们村离县城太远了,等人用板车把他拉到县医院,他的肠子已经流了一车,再抢救也不行了。关于这件事,我虽然没有亲眼看见,却听人说过许多遍,为此我经常做梦,有时候梦见姑父蹲在溪边洗肠子,有时候梦见我已经长大成人,还买了小汽车在山路上跑,但是跑着跑着方向盘就不听使唤了……

虽然那件事我们都很清楚,大姑还是讲了一遍,而且比以往任何时候都讲得透,说了很多我们不知道的细节,比如姑父在板车上一边把肠子往肚里塞,一边喊朱非的名字。直到他咽气的那一刻,还在交代大姑,一定要让儿子走出去啊……我不忍心往下听,干脆到院外去了。我妈也听不了这些话,那是她一个娘的亲哥,她打一开始就在抹眼泪。尽管我爸眇了一只眼,我还是能看到,他那只好眼里面也湿了。也不知道他憋了多少力气,整个脸膛跟猪肝似的,又过了几分钟,他终于挤出来一句话,妹子啊,是哥对不住你啊。说完他把头深深地往下埋,在他面前,烟头已经堆成了小山似的一个包。

三人终究哭了一场。这些年来,在他们之间少的那一点,又或者多的那一点,或许都能在这一场痛哭中消化掉吧。

后来我给他们打了一盆水。洗过脸,我妈拉着大姑的手说,晚上别走了,我这就做饭去。说完她转身就要往厨房去。偏在这个时候大姑把她拉住了。大姑似乎也有难处,憋了老半天才说,姐,我跟你商量个事儿能成不?我妈转回身子,稍微愣了一下,我爸也是,甚至连我都听出蹊跷来了。以往,大姑是管我妈叫嫂子的,也就是说,她跟我爸是亲兄妹,她是顺着这条线来叫的。但是,这会儿不知怎么了,她突然改成了叫姐。事情很明白,这种称呼是从姑父那儿转过来的,毕竟姑父是我妈的亲弟弟嘛。

弯子拐得确实突然了一点,不过我妈很快就平复了,而且显得很高兴。她反过来抓住大姑的手,说,你就开口吧,不管啥事儿,只要姐能帮上的,绝不叫你的话掉地上。

可能大姑等的就是这句话,她巴巴地看着那棵桃树,终于说出来了。她说,把这棵树让给我可好？我赔你一百棵好的,都比这棵能结桃。

　　看来,大姑要的是桃花。的确,那棵树上的花儿开得真是太好了。可她不知道,朱非要的其实是桃子……

(原文发表于《西部》2022年第1期,有删改。)

春光曲

徐春芳

迎春花拉开
春天的门把手

天空的曲线
高远如被诱惑的信仰

鸳鸯浮在水面上
如小朋友摆开的两只纸船

阳光的烈酒弥漫
芳草长满了远道
我的心情字迹潦草

我走过的路,步步惊心
我爱过的人,温暖如春
我眼前的日子,繁花似锦

那宁静得没有涟漪的日子
在灵魂的幻景里,闪着粼粼波光

（原文发表于《诗刊》2022年第10期上半月刊。）

在江边

徐春芳

芜湖的下午
长江裹着泥沙流淌

一只鸟飞过,它的消失
让辽阔的天空更加空旷
江山沉入孤独,几朵野花
努力听懂微风的手语

这一刻,走近逝水
浪花奔溅在掌心里
让我想起流走的日子
似乎还在什么地方弹奏

时间统治着——
打扮得漂漂亮亮的万物
簇拥在一起的芦苇
阳光停泊在木叶上
仿佛拥有肌肤的弹性

江上往来的船只
逆流而上的,顺流而下的
都吃不透混浊的水深

偶尔跳起一条鱼

瞬间传来了
生命不可测的回声

（原文发表于《诗刊》2021年第1期上半月刊。）

论背叛

徐春芳

人生，多少相识
大梦一场
初见，月光晶莹如雪
填满了春风和洞穴

夕阳在我脸上，像创口贴
找到隐秘的疼痛
人心，没有雷达可以识别

平原里隐藏了多少丘壑
笑容里潜藏的刀锋
割伤了灵魂，猝不及防

美梦有几多高潮，孤寂有几克
你的快乐显现在底片上
带着我远离湿漉漉的幽灵船

光阴只留下一汪沉默树影
盐与糖的味道在我舌间
嗡鸣着戏剧的尾声

赠　内

徐春芳

我和你在一起的日子
月亮也圆了二百四十多回
添了两个儿子,和一个小家
眼前的灯火流淌着迷醉

你的手有着新剥荔枝的温柔
你手上的香气,散发着人间的幸福
耳朵倾听着阳光白花花的呐喊
灵魂的钥匙打开梦想的乐曲

相遇很难,一生的爱更难
记忆的老虎落光了牙齿
走过的路何其蹒跚和修远

月光在我们脸上添了一层釉
那是点燃的憧憬在飞溅——
梅花和白雪落满庭院

雨霖铃
徐春芳

蝉声里,乌云行走得匆忙
你的背影在细雨里萧索
芭蕉叶上泪珠幼嫩的婆娑
开始了此刻无尽的因果

那天,梅花是你脸上的晨妆
蔷薇在风中颤抖着
浮生如小船在湖面搁浅
千万种心绪叫得荷花红红、荷叶田田

我没忘,月光如残雪飘落
那短暂的回眸更让我害怕
我在玻璃窗上抚触雨滑腻的倾诉
进入一封信,你已是模糊的字迹

花开花落,是人世的缘法
残阳在枝头上含笑而不答
世界是蜷缩在黑暗角落里的一只小黑猫
命运不小心就踩了它一脚

青山新添了一笔白头
落款的月光陈旧而忧伤
我的绝句和日子散发着酒香
让梦中身氤氲了一段花前过往

灵魂的描绘
徐春芳

动物性的自我
冰封在河流表面的游鱼
神性的自我
开始艳阳高照

黑盒子里隐藏的光芒
滑落出钻石尖锐的伤痛
揭开戴在命运面孔上的面纱
人生的饥渴舔着光阴的色影

弯月的钩子,曾经在高远里
钩住一个人流泻的寂寞
常见的被无视,无视的
最终捅出致命一击

用什么填满身体里的黑洞
飞升的灵魂在风暴里摇摆
天空是供星辰翻滚的床单
我在沉默和尖叫里获得快感

被镜子和秩序捆绑的自由
期待跑道上金属齿轮的呼喊
生命如此而已,一粒随手丢下的种子
歌声的藤蔓在原野里晃动

论世界

徐春芳

我看世界的眼,是深情
我对世界的爱,是慈悲

一朵朵春风
吹奏彩色的鸟鸣

一粒粒雪花
像你的目光那么干净

我在红尘里更衣净身
泡一壶你唇齿的余温

向炭火和竖琴
索要火红而沸烫的吻

天空悄悄打开客厅
招待那些做梦的星星

当词语长满苍苔
我就不再作为诗人存在

论往事

徐春芳

高跟鞋踩着歌声的骨头
旧时光开始飘落羽毛
往事遭到了冷枪的伏击
血淋淋地等待瘫痪在床
你走进人生的谜语
心在词语的密林里潜逃
我的肉身像一只沉船
在苦海底部用静寂呼喊
瓷器的裂纹已成为古董
在伤心太平洋里抵抗空虚
我需要打捞急于出水的悲伤
沉默珍视漂泊哼唱的故事
而我在星夜,抚摸梦的暗斑
此刻,东山上升起了月亮

论 诗
徐春芳

南宋似乎是南唐的仿制品
纳兰性德似乎是晏几道的仿制品

一些微雨,一些落花
在词语里如千纸鹤飞舞

我不喜欢大漠孤烟的孤寂
我不喜欢秋风扫落叶
扫掉了那么多金梦的翅膀

美的病毒,从无可救药的角度
感染了我爱的心脏
那些绝望,那些小剂量的祈祷
让光阴变成了停尸房

我老了,需要戴上呼吸器
回想起积淀的好心情
朝圣者,跪倒在永恒的哭墙

论新年

徐春芳

暖炉前，一家人的脸
盛开着红玫瑰的祝福
中国结，垂在门上
与春联的传统相遇

沉默凝固在酒杯里
今夜的灯火带着舞蹈的节奏
笑声发出欢快的电流
喧嚣在和天空中的星辰搏斗

钟声涌荡歌唱的泉水
我的江南开始绿意葱茏
人生里，多少故事被注销
包括诗歌里的飞翔和苦痛

信仰为灵魂穿上外套
经过落日和梦想的盘点
结束了一年，褪下的衣衫
坚持为世界赤裸而白皙的秘密祈祷

论感觉
徐春芳

东风在柳条上起伏着欢乐感
手轻摸着初春阳光的肉感
芦苇在风中有摇摆感
天空的蔚蓝擦亮了教堂的仪式感
花瓣上的露珠滴淌着性感
小径边的野花撑开了寂寞感
回荡的笛声发出行人步伐的凌乱感
你扫过我的眼波有醉酒感
内心的空白被你的脚踩出了充实感
那些日子喂食了故事的甜蜜感
和你的相识有宿命感
镜子里眼角的皱纹画出幻灭感
人生的火焰闪耀着悲伤的无助感
眼前的江山打开早晨带笑的敏感
开悟的灵魂翻涌起波浪的爆裂感

词语的颂歌
徐春芳

我一开口,就是小谢
在夜晚荒凉地、荒唐地出现
她的笑容是丰盛的晚餐
让我本能的味蕾贪恋

她的黑发从繁体字里
扫过我的手、我的梦
她是我的梨花、我的蜂蜜
在秘密森林里敞开了枝叶

夕阳的雕刻刀
细细雕琢着此地此刻
你的经过,在我伤心时刻
拧干了故事里的春风和潮湿

脚步沾上了花香
悲欢离合已成过往
我的人生我的道
一弦拨动竹叶的月光

梨花落后春天就走了
月光写下了一地美好字迹
"这是甜蜜,也是愁苦"
青春的颜色遇上记忆的割草机

论寂寞
徐春芳

眼前,寂寞下起了雨
红色的花瓣唱着歌曲

雨水给树木来了一次大清洗
丢魂的鸟用头撞向天空
你的心里,有条黑黝黝的海沟
深与浅,没有人知道

梦想积下了太多的枯枝败叶
所有的梦想都扬着破帆
驶向陌生和风暴的世界
没有祈祷被听到
上帝的耳朵
是两只空荡荡的鸟巢

那些日子,只有月光寒冷如刀
切割着无尽的寂寞和哀号
我的追求是一只小蜜蜂
撞上了透明的玻璃窗

醒来,遗忘在给谎言疗伤
日光照在身上,有点痒
阳光抚摸我,有你手指的温柔
俗世有荆棘,刺痛了我的脚步

在梦里,美人的发髻上
一朵梅花,盛开着高潮后的喜悦

[原作品收入诗集《江南》,由安徽师范大学出版社2020年11月出版,获2019—2020年度安徽省社会科学奖(文学类)三等奖,有删改。]

蝙　蝠
曹　潇

> 凤凰寿,百鸟朝贺,唯蝙蝠不至。凤责之曰:"汝居吾下,何倨傲乎?"蝠曰:"吾有足,属于兽,贺汝何以?"一日,麒麟诞,蝠亦不至。麟亦责之。蝙曰:"吾有翼,属于禽,何以贺与?"麟凤相会,语及蝙蝠之事,互相慨叹曰:"如今世上恶薄,偏生此等不禽不兽之徒,真乃无奈他何!"
>
> ——冯梦龙《笑府》

一

我躺在床上,手里拿着两个手机,一个是新的,一个是旧的。新手机买来还不到一天,旧手机已经用了四年了。如果不是我爸妈坚持要我换手机,依着我的脾气估计还能拖上一阵子。换手机对我来说是一件痛苦的事情。一想到要换手机,我头就疼。手里的诺基亚已经摔得不像样子,开机都要十多分钟,我用得倒是很顺手。反正手机对我来说就是发短信和打电话的工具,高兴了拿出来看看,不高兴了扔在一边几天都不用碰一下。班级的微信群都建两年了,只有我不在群里。我用的不是智能手机,不能安装微信。

我对所有的电子产品的态度都是用到不能再用了才会去换新的,除了耳机。我的习惯是:电脑开机后第一件事就是插上耳机,耳机对我来说是必需品。我的耳机特别容易坏,不管贵的还是便宜的,寿命都不超过两个月。后来索性挑最便宜的买了一打,不到半年全部报废。也不知道是耳朵长了牙,还是耳机到了我的手上就变得特别脆弱。

不换手机是怕麻烦,已经习惯了旧手机的设置,买了新的还要花时间去适应,想想就觉得头疼。其实说白了就是懒,真的被逼着换了,不过半天时间就全部摸熟了。

"你换手机了?"

隔着厚厚的床帘,我不知道对面床铺是睡了还是醒着,只听到有声音悠悠地传过来。

"我在微信群里看到你了。"

我不吭声。Wendy 自知无趣,翻了个身,再无动静。

这样的生活已经持续两个多月了。我每天进宿舍后就沉浸在自己的世界里,不说一句话。开电脑戴耳机,打电话就出门,把另外两个人当作空气,也把自己变成了一团空气。这就是她们想要的结果,我做到了,她们反而又不习惯了。

"她们"是我的两个室友:Wendy 和莫菲。两年前,我第一次踏进这个宿舍,满心憧憬着新的室友和接下来的生活。如果我提前知道会有现在的境遇,我会不会提着行李坚定而充满期待地再次跨进门里?

答案是肯定的。

我第一次见到莫菲是在硕士研究生入学考试等候面试的时候。所有的人坐在一个会议室里,两边各有一个长沙发,我们自然地分成了两拨。大家都在聊着天,只有一个女生坐在我这一侧的沙发旁边的板凳上,孤零零地发着呆。

我觉得这个女生很怪,整个人都跟周围的一切格格不入。最奇怪的是她的眼神,呆愣愣的,似乎处于一种失焦的状态。发现有人在看她的时候,她也只是会把眼睛睁得更大一些,做出无辜的样子,然后慢慢地把眼睛转向另一边,目光还停留在原先的距离,只是挪了个地方,并没有见收回来过。她面如菜色,脸上泛着一种黄黑色的暗光,五官掩在这光下,模糊成一片。我盯了她许久,除了那双空洞而无辜的眼睛,就只记得她的头发非常长。

面试已经过了一半,这个女生终于从放空的状态中回过神,眼睛直愣愣地盯着我:"这里是戏剧方向的学术硕士的面试点吗?"

旁边正聊得火热的人全部停下来,大家都用奇怪的眼神看着她。就这么停滞了半分钟后,大家才七嘴八舌地告诉她,她跑错了考点。这里是艺术硕士的面试地点,而学术硕士的面试地点在另一栋楼。

莫菲还是呆呆地坐在那里,她的眼睛依旧直愣愣的,直到被大家催促着才知道往门口跑。她离开后,我们都觉得不可思议:这个人就这么一声不吭地坐着,坐了快一个小时,才反应过来自己跑错了面试地点。

面试回来后,我收到了一个邮件,发件人的名字叫 Wendy。邮件上热情洋溢地邀请我去参加一个戏剧工作坊,还说那天面试候场的时候跟我聊天很开心。

我看到邮件,满脑子只有三个字:你是谁?

我那天只是插话说了几句,压根不记得跟谁交谈甚欢。

直到开学前一天,Wendy和莫菲都到了宿舍,我才知道究竟是怎么一回事。在这之前,我一个人,外加另外两张床上的行李,在宿舍里躺了两个晚上,忐忑不安地等着即将和我同住三年的人。

我见到莫菲的时候,她正跪在上铺收拾东西,我拖着两大包刚从超市买来的日用品往阳台走,累得腰都直不起来,头低垂着,一门心思只想着赶快把东西放下来,也没注意到上铺有人。经过她的桌子时,我感觉到有一样柔软的东西从我的头上飘过,我抬头一看,一头长发垂直地挂在我面前,冷气顺着脊椎爬到了脖子,我起了一身鸡皮疙瘩。循着头发继续战战兢兢地往上看,一张平淡无表情的脸扭过来:"怎么了?"

这个时候我才哇的一声叫出来。

就在我和莫菲双双被对方吓到的时候,突然门外传来动静,紧接着门被粗暴地撞开,一个短发小个子女孩踩着高跟鞋嗒嗒地走进来,一屁股坐到凳子上。我和我头顶上的莫菲眼睛齐刷刷地看过去,女孩一脸诧异地问:"怎么了?"

"你就是Wendy?"

莫菲先开了口。

"是啊!"

"你把我害得好惨!"

"……"

"面试那天,我在教室外面第一个见到的人就是你,我问你这个教室是不是戏剧方向学术硕士的面试地点,你说是,我就一直在里面等着,越等越觉得不对劲,结果被人告知是走错了教室,等我赶到正确的面试地点时,老师都要散场了,我差一点就错过面试。"

"哈哈,对不起啦。我搞不清什么是学术硕士,什么是艺术硕士,我以为只要是一个专业都在一起面试呢。"

"你就是Wendy?"

我也开了口。

"是啊!"

"你给我发的那封邮件是什么意思？我不记得面试候场的时候跟你聊过天。"

"什么邮件？"

"就是邀请我参加戏剧工作坊的邮件。"

"哦,那个啊！我把你和另外一个人搞混淆了呗！我来面试,一个人都不认识,就只是在考研论坛上跟你聊过几句,我记得你论坛资料上面写你本科读的是浙江传媒学院,正好面试候场的时候,我旁边坐的就是一个浙传的女生,我就以为她是你。"

"你在论坛上跟我聊过？"

"我记得我说专业课考得不好,你还安慰我说没问题。"

"哦,想起来,是有这么一回事。"

我心里的谜团终于解开了,只觉得又荒唐又可笑。

Wendy 从凳子上站起来,背靠着桌子笑嘻嘻地说:"这是怎样的缘分啊,我们三个居然住在一起了。"

上铺的莫菲幽幽地吐出一句:"孽缘啊！"

直到两年后,我躺在床上,回味着我们最初的相遇,才明白莫菲的话是多么有预见性:三个风马牛不相及的人住在一个屋檐下,因为其中一个迷糊的家伙,搅成了不打不相识的关系,这不是孽缘是什么？

二

"我讨厌人类。"

我躺在床上回想起这句话。那么孩子气的一句话。说这句话的正是 Wendy。我清楚地记得她说这话的场合、她说这话的语气,当天发生的一切都历历在目。

那天是中秋节,我们进入学校的第一个中秋节,班长把留在学校的同学召集起来一起过节。晚上 7 点,我们聚在操场上,十几个人围坐成一个圈,玩真心话大冒险。莫菲回家了,我和 Wendy 坐在一起。也不知是怎么回事,玩了一个多小时,就我俩输得最惨。一开始我们都选了大冒险,各种整蛊游戏玩了个遍,后来玩不动了就选真心话。

"你有什么古怪的习惯或者爱好?"轮到 Wendy 的时候,班长问。

"可能听起来会比较奇怪,难以理解。"

"当然是越奇怪越好啦。"

"我讨厌人类。"

空气一下子安静了,大家都看着 Wendy。停顿了几秒后,班长忍不住笑出声,其他人也都跟着笑了。

"你不也是人吗?你讨厌自己?"

"是啊,我会讨厌自己啊。我会想我为什么是人类呢?"

这个话题没法再继续下去了。大家七嘴八舌地岔开,过不了几天就会抛在脑后。只有我深深地记住了这句话。因为她是我的室友,是我接下来要同住三年的人,她说过的话我不能不在意。

中秋节后,Wendy 告诉我和莫菲,她要去酒吧打工了。晚班,每天下午 5 点到酒吧,工作到凌晨 1 点,包吃住,所以她很少回宿舍。她带回了酒吧的制服,还买了一双新的丝袜。那天晚上她畅聊了以后打工和上课该如何兼顾的话题,我和莫菲也帮她出了很多主意。三天后,Wendy 正式上班,下午 5 点,我和莫菲把她送到酒吧,顺便看了下酒吧的环境,还不错,周围也很热闹。我独自去逛街,莫菲去上选修课,我们约好 9 点半再去酒吧,把 Wendy 叫出来问问情况。

就在我赶往酒吧的路上,我接到了莫菲的电话,她说 Wendy 已经回到宿舍,酒吧的工作不做了,她也坐上了回宿舍的地铁。我一个人站在路口,一头雾水,心里有一种说不出来的滋味。

我回到宿舍的时候,Wendy 和莫菲已经躺到床上了。匆匆洗漱完,我想问问 Wendy 这到底是怎么回事,她没有回应我,莫菲也没有回应我,我不知道她们是睡着还是醒着。

一直到第二天晚上,我才拼拼凑凑了解到,Wendy 觉得太累了,不想做兼职了。我其实很想质问莫菲和 Wendy 为什么要抛下我,不跟我一起回宿舍,但终究没有问出口。刚在一起生活,接下来还要共同度过三年,我不想把关系搞僵。不过在接下来的日子里,这始终是我打不开的一个心结。

半学期后,宿舍的生活步入正轨。我和 Wendy 同专业,所以上课、吃饭都在一起,走得更近一些,莫菲也迅速交到了新朋友。三人行的时间越来越少,慢慢成为一种常态。

白天我和 Wendy 相处得很不错,到了晚上,我们的关系就变得紧张起来。我是夜猫子,她不是。我并不想打扰她,但 Wendy 太敏感了,只要一点动静,她就会醒。一个宿舍三张床铺,我和莫菲的床铺是连着的,她是单独一张,每次她都说是我这边发出的动静。然而有时候并不是。她不知道莫菲也有起夜的习惯,她不知道莫菲起夜的动静非常大,我无数次在熟睡的时候,被莫菲吵醒,而 Wendy 说她听不到,或许她知道,但她并不承认。她告诉我,她听不到莫菲发出的声音,只听到我发出的声音。

Wendy 每天被我吵醒,我每天被莫菲吵醒,日子就这么一天天过下去。

我之所以晚睡,还有一个原因,那就是 Wendy 每晚必说梦话,我要等她说完梦话才能睡,要不我会被吵醒。她说梦话很大声,说的是她的家乡方言,有时候还会拍手大笑。莫菲也会说梦话,她的梦话也是家乡方言。她俩一个来自南方,一个来自北方,一个说完,另一个接着说。我听不懂她俩的家乡方言,不知道她们是不是在对话。

我很少能记得自己做过梦,我一直以为自己是个梦很少的人。我一直很想知道 Wendy 的梦境到底是怎样的欢乐,每次问她,她都说记不得了。唯有一次,她记得很清楚。那次我没等到她说完梦话就入睡了,梦见自己进入了一个杀戮场,我也参与了杀人。在我杀人的过程中,我听到 Wendy 在喊"杀",喊了好几声。我环视四周,似乎看到了一个身影很像 Wendy 的女孩。我并没有放下手中的刀。

第二天,Wendy 告诉我,她梦见我杀了人,还复述了场景。我很惊讶,我以为她只是出现在了我的梦境里,却没有想到我们在同一时间做了同样的梦。那一刻的感觉很奇妙,就像是有一条无形的线,把我和 Wendy 拉得更近了一些。

三个人的宿舍关系是很微妙的,要么三个人都玩得很好,要么三个人各玩各的,要么有两个人玩得好,另一个落单。我们宿舍的关系是:我和 Wendy 一直想和莫菲拉近距离,莫菲却一直沉浸在自己的世界里,不愿意搭理我们。她每天 6 点起床,6 点半离开宿舍,这个时候,我和 Wendy 还躺在床上。我会被她吵醒,煎熬地等到她离开宿舍,有时候还能再睡一会儿,有时候就只能躺在床上,睡不着,又不愿意起来。中午,我和 Wendy 吃完饭会回宿舍休息,而莫菲会从食堂直接去图书馆。晚上吃完饭,当我和Wendy回到宿舍的时候,莫菲已经洗漱好上床了。她拉着床帘,有时候能听到窸窸窣窣吃零食的声音,有时候能听到她在轻轻地笑,更多的时候是安静。安静到可怕。除了她下来上厕所以及每天早上的关门声,让我们感觉到宿舍还住着一个人之外,其他时候,我们都看不到莫菲。

刚开学那会儿,我们宿舍挺热闹的,我们班的女生宿舍是挨在一起的,大家都喜欢互相串门,渐渐地,大家还是会串门,却没有人再来我们宿舍了。因为晚上当班上的其他宿舍的女生过来串门,在和我们聊天时,总会听到莫菲的床上发出翻身和嘟囔的声音,那声音分明表现出不耐烦。来串门的女生立马会识趣地放低声音,匆匆说几句就会离开。经历过几次之后,同学来找我或者Wendy,都会把我们叫到走廊或者她们的宿舍,再也不会在我们宿舍逗留了。

Wendy的好友是我们班上一个名叫慕春的女孩子。慕春的名字来自《红楼梦》,她的父亲依着"三春"的名字,给她起了这个名字,希望女儿美丽又聪明。慕春也确实出落得亭亭玉立,典型的南方小美女。她是"红楼迷",Wendy也是"红楼迷"。慕春经常来我们宿舍找Wendy讨论《红楼梦》,后来她俩讨论的阵地转移到了走廊上。然而半学期后,慕春再也没有找过Wendy。我没有问过Wendy,她和慕春怎么了,我不爱管别人的事。

那个时候,我并没有觉察到Wendy的心态出了问题,直到有一次,课上着上着,我们发现Wendy不见了。班长给她打电话她也不接。我回到宿舍,发现她躺在床上。我问她怎么了。Wendy只说了一句话:"我讨厌人类。"

一直到很久之后,我才明白这句话的含义。

三

Wendy来自一个沿海的小城市。她高复的时候来到了杭州上高复班,班上有备考的艺术生,她才知道高考可以考艺术专业。上大学时,她想学艺术专业,但家里不同意,只能顺着家人的意见学了英语专业。考研的时候,她报考了南大的艺术硕士,终于学到了自己想学的专业。我一度很佩服她跨专业的勇气和对梦想的坚持。

然而临近第一学期期末,大家都在准备学期作业的时候,Wendy突然告诉我,她想要退学。

"为什么?"

"我以为我很喜欢这个专业,但是学了之后,我觉得我可能不合适。"

"你在本科的时候,不是选修过戏剧课程吗?那个时候,你不是很喜欢吗?"

"那不一样。"

Wendy 在床上翻了个身,叹了口气,没有再说话。那几天她课不去上也就算了,每次我回宿舍,她都在床上躺着,半拉着床帘,一副筋疲力尽的样子,我不知道她去干吗了,弄成这样,问她,她也不说。直到有一次我去慕春的宿舍,慕春告诉我,她看到 Wendy 在校外的一条路上疯狂跑步,她担心 Wendy 是不是出了什么状况,我才知道她去做了什么。

"Wendy,你究竟在干吗?学期作业你不打算交了吗?不交没有分的。你每天出去跑步是为了什么?"

"我讨厌人类。我有间歇性的讨厌人类的毛病。每次当我讨厌人类的时候,我就想去跑步,跑完心里就会舒坦一些。"

Wendy 的声音悠悠地从上铺传来。

"Wendy,考进南大不容易,你不能就这么放弃。不就是一个单人小品作业吗?你随便写个 5 分钟的本子,上去表演一下,学分就拿到了。"

"我不想上去表演。我一个人站在台上,底下的人全在看着我,我没法表演,我怕忘词,我怕我演不好,我怕我会大脑一片空白像个傻子一样站在台上。"

"Wendy,你只管自己演就行了,不用去看台下的情况,再说了,都是同班同学,怕什么?"

"那是你,不是我。"

Wendy 没有再搭理我。到了交作业的那次课,我发现 Wendy 没有来上课。她再次逃课。我跟老师说明了情况,说她害怕登台表演。老师允许她交一个小品剧本拿学分。我回到宿舍时,Wendy 果然躺在床上。我告诉她可以不用登台表演,交个剧本就可以拿学分了。我以为她会很开心,没想到她说了一句话:"你为什么管我的事呢?"

Wendy 比我小一点,在我眼中她是个单纯、没什么心眼又有点小迷糊的女孩子。她之所以刚开学那会儿要去酒吧打工,就是因为短短三天时间,她就把家里给她打的生活费花得差不多了。她网购了一堆化妆品,买了 Kindle,买了一台数码摄像机。然后她愉快地向我们宣布,她要去打工赚钱了,要不连吃饭都成问题。结果去酒吧上班第一天,她就半途回来了,说自己受不了要熬夜的工作。

之后一个礼拜,她买了一瓶老干妈,说以后只靠馒头和老干妈过活,要等到月底发研究生补贴才能吃荤。熬了两天,她就受不了了,去食堂买了两荤一素。我和莫菲笑问她哪来的钱开荤,她说她打电话给她的亲妹妹,她的妹妹和父母同住,在家附近的公司实习,妹妹把实习的工资转给她用了。

在食堂正常吃了几天之后,她又去买了一瓶老干妈,我惊讶地问她钱去哪里了,她哼着小曲不回答,直到几天后我看到她穿了一条新的连衣裙,才知道她把钱拿去买衣服了。这次Wendy扎扎实实地吃了5天老干妈加馒头,莫菲赞助了她两包泡面,我送了麦片给她当早餐,我们叫她一起去食堂吃饭,她不肯,要从食堂给她带饭菜回来,她又坚持不要,一直苦苦熬到月底发了研究生补贴。但补贴就500块钱,没几天她又花光了。

这一次,Wendy学乖了,她留了回家的车票,坐车回家了。她以为回家后,她父母会给她一些零用钱,靠这些钱,她又可以撑一些日子。三天后,她回到宿舍,一脸失望地告诉我们,她父母就给了她200块钱,她以为会有五六百呢。

"Wendy,干吗一有钱就花光呢?精打细算不好吗?"

"我家里没给我那么多钱,我没你家里给的钱多。"

"不是钱多钱少的问题,是分配使用的问题,你不能一开学就把钱花光了,然后苦苦熬着,这日子多难过啊。"

"我习惯了。高中时住校,我都是这么花的。有钱的时候,就喜欢把钱用了,没钱再想办法嘛。有一次实在没钱吃饭了,我就去学校附近的小饭馆刷盘子,刷了一个礼拜,你不知道有多累。后来我父母知道了,给我打了一笔钱,哈哈。"

我欲言又止。我家里给我的生活费确实比她多一些,但她这样向家里要钱,前后加起来,并不比我少多少。她却一直固执地认为,是她家里给她的钱太少不够花。

我再没问过她生活费的事,只是陆续听到她好像在找其他同学借钱。直到第一学期最后一个月,她开心地告诉我们,她妹妹把她的情况告诉了父母,她的父母给她打了1000块钱,她再也不愁花钱了。那一刻,我的心情很复杂。复杂的程度不亚于现在,听到她告诉我:"你为什么管我的事呢?"

我喜欢单纯的人,更何况同住一个房间里,又是同班同学,我能帮她想办法拿到学分,我是很高兴的。我没想到她会这么说,就好像一腔热情被人用冷水浇了个透彻。

第二学期开学,Wendy刚回到学校,班长就告诉她一件事,她的一门课,因为不交作业,老师拒绝给她学分,她只能重修。她耸耸肩,一副无所谓的样子。那门课的作业确实有点难,要写一折完整的元杂剧或者南戏,但也不至于交不出来作业。

后来慕春问我Wendy是不是真的要重修,我给了她肯定的答复。慕春说了一句:"她交不出来作业,跟我们说一下不就行了?谁都能帮她写一篇。"我笑了笑。我知道以Wendy的性格,她绝对不会说出口的。

既然我和慕春打开了话匣子,索性就和她聊了聊Wendy,以及她们为什么会渐行渐远。慕春告诉我,她们是在红楼社团认识的,因为都喜欢《红楼梦》,所以她们成为朋友。一起去社团参加活动,一起交流《红楼梦》。后来慕春发现,Wendy和她聊天都是她说得多,Wendy都是在倾听,慕春一开始以为Wendy是不爱说话,渐渐地才觉察到,其实Wendy是插不上话,她对《红楼梦》的了解并不如慕春想象中的那么多。交流是要对等的,慢慢地,慕春得不到Wendy的反馈,而Wendy也不愿意再和她聊天了。

"她躲着我。我去找她,她爱理不理的,那我图啥呢?每次都是我跟她说一大堆,她能说出来的很少。我还没觉得什么,她倒是主动开始疏远我了。"

慕春很无奈地摇摇头。我能理解她的心情,也从她的话中觉察出了Wendy怎样的心理。

最后,慕春总结出了这么一句:"Wendy是个生性薄凉的人。"

而我想说的是,不是薄凉,而是自卑。

四

又是一年中秋节。去年,没有回家的同学们在班长的组织下玩真心话大冒险。这一年中秋,是聚在我们的宿舍玩狼人杀。

我很惊讶Wendy会主动跟我说,邀请不回家的同学来我们宿舍一起过中秋。我们宿舍是班上最大的宿舍,因为布局的原因,靠近走廊两端的宿舍会比其他宿舍大上一倍。中间的空地可以围坐十几个人。我以为她是说着玩的,除了我,她和班上的同学都不怎么往来,怎么突然要和大家一起过节。没想到她是认真的,在群里发了邀请,还准备了几大瓶饮料。我看她如此积极,一边诧异,一边和她一起准备起来。

中秋那天,莫菲回家了。我们把宿舍打扫得干干净净,开了空调,又东拼西凑弄来几块地毯和瑜伽垫铺在地上。坐等晚上7点,同学们来宿舍过节。我还和宿管阿姨打了招呼,邀请了男生也来一起玩。下午5点,我叫Wendy和我一起去食堂吃饭,Wendy赖在床上不愿意下来。我没办法,只能自己去吃了饭。一直到6点,Wendy还是不愿意从床上下来,我怕她是生病了,问她话,她也不搭理我。

直到同学陆续来宿舍,Wendy才从床上下来,她脸上带着诡异的笑容,双颊微红,走路有些不稳。到了7点钟,男生也来了。班上总共就7个男生,来了3个。他们是一个宿舍的,年龄最大的被叫作大哥,其次是二哥和三哥。

大哥38岁,单身,他在各地辗转工作过多年,放弃工作来读书的,脸上带着明显的沧桑和疲态。二哥和三哥都是"二战"考上南大的,他们都是被调剂到这个专业。二哥个子很高,人又消瘦,整个人远远看上去很像根竹竿。他不爱跟班上同学一起交往,总是独来独往,每次看到他,都是在去图书馆的路上。他原本想读的是古代文学方向,人也很像古代的老夫子,走路慢悠悠的,目不斜视,从不左顾右盼,头昂得高高的,颇有几分闲云野鹤的味道。穿着说得好听点叫不修边幅,说得不好听,就是太不讲究。冬天就是一件黑棉袄穿到底,肩上一层白色的头皮屑,夏天两三天才换一次衣服,身上总是有一股味道。三哥和二哥相反,个子不高,戴金丝边眼镜,衣服款式都是基础款,但搭配很讲究,皮鞋擦得干干净净,看上去斯斯文文的,是不少女孩子喜欢的那种类型。

来了之后,大家吃了会儿零食,聊了会儿天,就开始玩狼人杀。Wendy坐在最靠边的地方,整个人坐都坐不直,软软地靠着身后的柜子。这个时候,我已经意识到她喝醉了。接着按照狼人杀的流程,进入黑夜,所有人闭眼,等待"法官"宣布天亮。天亮之后,大家都在找"狼",找着找着,突然发现Wendy不见了。所有的人全部停止游戏,立刻开始找人。

我穿着睡衣就直接跑到校园里去找 Wendy，我怕她喝醉了会摔倒或者跌进学校的湖里。我遇到任何人都会询问他们有没有看到一个喝醉的短发女生，没有人看见过她，我拖着疲惫的身体走进宿舍的时候，看到 Wendy 正似笑非笑地坐在宿舍的地上，其他人告诉我，她在顶楼的天台上睡着了。那一刻，我悬着的心放下了，一种五味杂陈的感觉涌上心头。

当天晚上我几乎一夜没睡，Wendy 下来上厕所，我全程在旁边看着，怕她爬上爬下会摔着。第二天，Wendy 睡到大中午才起床，醒来第一句说的是："你昨天晚上是不是一直守着我？"

这句话让我心里有些暖意，一夜的疲倦全部抵消了。我笑了笑。接下来她说了一句话，让我脸上的笑容更加深了几层。

"你怎么跟我妈一样？对我这么好。"

"傻丫头。以后别喝酒了。"

Wendy 蜷在床上，从被窝里露出半个脑袋，我莫名有些心疼这个女孩。我不知道她又遇到了什么事情，会让她把自己灌醉成这样。

后来 Wendy 开始莫名忙碌起来，整天往外跑，不知道她在做什么。直到她有一天提着一大袋葡萄分给我吃，我才知道最近她一直跟大哥和三哥在一起。刚才去水果店，大哥正在买葡萄，就买了一袋子送她。三哥每天都约她一起吃饭，大哥也会过去一起吃饭。

我怎么听怎么不对劲。三哥约她吃饭，为什么大哥也要去？

"不会是大哥在追你吧？"

"你想多了。"

"没想多。你不是说以前他发过年轻时的照片给你吗？"

"是啊，那又怎么样？他要追我，自己约我不就行了？为什么让三哥打电话约我吃饭？"

"那你觉得他怎么样？"

"大哥吗？就那样啊，不好不坏吧。"

"既然你对他没兴趣，以后就别跟他一起吃饭了。"

"又不是他约我的，是三哥约我的。"

我立刻明白了是怎么回事。Wendy 喜欢三哥，大哥喜欢 Wendy。Wendy 曾经说过,她喜欢长相斯文的男生。

过了两个月,快到圣诞节了。有一天 Wendy 突然问了我一个问题:应该遵从自己的大脑还是遵从自己的内心? 我觉得很奇怪,不知她又遇到了什么事。在我的再三追问下,Wendy 告诉我,她给一个男生写了情书。那是一封英文的情书,上面还画了三只爱心小熊。我隐隐觉得有些不安。这种不安是 Wendy 传递给我的:她如果内心确定,就不会跑来问我。

"为什么要写英文的啊?"

"看他有没有耐心去读啊,我不想写中文的。"

"那么 Wendy,他喜欢你吗?"

"应该是喜欢的吧。"

"这说明你不确定。"

"管他呢。"

"不是,Wendy,你都不确定对方的心意,就贸然写情书,可能不太好。"

"我知道啊。"

"那你为什么……"

"哪有那么多为什么? 人为什么一定要遵从自己的大脑,就不能遵从自己的内心呢? 我想写就写了呗。"

"情书送出去没有? 如果没有,你再考虑下。"

Wendy 没有吭声。我知道她已经把情书送出去了。正是因为她交出了主动权,所以她不安、不确定,却又不承认。

圣诞节那天,我和同门一起聚餐,大哥、二哥、三哥都去了。导师没有参加,所以我们一起畅所欲言,想聊啥就聊啥。几杯酒下肚,几个男生的话题就开始聊到女生了。聊着聊着,我听着不太对劲,他们言语流露出来的是,三哥有喜欢的女生了,这个女生有男朋友了,所以三哥最近为情所困。那一刻我的心咯噔了一下。

吃完饭,我们准备回学校。同门几个觉得刚才吃饭聊得不尽兴,提议去学校对面的清吧坐坐,二哥说他有事要先走,大哥打趣他是不是要去找那个女生,二哥没回答,走的时候一副心事重重的样子,我看他去的方向是女生宿舍,大概猜到了点什么。

等我回到宿舍，Wendy 正坐在桌子前发呆，桌上放着一个信封。见我回来了，她就把信封插到了书架的书里。我几次想开口，但不知道该怎么说。

Wendy 愣了很久，终于开了口。她问我是不是跟大哥、二哥、三哥一起吃的饭，我说是，因为是同门聚餐。Wendy 问我，大哥、三哥有没有说啥。我迟疑一下，不知道该点头还是摇头，只能含糊地应了一声。

Wendy 笑了笑："我都知道了。"

"我知道你知道了。"

"我也知道你知道了。"

"你是什么时候知道的？"

"昨天就知道了。我和大哥、三哥一起出去吃饭，大哥好坏，一直劝我喝酒。"

我想起来昨天晚上，Wendy 直到 11 点钟才回到宿舍，走路东倒西歪的，匆匆洗漱完就上床睡觉了。我并不知道她跟谁一起出去了，也不知道她为什么会醉成那样。

"我之前就跟你说，是大哥在追你，不是三哥在追你。"

"怎么可能是大哥追我！算了，管他呢。"

Wendy 一脸的落寞和不甘心。我看着又心疼又生气。心疼的是，三哥肯定知道她是喜欢他的，却一次次利用她对他的好感，帮大哥约她出去。生气的是，跟大哥、三哥相处了半个学期，都搞不清楚谁喜欢她，就稀里糊涂地交付出了自己的真心。

第二天，Wendy 接到了一个电话，她说是大哥约她出去吃饭。我想让她慎重考虑下，结果 Wendy 换上了新买的裙子就去了。

回来后，Wendy 又是喝得醉醺醺的，她爬上床，让我帮她请假，下午的课她不去了。我有些生气，问她是不是大哥一直在劝她喝酒。Wendy 说不是，是她自己要喝的。我问她为什么，Wendy 已经沉沉睡去了。

又过了几天，Wendy 才忍不住告诉我大哥把她约出去说了什么事。原来大哥是喜欢她的，但不是那种喜欢。那天大哥跟她说了很多露骨的话，总结起来就是三个字：一夜情。

我以为 Wendy 会因此而疏远大哥，没想到后来，我又在校园里遇到过他俩几次。就像曾经,我偶遇她和二哥在一起一样。三个人里,二哥是最先主动去追她的,是最认真在喜欢她的,也是 Wendy 拒绝最果断的一个。那时候,我以为她知道她需要什么,她想要什么。现在我明白了,如果她知道,就不会让自己用醉酒的方式麻痹自我。

五

转眼间就到了研三,终于结束了全部的课程,大家开始忙毕业设计。我已经无暇去顾及身边的人和事,专心去构思自己的剧本,等我完成大纲,终于从自己的小世界中走出来时,才发现,宿舍已经变了个样子。Wendy 不知道什么时候和莫菲成了朋友,她们每天一起吃饭,一起聊天,一起去图书馆,一起敷面膜,一起休息,同时一起开始排挤我。

除了去图书馆,莫菲最大的爱好就是买面膜。她是北方女孩,皮肤很黑,她说来南方读书,最大的心愿就是希望南方的水土能把她变白。为了变白,她网购了一大堆自制面膜,平时自己还捣鼓各种东西往脸上敷。直到把整张脸折腾得全是痘痘,她才罢休。之后就开始了抗痘生活。好不容易痘痘治好了,她又开始每天敷面膜。除了敷面膜,她还给我推荐过一些微信小店,告诉我可以和她一起拼三无的护肤产品。我是个根本不爱在脸上涂任何东西的人,更何况是"三无"产品,直接拒绝了。莫菲也知道我桌上从来没有瓶瓶罐罐,她就去怂恿 Wendy 买,因为拼单可以省邮费。

莫菲是个对金钱很在意的人。她看中一件衣服,一直等到换季打折才去买,买来只能等第二年才能穿。她暑假留在学校帮导师处理事情,我和 Wendy 先回去了。等到下学期回来,她第一件事情就是跟我们算电费。她告诉我们,她在学校独自住了 10 天,只用了 3.8 度电,根本不需要开空调,以后她每个月只出 11.4 度电的费用,其他由我们负担。要她平摊电费,我们就不能用空调。我听到的时候惊呆了,第一次见有人算电费要精确到小数点的。而 Wendy 则耸耸肩,表示不在乎。

或许就是从电费这件事,莫菲知道她掌控不了我,却可以把 Wendy 拉拢到她身边。其实宿舍里有人对我有敌意,我很早就感觉到了。研一我拿到了奖学金,证书一直没见到,我去学院问过,说是已经派学干送到每个人的宿舍了。我在宿舍问过,没有人理我。过了一年,我才在书架上的一本书里找到了证书。研二我又拿到了奖学金,这一次,我是在自己的垃圾桶里找到了证书。到了研三,我学乖了,委托一个朋友去帮我领了国奖证书,我怕送到宿舍就找不到了。我觉得这么做很没有意义,又不敢销毁我的证书,只能选择去藏,让我找不到,只能让我觉得可笑。

然而让我没想到的是,让我搬出宿舍,明确告诉我,我在宿舍不受欢迎的,不是莫菲,而是 Wendy。

Wendy 告诉我,她和莫菲忍受了我两年,第三年不想忍受我了,因为我是夜猫子,她们不是,她们要早睡早起。我问她,除了作息时间之外,还有什么理由让我搬出宿舍吗?Wendy 再也说不出来了。但从前面的话里,我知道接下来的日子不会太好过了。我当然不会搬出宿舍的,而且我已经想好了对策。

第二天,我去加厚了床帘,即便电脑的光调到最亮,拉上床帘也一点不透光。我在床头挂了两个水杯,减少下来倒水的次数。之后,我每天进出宿舍,再也不跟 Wendy 和莫菲说一句话。Wendy 和莫菲有时候故意在宿舍里大声聊天,我也不搭理,戴上耳机忙自己的事。有时候,我在宿舍待烦了,就出去串门。文学院所有专业的女生都住在同一层,每个宿舍都有我认识的人,我也经常去和其他专业的女生一起交流文学和电影。宿舍只是我回来睡觉的地方。

这么着过了两个月,宿舍的气氛开始变得微妙了。Wendy 和莫菲挑不出我的毛病,又受不了我在宿舍,她们反而有些为难了。我知道她们心里不好过,反而我更舒坦了。在宿舍就按照我的方式来生活,视她们为空气。反正就剩大半年了,毕业后再不会相见。

其实莫菲还好,最难受的是 Wendy。有一次我进宿舍的时候,她张了张口想说话,我径直走到自己的桌子前,没有搭理她,我用余光扫到她舔了舔嘴唇,掩盖自己的尴尬。那一刻我突然有点心软了,我真的想送她一句话:早知如此,何必当初?到了晚上,Wendy 终于忍不住了,她主动问我毕业设计的进展情况,我回应了她一句:初稿完成了。在我说出这句话之后,我觉察到她绷直的身体突然软了下来,我知道她害怕,害怕我不理她,她下不了台。但我不是那种人,四个月没搭理她,我觉得已经够了。

之后,Wendy 和我说话,我就会回应了,但我绝对不会主动开口。直到有一天,我在别的宿舍看到了她翻译的书,那个女生告诉我,是Wendy送她的,我心里那种滋味,难以表述。她在研一时接下了翻译福克纳短篇小说集的活,我不仅帮她校对文字,还为她找了一个专门研究福克纳的比较文学专业的女生,帮她解决翻译上的困难。结果,她出书了,没有送给我。回到宿舍,我看到Wendy在优哉游哉地打游戏,有点生气,就问了一句:"你翻译的书出来了?"Wendy笑得花枝乱颤,悠悠地吐出一句:"你想看吗? 当当网上有,你可以去买一本。"这是读研两年多来,我最后悔问出来的一句话,从那之后,我再没有理过Wendy。

很快就临近答辩了,每个人都忙得团团转,只有Wendy一反常态,之前她天天泡图书馆,从开完题,她就一直在着手写剧本,现在到了验收成果的时候,她却整天待在宿舍,淡定得让人充满疑问。

帮我解开疑问的人是慕春,她和Wendy同在一个导师门下,她告诉我,Wendy压根就没写出一个字,所以她已经注定延期毕业了。然而她的父母和妹妹已经在让她提前预订旅馆,要来参加毕业典礼了。我知道Wendy现在处于多么难堪的境地,但我已经认清她是什么样的人。她糊里糊涂地过了三年,不知道谁喜欢她,不知道谁对她好,甚至不知道她喜不喜欢这个专业,最终把自己活成了一个笑话。我心疼当初对她那么好的自己,也心疼二哥。我永远都记得那次偶遇,二哥和Wendy在校园里散步,Wendy不知道说了啥,二哥拽住头顶上的一根树枝,转了个圈圈,那是发自内心的开心。即便是在Wendy已经明确拒绝他的情况下,他还送家里的特产给她。甚至在知道Wendy喜欢三哥的情况下,他还借过钱给她。

毕业典礼那天,很多同学的家人都来了,每个宿舍都是喜气洋洋的气氛。我的家人没有来,因为我不打算参加毕业典礼,我去观看白先勇的话剧《孽子》,参加他的见面会,我觉得这是最好的毕业礼物。下午我回宿舍拿东西,看到Wendy正躺在床上。她伸头看看我,我没搭理她。她问我话剧《孽子》好看吗,我想了想,反正以后不会再见面了,就回应了一声:"值得去看。"然后我问她:"毕业典礼结束了没?"Wendy摇摇头,她说她看了一会儿就回来了,她的父母和妹妹还在那边。我听到她闷闷地说了一句:"有什么意思啊,还在那看。"我头也不回地走出了宿舍。

莫菲和Wendy都离开了宿舍,我独自一个人住了几天,临走的时候,我认真仔细地打扫了房间，带走了所有属于自己的东西。我在 Wendy 的桌子下面发现了十几个酒瓶，有黄酒，有白酒，这些酒瓶见证了她在南大三年的生活，也代表了她在南大的三年生活。我之所以在毕业典礼那天愿意搭理她，是因为心存一丝愧疚。某一天，她和莫菲都不在宿舍的时候，我按捺不住好奇心，从她的书架上找到了三哥写给她的那封信。那封信上只有一首诗，是用中文抄写的：

假如生活欺骗了你
　　——普希金
假如生活欺骗了你，
不要悲伤，不要心急！
忧郁的日子里须要镇静：
相信吧，快乐的日子将会来临！

心儿永远向往着未来；
现在却常是忧郁。
一切都是瞬息，一切都将会过去；
而那过去了的，就会成为亲切的怀恋。

（节选自 2021 年 1 月中国工人出版社出版的《大幻想家》，有删改。）